徐向林 著

春天的第七扇门

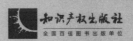

知识产权出版社
全国百佳图书出版单位

图书在版编目（CIP）数据

春天的第七扇门 / 徐向林著 . — 北京：知识产权出版社，2018.2

ISBN 978-7-5130-5352-5

Ⅰ . ①春… Ⅱ . ①徐… Ⅲ . ①短篇小说 – 小说集 – 中国 – 当代

Ⅳ . ①I247.7

中国版本图书馆 CIP 数据核字（2017）第 319994 号

责任编辑：卢媛媛　　　　　　　　责任出版：刘译文

春天的第七扇门

CHUNTIAN DE DI–QI SHAN MEN

徐向林　著

出版发行：	知识产权出版社 有限责任公司	网　　址：	http:// www.ipph.cn
电　　话：	010 – 82004826		http://www.laichushu.com
社　　址：	北京市海淀区气象路50号院	邮　　编：	100081
责编电话：	010 – 82000860转8597	责编邮箱：	luyuanyuan@cnipr.com
发行电话：	010 – 82000860转8101 / 8029	发行传真：	010 – 82000893 / 82003279
印　　刷：	三河市国英印务有限公司	经　　销：	各大网上书店、新华书店及相关专业书店
开　　本：	880mm×1230mm　1/32	印　　张：	8
版　　次：	2018年2月第1版	印　　次：	2018年2月第1次印刷
字　　数：	166千字	定　　价：	38.00元

ISBN 978 – 7 – 5130 – 5352 – 5

（代序）

烈焰或火花

——小说创作及其他

徐向林

1

我的文学启蒙有两个出处：一个是十一二岁时，挑灯夜读了文言文版的《三国演义》，另一个是十六七岁时，差不多读完了所有能读到的古龙的书。

这两个出处，对我个人而言有一个共性的启发，那就是文字表述的集约化。集约化与简约化不完全一样，简约化是十句话并作一句话讲，集约化则是把十句话先过下秤，然后给予表述所需的最合适数量。

2

我刚开始写小说时，我告诉别人，我写小说的理由是我有话要说。

后来写着写着我发现，越往下写我心里的话越是不能说，因为我笔下的小说主人公很反感我借着他的嘴巴来说话，他告诉我：最好的境界，是不言！

3

很多小说家在创作谈或访谈中，会提及博尔赫斯、马尔克斯，有一段时间甚至成为潮流，似乎不提提他们，就不懂小说怎么写似的。

身处这个潮流中，我也想赶时髦，但老实说，这二位大师的小说我并没有深读多少。不知什么原因，这么多年的阅读生涯，我对国外的小说没有自发的阅读兴趣，除了对马克·吐温、契科夫、凡尔纳、塞林格、海明威、芥川龙之介、莫泊桑等作家的部分作品稍熟悉外，别的小说我几乎读不进。

这是一件很尴尬的事，你想啊，写小说，不博览群书能成吗？

但不管别人怎么说，我的阅读体系是深深植入在中国传统文化根基上的。有一句俗语:熟读唐诗三百首，不会言来也会凑。我想，如果精读了四大名著，精读了儒林外史、聊斋志异，也应该可以写出优秀的小说。因为这些古典小说的大师们，譬如罗贯中、施耐庵、曹雪芹、吴承恩、吴敬梓，他们当年创作时，也从未阅读过国外的作品。幸好他们没读，就像中国山水画上，如果加一个油画肖像，你觉得会成为传世之作吗？

4

我写作纪实文学多年，那些都是非虚构的真实故事。当我从事小说的虚构写作时，在非虚构和虚构之间穿行，我给它的定义是镜像。

如果说纪实故事是真实的世界，那么小说就是镜子里的虚幻世界，它只是镜外世界的局部取景和平面化处理。

都说文学创作要源于生活高于生活，但我始终觉得，小说家的现有认知能力，远未达到3D扫描和打印的效果，我们现在所做的努力，创造的不是人工智能，只是一个或铜质或玻璃的镜子而已。

5

从写作的诉求来看，写作者有三种类型：一是从心写作，把内心的话说出来，博客、微博、朋友圈是主空间；二是从职写作，安放在职业写作的位置上，比如职业作家、职业秘书、职业记者等；三是从欲写作，写作的目的很明确，奔名利而去。

6

虚构一个理想中的世界，决定这个世界里人物的生死兴亡、高兴或悲伤、凄凉或荣耀，小说家作为笔下世界的教主，有着至高无上的绝对权力。

我想，这该是吸引和释放小说家孜孜不倦创作魔力的一种吧。

7

小说写作者怎么才能成为小说家？我想就一个字：写！

譬如写短篇，打个冬天里起床的比方，写了10篇，才算穿上了内衣，写了20篇才算穿上了外衣，写了30篇才算穿上了鞋子，写了40篇才算洗漱完毕，写了50篇才能外出见客会友。

8

一部现实主义的中短篇小说，能写活一两个人物，使之具有鲜明生动的个性特征，从中可以看出某些人的影子，引发读者的思考和琢磨，可以说已经达到了小说的部分目的。

9

古语云："文者，贯道之器也。"文学创作当然是铸造灵魂的工程，承担着以文化人、以文育人的职责。应该用独到的思想启迪，润物无声的艺术熏陶，启迪人的心灵，传递向上向善的价值观。

10

春天的第七扇门，我之所以用这个名字来命名本短篇小说集，这有我的美好构想：第一扇门化怨气，第二扇门去戾气，第三扇门解怒气，第四扇门除忿气，第五扇门驱暮气，第六扇门破霉气，第七扇门好运气。

11

好的小说，不是一下子就能让人咀嚼出它的真滋味，而是在经过咀嚼、下咽、消化后，才能从中感受到或苦或酸或甜或辣的滋味，这样的滋味才能长驻心底。品尝的时候，感觉就那么回事儿，过了不久，还想着接着去品尝。

12

从体量上观照，微篇小说是开宴前垫一垫的甜点，短篇小说是开胃的凉菜，中篇小说是丰富的热炒，长篇小说是最后的压轴正餐，四者缺一，皆不能构成完整的宴席。

虽然也有人会说"百招全不如一招新"，但我还是认为一个完备的小说家，应当长中短微兼修。既然做了文字的大厨，最好什么菜都能做出来，当然，要是其中有一道成为特色，就可"一招鲜，吃遍天"了。

13

写短篇小说的好处是，作者可以是拥有绝对权力的掌控者，笔下的人物谁都听话。写长篇小说，虽然有故事大纲，但写着写着，笔下的人物觉醒了，他们有了独立的主张，就不一定听话了，开始搞独立搞自治了，作者的王者地位受到了动摇，只能信马由缰，任由笔下人物自由自在地走下去。

14

李宗盛曾经说过这么一句话："所有的好作品，都是老天在给我把笔；所有的烂作品，都是我自己写的。"这句话，对于我来说感同身受。往深处究，其实李宗盛和我，都是在说关于天赋的话题。

15

小说创作当然有模式和经验，一个小说作家一旦形成了模式和经验，相当于建成了一个流水式生产线，小说家会越写越省事、越写越舒服，但从生产线上走出的作品，很容易千人一面。小说家如果不意识到这个问题，就会陷进"模式陷阱"或"经验陷阱"而不能自拔。

16

如果书信写作能够算作我文字创作肇始的话，我八九岁时，就开始给千里之外的父亲写信了，应该是早慧了吧。可惜的是，当下的人越来越不会写书信了，包括我也是。这究竟是科技伤害了书信，还是书信被科技淘汰了呢？

17

最后，说点与这本短篇小说集直接有关的事儿：书中的十五篇小说，大多发生或出发在"西大仓"，这是一个虚构的地方，现实中也可以找到它的真实存在；部分短篇小说中提到的"我"，当然也是虚构的人物，但这个"我"也可以在现实中寻觅到他的影子。如果与某君有雷同，那纯属巧合。

2017 年 10 月

目录

MU LU

空心

刊于《天津文学》2013年第9期，获中国小说学会"文华杯"全国短篇小说大赛二等奖

惊蛰

母亲包饺子的方式很特别，她是先把饺皮子在半握的掌心里凹出饺子的初步轮廓，然后填进饺馅。这有点像建筑工地上的灌桩，先用钢筋扎好模子，而后灌进水泥混凝土，等到收浆后再拆去外面的模子，也就完成了整个浇筑过程。当然，包饺子跟灌桩是有本质区别的，饺子"拆模子"的过程先是在人的嘴里，然后滑入食管，再至肠胃。

母亲她老人家认为，包饺子是一件神圣的事情。其实苏中里下河一带，并不像北方那样流行吃饺子，主餐还是以米食为主，包一次饺子，那也是打牙祭式的尝鲜。可这个鲜也不是常常尝到的，当然，我这句话说得有点语病，你也许会问：能经常尝到那还是鲜吗？

至少，在我小时候，母亲一年大概只能包上一回饺子。只要家里包饺子，那可热闹了。包饺子的前一天，母亲总要亲自

骑着借来的自行车回娘家一趟，很郑重地向娘家人发出邀请："明天我们家包饺子，你们去吃啊。"这是约定俗成的规矩，当然，亲戚家包饺子，我们一家也能收到邀请。这么说吧，要是哪家包饺子，就像家里娶媳妇一样，能请来的亲戚都会请来。

我就是在一场饺子盛宴上认识小芳的。那天，村里的李大海家包饺子，向我发出了邀请。这么说有点抬高了我自己，准确地说是李大海向母亲发出了邀请，母亲带着我去蹭了一顿。

我兴高采烈地去李大海家吃饺子的时候碰上了一件让我更加兴高采烈的事，那就是遇见了小芳。小芳那年也不过十二、三岁，那天梳了两个羊角辫，还戴着一个缀着蝴蝶的发卡，穿着一条白底红花的连衣裙，仰脸一笑，露出一对迷人的小酒窝。要是走在花丛中，她就真像一只花蝴蝶，能扇动着翅膀飞起来。

我正想走过去跟"花蝴蝶"打招呼的时候，不想一只脏兮兮的手伸过来，抢走了"花蝴蝶"。我很生气，但定睛一看，气又消了。跟我争抢"花蝴蝶"的不是别人，正是李大海的儿子李小虎。李小虎长我两岁，在村里是个小霸王，他的老子李大海是队长，他也像队长似的，总对着我们大呼小叫。我呢，跟他碰在一起，算是"秀才遇到兵，有理说不清"，干脆躲着他走。

李小虎拉走了"花蝴蝶"，我只能干瞪眼。不过我也挺机灵的，通过窥听大人们的谈话——呵呵，在此处用"窥听"两字显得有点高深莫测，大人的谈话哪会避讳我这个小屁孩呢。不过是因为那时我刚刚看完了一本没有封面、内页还被撕去N张的《福尔摩斯探案集》，于是经常把自己幻化成福尔摩斯，所以我那时用"窥听"两个字也是顺理成章的事了——知道了"花蝴蝶"的来龙去脉:"花蝴蝶"的名字叫小芳,是李大海老丈人家邻居的孩子,李大海请老丈人来吃饺子时,顺便也邀请了小芳的父母,小芳也就跟着来了。

我走到李小虎和小芳的背后,李小虎正绘声绘色地讲着什么,小芳"咯咯咯"地笑,笑声像极了我家的一只小母鸡,富有挑战意味。趁他们不备,我猛地叫了声:"小芳!"

小芳不防备,"哎"地应了一声,转过头来看我。她的眼睛像春花绽放,看得我心都醉了。那个时候,我还没学会喝酒,也不知道醉是啥滋味,但我没办法用别的词来形容当时我的心情,权且借用了大人们的醉来形容。李小虎也倏地回了头,眼睛里能蹿出火苗,如果我是一捆干柴,当场就能给点着。可我不是干柴,烧不起来,自然也不必理会李小虎。

"小芳,你真像只花蝴蝶。"我痴傻般地看着她,脱口而出。

小芳又"咯咯咯"地笑了起来,还站起了身子,张开了双臂,挥动着连衣裙一扇一扇的,得意地说:"对,我就是花蝴蝶"。

这本来是一个如诗如画的气氛,冷不防被李小虎放了一把野火,他粗声粗气地说:"酸,酸得我牙都要掉了。"说着,还俯下身子作找牙状。牙当然没找到,因为牙还长在他的嘴里,并且下面的牙床咬住了上嘴唇,我知道那是李小虎发狠时的模样,他冲我们发狠时都是这副模样,像极了他的老子李大海。他接下来的动作,就是冲我们挥拳头,果然,他就真的把拳头扬在空中冲我挥了两下。

　　我罕见地没有屈服，这让李小虎十分不爽。不过，小芳似乎知道尊重李小虎这个东道主，毕竟她吃的是李小虎家的饺子。这丫头，也知道吃人家的嘴软。她朝我又"咯咯咯"了三声，就转头对小虎说："小虎，你刚才说到哪儿了，接着往下说。"

　　李小虎狠瞪了我一眼后，又绘声绘色地讲起来。我听得出来，他讲的是《西游记》里孙悟空三打白骨精的故事。那一段，还是我讲给李小虎听的，他狗日的活学活用，竟勾起了小芳的兴致。我多么想对小芳说，小虎讲得不对，让我来讲给你听。但我最终还是没讲，那个时候，我不是怕李小虎的拳头，他的拳头也硬不到哪里去，我领教过，打到我身上也就疼一会儿，而且打不死人。重点是我还惦记着他家锅里的饺子呢。"花蝴蝶"与饺子比起来，我还是选择了饺子，孔子云："食色，性也。"虽然我后来才知道孔老夫子的这句话，但我早就实践过了，深有感触。

　　那天，从李大海家吃完饺子回来的路上，我跟母亲说，咱们家要是包饺子，也要把"花蝴蝶"请过来。母亲吃惊，哪个"花蝴蝶"？我说是小芳。母亲又问，哪个是小芳？我答，小芳就是小芳呗。母亲可能真的记不得是哪个小芳了。在李大海家吃饺子的人很多，小芳只是众多孩子中的一个。母亲实在想不起来，就不理我了。她掰着手指头，自言自语："今天是惊蛰，过些天要到清明了，清明那天你爸回来我们就包饺子。"

　　对清明我没在意，我牢牢地记住了惊蛰，因为我认识小芳的那天是惊蛰，很有纪念意义。

芒种

在县城遇到小芳的时候，如果不是她叫我，我真差点与她擦肩而过。

小芳那天穿着一条浅黄色条纹的连衣裙，两只羊角辫不见了，改成了大波浪式的卷发，嘴唇红得像一团火，涂的是那种红得令人眩晕的口红。耳朵里塞着耳机，她见我盯着她的耳机看，就不好意思地从小坤包里掏出一个随身听。

她说，她正在听邓丽君的歌，一曲《甜蜜蜜》她反反复复地听了好多遍。

看着眼前的小芳，我才惊觉距离我们一起吃饺子的那些日子已经有七、八年了。这些年来我在县城读了中专，毕业后分配进一家国有企业。偶尔回老家时，也装着无意地打听小芳的一些消息，母亲说，小芳高中一毕业就到上海学美容去了。

那天见到小芳，正是她匆匆地从上海赶回家，住了两天，又匆匆地从县城搭车回上海。我本来想请她吃顿饭的，但她抬手看了看腕表，说："算了，时间不多了，我还要赶车呢，下次吧。"

看着小芳袅袅婷婷地走进汽车站，消失在茫茫人海中，我还有些恍惚，以为自己做了一场梦。也许就是一次梦游吧，眼前的小芳怎么不像多年前的那只"花蝴蝶"了呢？

周日，我回了一趟老家。在村头的小桥上正好遇到了李小虎。他如今长得高大彪悍，留着寸头，开着一辆异形拖拉机，给镇上的水泥厂送货。"我每天就挣几十块钱吧，你一个月拿多少工资？"李小虎拦下了我，追问我的工资收入，似乎有比试一番的样子。我不说，确实也不好意思说，我的月工资也就相当于李小虎干几天的活儿挣的钱吧。

李小虎不甘罢休，紧咬不放。他的拖拉机像个庞然怪物，堵在村头的小桥上，来来往往的人被这么一堵，排起了长龙，叫骂声响成一片。看来我不妥协一下，李小虎就会这么一直堵下去。我只得告诉他实情，他听后一笑，在我的肩头上狠狠地拍了两下，说："不错，多多少少也算城里人了。"我听出了李小虎话中的揶揄之意，不禁有些脸红，后悔自己照实说了。

李小虎终于将庞然怪物挪到了桥下，让出了一条道给那排成一行的"长龙"。路人依次穿过我和李小虎的身边时，有的朝李小虎瞪瞪眼，有的指桑骂槐地说上几句：这桥也造得太窄了！有的则朝李小虎的庞然怪物看看，摇摇头叹着气走开。

我也急着离开，李小虎却依然拉着我不放，还故作高深地说："小芳前些天回来了。"我淡然回答："回就回来呗，这里本来就是她的娘家。"

李小虎不满意了，他叼上一根烟，也抽出一根递给我，我没接。李小虎眼睛瞪大了，"怎么，做上城里人就嫌我的烟差了？"我赶忙解释，"你的烟档次不低了，我们厂长也就抽你这样的烟吧，但我确实不会抽。"

我这么一说，似乎又满足了一回李小虎的虚荣心。在接不接烟的问题上，他不再坚持了。他话头一荡，依然回到了小芳身上，"小芳打扮得像个妖精。"想起在县城车站偶然遇上的小芳，我不得不承认李小虎的描述是正确的。

"你见过小芳？"李小虎冷不丁地兜头一句，吓了我一跳。我赶紧摇头否认，还加了一句旁白："进城后，我就没再见过她。"

我为什么成心在李小虎面前撒谎？我自己也搞不清理由。我感觉这次的桥头相遇，我已经被李小虎说不出来的气场给镇住了，除了妥协和迁就外，我竟然找不到一招制敌的法宝。

李小虎盯着我的眼睛看了会儿，深重地呼出一口气，烟雾就从鼻腔里喷薄而出，要不是我扭了扭头避开，烟雾就能直扑在我的脸上。他低声说："小芳变了，不是以前的小芳了。"还没等我搭腔，李小虎突然一拍脑袋，"光顾跟你说话，差点忘了送货的大事，改天我请你吃饭。"

说完，李小虎扭身跳进了他的庞然怪物，"突突突"地扬长而去。我站在原地看着他开着庞然怪物走远，若有所思抑或若无所思地出了会儿神。

那天下午，母亲一脸阴沉地回到家，劈头就问我："你是不是见过李小虎？"我茫然地点头："怎么了？"母亲脸色更阴了，"你是不是告诉他你工资的实数了。"我依然点头，不明白母亲话中的含义。

母亲说，李小虎那家伙四处说，你白读了几年书，进城了，工资还没他干几天的活儿挣得多。我心里一紧，坏事了！母亲的心气儿一向很高，自从我进城读书、工作后，母亲在村里走路的姿势明显轻快了许多，说话的腔调也调高了八度。我后悔得要死，真不该对李小虎实话实说，害得母亲估计好一段时间都不能昂首挺胸了。

时过不久，我接到李小虎打到厂办的电话，他先东拉西扯地闲聊了一会儿，而后见火候差不多了才说起小芳又回来了，这次是一个看上去有四十岁的老男人陪她一起回来的，还开了一辆小汽车。

我心里也是一紧，老男人？小汽车？这些跟小芳挂上了钩，潜意识告诉我这意味着什么。李小虎不屑地说："我以为小芳出去能找个比我强得多的城里人，哪知道却找了个老男人。"

"你是不是仍在打小芳的主意？"这句话说出来我就后悔了，我担心李小虎受不了我的言语刺激。但李小虎的抗击打能力却出人意料地强。他在电话那端豪爽地哈哈大笑，"小芳就是个妖精，我对她留恋？可能吗？告诉你一个好消息，我有个对象，比小芳不知道漂亮多少呢，你就等着吃我的喜糖吧。"

果然，到了第二年夏天，我记得那天是芒种，李小虎真请我吃了喜糖，而且还拉着我去喝了喜酒。不过说真的，李小虎的新娘并不如他所描述的那般漂亮，看上去很一般，我把她跟小芳做了个对比，根本没有可比性。到此，我才算彻底明白了李小虎说小芳是妖精的话，挺有哲学意味的。嗯，李小虎看来勉强算得上一个乡村哲学家吧。

我听说李小虎结婚前也请过小芳，但小芳没回来。人群中，我四处寻觅不到小芳的身影，有点怅然若失。

白露

小芳就是在那年秋天出的事。小芳出事的消息还是李小虎告诉我的。那天李小虎专门开了他新换的大货车轰隆隆地冲进了我的单位。守门的保安以为他是给厂里送水泥的，就没查问，直接就放进来了。

李小虎就如他的大货车一样冲进了我的办公室，也顾不上办公室还有人，就嚷开来："小芳……小芳出事了。"

我一惊，从椅子上猛地站起来，引得同事对我侧目，我又下意识地坐回了椅子，压抑着内心的激动不安，用尽量平淡的语气问："小芳出啥事了？你慢慢说嘛。"说着，我又起身，给李小虎倒了杯茶。但李小虎没要我递过来的一次性纸杯，他掏出一个不锈钢的水杯，说，"我自己有。"他自己转身往杯子里续了水，然后，拉了张椅子，挨着我坐下。

李小虎放低了声音："秀才不出门，能知天下事。你这个秀才白当了，村里的事都不知道，还天下事呢！"

我惭愧地将笔在手中不停地翻转。我不是惭愧所谓的"秀才不知村里事"，我是惭愧，怎么从小到大，我都被李小虎身上的那股气场所震慑呢？论文化水平，李小虎才混了个初中毕业，论经历，我在厂里都做到办公室主任了，而李小虎还是一个送货工而已，他凭啥就有那么强的气场呢？

　　其实，这个问题在当时的氛围中已经退居其次了。我当时最迫切想知道的是小芳，那只我眼中的"花蝴蝶"，李小虎眼中的"小妖精"，究竟出了啥事。李小虎喝了一口茶，还呷出了很响亮的声音，再次引得同事们的惊诧。

　　李小虎卖完了所有的关子，似乎看把我的胃口调得差不多了，才像个说书艺人般地讲开了。他说小芳在上海傍上了一个老板，做了小三，后来那个老板的老婆知道了，就找人把小芳痛打了一顿，把她的一条腿给打断了，现正在家里养伤呢。

　　说到这儿，他停顿了一下，又喝了一口茶，茶水很烫，但李小虎却牛饮一样，竟然一口就让杯子见了底。喝完茶，他又续着上一段的"下回分解"，神秘地说："小芳给她老子许多钱，盖起了楼房。你瞧他老子，盖了个破楼房就张狂得不行，到处说他的闺女有本事，赚了钱给家里盖楼房。其实，赚个屁，不还是靠她的妖精本领，让那个老板花的钱！"

　　李小虎说到这儿开始咬牙切齿。我喜欢看李小虎气急败坏的样子，因为他的气急败坏让我把本想要说的话咽回肚里，笑着问李小虎："这么多年了，你儿子都快打酱油了吧，怎么还对小芳放不下？"

　　"屁，我放不下她？她就是一个妖精，能勾引别的男人，却勾引不上我。"李小虎更显得气急败坏，我很享受他的失态，还想继续用话题挑逗他的失态，但李小虎却站起了身，说是要去送货了，转身告辞。我要送他下楼，却被他摁回椅子，坚决不让我送。在我还没起身的时候，李小虎已经风风火火地走了。

　　送走了李小虎，我想我该回一趟老家了。我随便找了个借口，跟妻子说要回一趟老家，妻子也闹着要跟我回去。她总是埋怨城里的蔬菜太贵，害怕超市卖的大米农药残留过多，每次回去，她都像个下乡扫荡的鬼子兵，手提着、肩扛着老家的大米、蔬菜进城。对于她的扫荡手段，我也责怪过几句，要考虑到父母劳作的艰辛，怎么能把他们的劳动果实说往城里搬就往城里搬呢。妻子振振有词，"我又没有实行'三光'政策，家里只有他们两个老人，吃得了那么多吗?"妻子的反驳，我并不是无理由可反驳，但是我不能讲理由，因为越讲越说不清。王小波在《沉默的大多数》中说，沉默的人有三种状态，其一是没水平说，其二是有难言之隐不便说，其三见怪不怪不想说。我想我属于第三种状态吧。

我还是孤身一人悄悄地回了老家。从母亲的口中，我却听到了关于小芳的另一个版本：小芳与人合伙在上海开了家美容店，有个去店里洗头的男客不老实，对洗头的小妹动手却脚，小芳就说了那男客几句。没想到那男客大怒，打手机叫来了几个混混，把美容店给砸了，还将小芳的腿打成了粉碎性骨折。

我问母亲这话是听谁说的，她说是小芳亲口说的。到底哪个版本是事实真相，我无法求证。我说我要去看看小芳，母亲一怔，问："她知道吗?"母亲所说的"她"就是我的妻子，我摇摇头，这事哪能让她知道，知道了还不发生家庭战争啊。母亲点头说也是，你要去就去吧，小芳这孩子也挺可怜的。

我站在病房门口探头探脑，里面有好几个病人。我搜索到了病床上的小芳。她倚在床头，脚上打着石膏，正看着窗户外的一棵树发呆。"小芳。"我讪讪地叫了一声。见到我，脸色有些苍白的小芳咧开嘴笑了。一笑起来，两个明显的酒窝依旧，我心里一紧。

我局促地站在病床边，竟然把反复打好的腹稿全忘了，一时语塞，不知说什么好。倒是小芳笑吟吟地示意我坐下。我中规中矩地坐到了她的床边，眼神在小芳姣好的脸上迅速扫了一眼就赶紧看向了别处。

"时间过得真快，我还记得到你家吃饺子时的情景呢。那次，你盛的第一碗饺子就端给了我，还悄悄地跟我说，这碗饺子是你自己包的。但我实在不敢恭维你包饺子的水平，皮太厚了，都没熟透，吃一口，一嘴的青涩味。"

小芳的话勾起了我的回忆，可是我记得当时小芳吃得津津有味，并没有表现出任何不适。如果她今天不说出来，我还一直蒙在鼓里呢！

"她对你好吗？"小芳问。我点点头，又摇摇头，不知道怎么回答。

为了缓解这尴尬的气氛，我问小芳："这么多年了，你怎么不找个人嫁了？一个女人在外面闯荡，多不容易啊。"

我以为我的话会让小芳唏嘘一番，但她并没有。她依然面带微笑，"我中意的，人家不中意我；中意我的，我又不中意人家。一切随缘吧。"说完这些，我们竟无语了。

小芳裹了裹薄被，"到深秋了，天气真有点儿凉。"

我掏出手机看看时间，应了声，"是啊，今天正好是白露哩。"

大雪

李小虎犯事了，酒驾撞了人，撞人后还跑了。警车追上了他，他还仗着酒劲跟交警耍横。这一下，麻烦越闹越大。李小虎被判了五年有期徒刑，那辆大货车也卖了，赔偿了医药费。但伤者的家人还不罢休，三天两头就跑到李小虎家里闹。

李小虎的老爹李大海英雄了一世，没想到老来却落了这个下场，一气之下，中了风。李小虎的老婆既要照顾病倒的公公，又要照顾上学的儿子，还要应付上门闹的伤者家属，终于厌烦了，干脆来了个"三十六计，走为上计"，说是外出打工，但一去就杳无音信。我估计纵使李小虎出狱了，她也不会回来了。

李小虎出事的那个冬天，小芳找了一个上海男人把自己嫁了。婚礼是在老家举办的，三十多岁的小芳看上去要比实际年龄小不少。那个上海来的新郎，小芳说只比她大几岁，但是看上去却长得比较显老，有四五十岁的样子。我母亲吃完喜酒后回来的路上还跟我探讨，说那个男人一定比小芳大好多，一定结过婚。我平淡地回应母亲，这年头，只要真心相爱，年龄、是否有过婚史都不重要了。

母亲很认真地问，年龄相差那么大，就不怕有代沟？我很惊讶地看着母亲，母亲大字识不了几个，却能说出"代沟"这样的词。不过，我很快找到了答案，母亲一定是活学活用，我儿子也就是我母亲的孙子，她一直很喜欢带，但我老婆却不让她带，说虽然隔代亲，胜似命，但老人带孩子，那么大的年龄差距会有很大的代沟。我还反驳她，我们不也比儿子大两轮吗？难道就没有代沟？

这番话一定是被母亲听到了，母亲一定也很刻意地记进了心里。

小芳结婚的动静很大，小芳离婚的动静同样大。离婚是那个上海老男人折腾出来的，是在婚后的第二年冬天，小芳生下一个漂亮可爱的女儿后提出来的。那个上海老男人说这个女儿不是他的血脉，非要去做亲子鉴定。小芳不同意，两个人就吵了起来。

吵得凶了，小芳就抱着女儿回了娘家。我在老家遇到过她。不到两年的时间，她的气质没那么好了，虽然仍然衣着时尚，脸上的笑容也几乎没有了。一见到我，小芳有些絮絮叨叨，她说，那个男人对她不好，把她的手机、QQ密码都要过去了，时不时地查，一查就得闹出点动静……

同样的话小芳其实不光对我一个人说过，她对村里的小姐妹也说过。巴掌大的村子，一时间，关于小芳的花边新闻就闹得沸沸扬扬起来。有人说小芳是个苦命人，人到大龄找了个男人还对她不好；也有人说小芳太过放荡……农村冬闲，人闲得没事，打打牌，串串门的时候就议论起小芳，越议论气氛越热烈，有时甚至因为观点不同而争执，由争执又上升到争吵。那年冬天，因为小芳村里空前地热闹起来。

大寒的那一天，小芳终于离了婚。办理完所有的离婚手续，小芳给我发了一条短信：我离了。对于这条短信，我想了好久都不知道怎么回复。没办法回复就给她打了个电话。电话中，小芳又问我："你跟她过得好吗？"我回答："说不清，就这么混一天是一天吧。"

"我们活在世上能有多久啊？为什么要混？"小芳语气急促，对我模糊的回答很是不满意。她机关枪一般一通扫射完毕后，我才插上话，"可能没有遇到真心相爱的人吧，如果有真心相爱的人，我也会走你那一条路的。"

小芳默然。过了片刻，她说她刚又听了一次《甜蜜蜜》，这些年，她一直喜欢听，她希望自己的生活能如歌中所唱的那般甜蜜蜜，可是却一直往相反的方向走。我说："傻瓜，歌是唱给人听的，是专门安抚躁动不安的心情的，如果这世界上的人生活得比歌中唱的还好，还有人去听歌吗？"小芳说："也是，也许你说得很对。"

隔了几天，小芳又打电话给我，问我李小虎关在哪所监狱。李小虎服刑后，我还一直没去看过。我打听了一番，找到了李小虎服刑的监狱，告诉了小芳。小芳说，我们一起去看看李小虎吧。

第二天小芳就开车来到了县城，拉上我去看李小虎。李小虎仍是生龙活虎的，他没想到小芳会来看他，显得很激动。李小虎呵呵乐着说，监狱里的生活并没有想象中的那么坏，他还活得很有滋味呢。

李小虎一直和我说着话，小芳并没有插话，很安静地坐在一边。直到探视时间结束，小芳始终都没说一句话。当然，李小虎也没有刻意地与她说话。

回来的路上，小芳说："等小虎出来，我要嫁给他。"这个决定来的毫无征兆，我大吃一惊，简直没有词能形容出我当时的惊愕。小芳吁了一口气说："我还想变回从前的'花蝴蝶'，小虎依然是当年的小虎，而你却不是当年的你了。只有他能让我再次做回'花蝴蝶'"。

我无语，侧过身看着车窗外的农田与旷野。不知何时，农田与旷野披上了一层银色的素装。

哦，下雪了。苏北平原迎来入冬后的第一场雪。

那一段被遗忘的时光

刊于《海燕》2017年第11期

1

天很蓝，一只白鸽子在广场的上空盘旋。

我倚靠着车子抽着烟，偶尔抬起头看看那只鸽子。鸽子扑扇着翅膀飞近我时，我对着它吐出了一个烟圈。鸽子以为我在向它示好，快活地吹了一声口哨，鸽哨拉响了长空，听得出来它很寂寞。

其实我也很寂寞。只有真正寂寞的人，才会对一切寂寞这么敏感。

鸽子飞得更低了，挨近我，朝我叫了几声，我知道它是想和我交谈，恍惚间我竟能听得懂鸽语。寒暄后，我打着哈哈问鸽子，"我知道你有话要说，可你为何远离同伴，离群索居呢？"

鸽子的语气中有不屑也有无奈，"你们人类不也一样，做报告的套话无边，谈恋爱的情话如烟，拍马屁的鬼话钻心，做生意的牛话冲天，掏心窝子的话却无人倾听……"

我愕然，无言以对。鸽子扑扇着翅膀在我头顶上飞了一圈，然后冷笑着说："比如你，窝了一肚子的话，可就是找不到倾听的对象！"

我的脸一下子红了，红到了脖子根。鸽子的眼光真毒，一双鸽眼比 X 光机还要厉害，竟然看到了我的内心深处。我不得不承认，我确实窝了一肚子的话，而这些话装在肚子里也不是一天两天了，一直得不到宣泄。

在我住上所谓的豪宅、开上所谓的豪车之前，我觉得我的人生就是一个接一个的跌停板：长大以后才知道自己不是父母的亲生儿子；大学毕业以后才知道毕业就意味着失业；谈过十三次恋爱以后才知道感情与金钱就是鸡蛋对石头；婚礼以后才知道漂亮的老婆已经怀上了别人的孩子；离婚以后才知道一事无成的我只是一个应急的备胎。

失败，失败，还是失败！我心灰意冷，几乎要走上绝路，可老天有眼，机缘巧合中我创办了一家电脑公司。没想到风生水起，短短几年的摸爬滚打，当确认我账户上的资金过了千万后，我犯了一夜的愁，生怕这只是一场黄粱美梦。

鸽子见我陷在沉思中长久不说话，它得意起来，从不远处一个小女孩扔给它的两块面包片中衔了一块放到我的掌心，然后它又飞回去，衔了另一块美美地吃了起来。

鸽子请我分享它的大餐，我谢了它的好意。看得出，这是一只情商很高的鸽子。我想，如果鸽子变成了人，它一定是一个叱咤商海的风云人物。说不定，现在它已是鸽群中的大佬了，应该是的吧。

"我知道你的心事是什么。"鸽子自信满满地说。

我饶有兴趣，是什么呢？

"你的成功来之不易，你很想让别人知道你的艰辛和奋斗，只有通过分享，才能获得别人对你的赞赏和崇敬，同时也让那些讥笑过你、伤害过你的人后悔！"

我感到头皮发麻，眼前的这只白鸽哪像一只鸽子，分明是一个洞穿人心的恶魔或天使。我的心事全部被它猜出来了。

鸽子从我的表情来分析，它的话肯定说对了！它轻盈地飞到我的耳边，一字一句说："我敢保证，你的心里话没一个人能听得进去。就像拍烂了的电影，任你爆炒，可就是没有观众。"

这次，我找到了自信，毕竟还是一只鸽子呀，我的心里话不可能没人听？语言，那是人与动物最大的区别。

鸽子语气冷峻，"那我们打赌，我给你一段时间，你能把你的心里话说出去，我就输你几根鸽毛，如果说不出去，以后我的美食你全得管了！"

赌就赌。我和鸽子一言为定！

这时我的手指突然一阵剧痛，烟屁股烧到了尽头，灼伤了我的食指。我赶忙扔掉烟蒂，再回头看时，鸽子却不见了。难道刚才做了一场梦，可伸开右手，手掌中还有那一小块面包片呢。

梦？非梦？我一时无法判断。

2

坐在宽大的办公室里，我上了会儿网，浏览了一番体育新闻，有个美国篮球巨星跃起投篮的画面，那飞起来的感觉真像一只灵巧的鸽子，我立即想起了在文化广场上与鸽子打赌的事。是梦非梦已经不重要了，我肚子的那些话开始烦躁不安起来，我分明听到它们恳求我的声音，"主人，快把我们放出去吧，我们都快憋坏了。"

得，那就放吧。可话不同于自来水，水龙头一拧，白花花的水就奔涌出来了，话得找到一个听众，也就是要把这些话通过耳朵这个通道输入到对方脑子里，才算完成了一个过程。否则，话都放出来了，空气就得退场，我们就得靠呼吸"话"来生存了。

找谁当我的听众呢？第一个闪现的就是我的前妻秦钰，说实话，我能有今天的成功，多亏了前妻的刺激。有人说好女人是一所学校，我觉得坏女人则是一个锅炉，是个能把男人百炼成钢的大锅炉。

这个在我生命中唯一成为过我妻子的女人，我还真忘不了她。我与她是好离好散，离婚后，我们还经常通通电话，说些不咸不淡的闲话。自从办了公司后，我已经忙得有一年多没打电话给她了，好在她的手机号码还没换，我一下子就拨通了。

我说："秦钰，今天下午有空吗？我想约你聊聊。"

秦钰听出了是我的声音，但她却答非所问，"是你呀，你个死丫头，终于想到我啦？我现在正在美容院美容呢。好吧，下午我就陪你去逛街。"

我的智商不算低，很快就猜到了她的那个大款新老公一定陪在她的身边，她才这样说话。我心里先是涌起了一阵莫名的醋意，不过很快就被兴奋卷走了。毕竟，她瞒着她的老公答应了我的请求。

是不是她以前也如现在这般，找个借口瞒着我和别的男人私会呢？我认真想了想，觉得秦钰跟我说过的每一个借口都值得怀疑，经不住推敲。她的借口太多了，我也懒得再去回想了。

中午，秦钰打电话给我，张口就问："草根，定在哪家宾馆？"听得出，她的老公不在身边。我开始还没反应过来，不过很快就记得了，草根是秦钰给我起的绰号，曾经替代我的名字流传很广。

我立即说："以后别叫我草根，叫我刘颂。我们不到宾馆，就找家茶社谈谈心。"

秦钰在电话那端肆无忌惮地笑了起来，"偏叫你草根怎么了？草根！草根！哪家茶社？"

我说也没定是哪家，半个小时后开车去接你吧。

"不用你接，我有了新车，宝马，7系的。"秦钰的话一下子把我的自豪感给淹没了。

下午二时，我和秦钰在茶社见了面。初夏，天气还有些许凉意，但秦钰却似热得不得了，皮短裙长度刚好遮住了雪白的大腿，一件波希米亚风格的低胸开领衫，波涛汹涌，肚脐也露了出来。

眼前的秦钰更像一个超级名模，我真不敢相信她曾是我的妻子。

四目相对，百味流转。我们各点了一杯冰茶，都没有先说话，互相打量了几眼，而后专心地喝茶。一杯茶见底了，秦钰掏出口红补妆，边擦着口红边说，"我的时间不多，要办事抓紧。"

办啥事？我如堕雾里。

秦钰咯咯咯地笑了起来，"办啥事？明知故问吧，要不是你那方面还行，我还真懒得理你。"

那一刻，我心摇神荡，但肚子里的话不干了，它们集体抗议："主人，别忘了主题。"

我一下子醒来，把目光从秦钰脸上收回来。我掏出一支烟，点着，猛吸了一口气，把不安分的邪念尽量压下去，放慢节奏说："秦钰，我办公司了，混得还不错，这还得感谢你，这几年你知道我走得多么艰难吗？"

秦钰把镜子往桌上一放，脸色拉了下来，"得了吧，草根，我可不是来听你忆苦思甜的，要办事就抓紧，我还真约了姐妹去逛街呢。"

秦钰还是以前的那副脾气。肚子里的话告诫我，"主人，这人不会欢迎我们的，还是另找对象吧。"

秦钰见我突然缄口不言了，她的唇角微微上翘，脸上露出似笑非笑的表情，那表情我记忆犹新，这是她讥笑一个人的显著标签。看到这表情，我浑身一颤，心凉了半截，更找不到合适的话来了。

"你还是那窝囊样，好了，我还有一个约会呢，咱们下次再聊吧。"秦钰说走就走，走得袅袅婷婷的。我对着她的背影小声地嘀咕了一句，"花瓶"。

秦钰的耳朵特灵，她把坤包往肩上一甩，转过身带着笑着说："我是一个花瓶，可却是一个名贵的花瓶，不是哪儿都能摆得下的。"

这话似一把刀，扎得我的心生疼。

3

出了茶社，我漫无目的地开着车在大街上转来转去，不知道要去哪儿。打开城市交通台，一男一女两个主持人正喋喋不休，甚至连自己小咳嗽了一下也能长篇大论。勾得我肚子里的话翻江倒海，它们催促我："主人，我们可比这两个主持人的话精彩多了，快把我们放出来亮亮相吧。"

一个冒冒失失的小伙子骑着车冲上了马路，要不是我刹得及时就撞上了。我打开车窗探出头，还没开口，小伙子就横在路中间骂骂咧咧，"横什么横啊，开宝马就了不起啊？你要是撞着小爷我，你十辆宝马也赔不起！"

我一下子来了兴致，骂街以前是我的长项，反正我也无聊，就想下来和他干一场。我才下了车，那小伙子却脚下生风，骑着车跑了。我朝四周看看，期望找个围观的市民随便聊上几句。但围观的人见没戏看了，跑得一个不剩，我只得败兴地上了车。这时，手机倒是响了起来，是孟晓阳发来的微信，打开后几行诗呈现眼前：

> 阳光伸出了多情的双手
> 把我的身影
> 在街上拉得很长很长
> 我默默地跟在阳光的身后
> 逛街、喝茶、泡吧
> 阳光抢着要付账
> 我摇手拒绝
> 我坚持AA制
> ……

我眼前一亮，有了，找孟晓阳说话去。

孟晓阳是谁？别急，我得隆重介绍一下她。她可是咱这个城市的有名的女诗人。你们还别笑，要是十多年前，你从楼上窗口扔一块砖头可以砸到十个诗人，现在你再试试看，你扔十个砖头也绝不会砸到一个诗人头上！

孟晓阳的老公是机关里只知道埋头干事的公务员，他们几乎没经过恋爱的过程就结婚了。恋爱的过程哪去了？孟晓阳曾跟我说过，她还是独身时，曾期盼着来一场风花雪月的恋爱，可盼来盼去没盼到，眼看着步入大龄，她不急，可她的七大姑八大姨急了，把现在的老公硬塞给了她。

　　见了几次面，吃过几顿饭，孟晓阳的婚事，就在长辈们的安排下，定下来了。

　　上班，回家；回家，上班。她的老公两点一线，循规蹈矩。婚后的生活更是淡得比白开水还无味。一个才华横溢的女子怎能没有一场浪漫唯美的爱情？她就像一个被蒙上眼睛穿行于风景区的游人，举止癫狂。在一次同学聚会上，孟晓阳碰巧遇到了我。大学时我曾混进文学社，也写了几首如今已记不得内容的诗，不过凭着我仅记得的顾城、海子还有徐志摩的几行诗，孟晓阳竟说她找到了知音，从此，她就隔三岔五地约我谈诗。

　　孟晓阳成了我的诗意情人，这是她自己起的名字。她渴望一场刻骨铭心的感情，这段感情还要粉饰上浓浓的诗意。我坦白，至今我只拉过她的手，在她的面前我不敢有非分之举。她曾认真地跟我说过，我们的感情与肉体无关。我只好依着她，也只能依着她。

　　我载着孟晓阳，开车来到了郊区的太阳湖畔，我们牵着手踏岸看柳。我折了一截柳枝在手里甩了甩，柳枝像根鞭子，抽起了我的勇气，我以极其郑重的口吻说："晓阳，我们认识也有大半年了，你从来没问过我的过去和我的经历，为了让你加深对我的了解，我还是说给你听听吧。"

　　我肚子里的话欢呼雀跃。

　　孟晓阳没理我，她捡了块薄瓦片，欠下腰往湖里打水漂，瓦片所过之处，荡起了几个微细的涟漪。她出了会儿神，然后诗兴大发："我喜欢在弥漫着忧伤情调中慢慢品味孤独，在孤独中变得宁静，在宁静中追寻空灵。"

我加重了语气，"晓阳，我的经历就是一个传奇，比诗精彩多了。"

孟晓阳仍然不理我，自顾自地坐在草地上，双手在手机上灵巧翻飞，她又在作诗了。

我生气了，"孟晓阳，你听见我说的话没有？"

孟晓阳仍埋头摆弄手机，头也不抬地说："听到了，这么美的地方该造一座小木屋，每天面朝大湖，春暖花开多好啊。"

她答非所问，那些涌到嗓子眼的话败兵一样退回了肚子。

太自恋了。我对孟晓阳大失所望。

孟晓阳的诗编完了，她发了微信朋友圈：

> 过去的永不回来
> 眼前的又已成为过去
> 把这一段时间留白吧
> 就像打水漂的瓦片
> 激浪过后
> 悄无声息地沉入湖底

孟晓阳果然不同凡响，她用她的诗给我的嘴巴贴上了封条。那就不败她的兴致了，我振作精神挽着她的手，沿着湖滨继续我们的诗情画意，心里却在暗暗诅咒，孟晓阳，要是把你扔进湖里，看你的诗能不能救你上岸？

这个阴暗的想法让我热血澎湃，孟晓阳却以为是她的诗勾起了我的激情，我暗自冷笑。

4

我创办的公司发展势头很好，又一个专卖店即将在市中心开业，那就得招兵买马。我让秘书在晚报上登了招聘启事。第二天就来了一大帮应聘的人员。人事经理挑了十多份符合条件的人员登记表给我挑选。

我翻来翻去，目光落到一张表格上，应聘者是个名叫苏静的少妇，上面还贴了她一张二寸的大头照片。我揉了揉眼睛，确定没认错，苏静是我的高中同学，还是我暗恋的对象！

我对着苏静的照片出神，记忆的闸门瞬间打开。苏静人如其名，平时话不多，安安静静，秀外慧中，有种傲然卓群的气质。她不只是我的暗恋对象，应该是全班绝大部分男生的暗恋对象。鉴于我的特殊情况，我当然只够暗恋的资格，看到其他男生在她面前献殷勤、往她的书里夹纸条，我只有羡慕和生气的份儿。

风水轮流转，苏静这个天使竟然落到我的小庙里来了，我兴奋地在办公室里来回踱步，直搓得双手发红发热。

我让人事经理赶快打电话通知苏静来面试，人事经理正要去打电话，我又改变了主意，把她约到皇朝大酒店，我请她吃饭。人事经理不解地看着我，脸上打满了问号，我当然不需要跟他解释了，谁让我是老板呢。我把眼一瞪，"还不快去打，约不到，我炒你的鱿鱼。"

人事经理急急忙忙地出了门，这个电话应该是他最头疼的电话了。以前打电话的口气都是居高临下，气定神闲，这回他得低三下四了。出人意料的是，不到一分钟他就来报告，搞定了！我倒是一时心里没了底，这还是当年学校里的那个傲气十足的苏静吗？直到苏静坐在皇朝大酒店舒适的包厢里，就坐在我的对面时，我才相信这是真的。

我点了澳洲大龙虾、鲍鱼，这是我待客的最高规格。我起身亲手给苏静斟了一杯法国波尔普农庄的红酒。还没等我回到座位，苏静就迫不及待地端起酒杯抿了一小口。她闭上眼咂咂嘴，这酒口味很纯正。

品了酒后，她不客气地夹起一块鲍鱼放到嘴里。鲍鱼的汁液从她的嘴角流了出来，她赶紧抽了张纸巾去擦。几块鲍鱼下肚后，她才叹了一口气，"我都几年没吃到这么精致的美食了，全怨我那死鬼丈夫，要不是他赌输了家产，我天天都能吃上这些。"

我把腰杆一下子挺直了，有了足够的底气。谁知她的话匣子一打开就没完没了，先是絮絮叨叨地恨自己瞎了眼，嫁了个不争气的丈夫，接着恨丈夫不争气，让她现在还要跑到外面找工作养家，又恨她的婆婆小心眼，处处防贼样地防着她，还恨她的公公老不正经，常偷偷打她的主意，又恨她的儿子不听话，整天拖累着她。她几乎恨遍了家中所有的人，还要继续恨下去，我赶紧打断，岔开话题。我说我还恨我自己呢，恨当时没勇气给你递情书，要不然现在你就是我的太太了。

苏静的眼睛闪了一下，她拿着筷子夹澳洲龙虾，但龙虾的壳太硬，油油的直打滑。她索性站了起来，用手去扳龙虾，"你看，连龙虾都跟我作对。以前丈夫对我多好啊，我想吃龙虾，他就把龙虾的肉夹过来，沾上芥末送到我口中。"她朝我看了看，眼神里充满期待。我知道她期待什么，想举着筷子来迎合她，夹一块鲜嫩的龙虾肉送到她的嘴中。但苏静的嘴却不停地一张一合，不是吃就是说话，我想说的话还一句没说出来呢！

苏静说的话越来越琐碎，小到家中的一根针掉在地上丈夫都不捡，结果针刺伤了她的脚都说出来了。我很奇怪，同学时的苏静怎么那么话少。我给自己找答案，那一定是她把以前少说了的话现在全补回来了。

我想用我的励志故事来替换苏静的鸡毛蒜皮，我肚子里的那些话也跃跃欲试。但每当我刚起了个头，苏静就断然截道了，"你还是听我说吧，我的话憋了很久没处倾诉，我很感激你给了我这个机会，让我有了倾诉的欲望。刘颂，以后我就把你当成我的避风港，要是你真想娶我，我回去就离婚，我真是受够了他。有一次，他脚也没洗就上了床，你知道我有洁癖，你知道那一夜我闻着他的臭脚味是多么的难受吗？"

我感到头皮发麻，苏静也不需要我的答案，这会儿她停了筷子，说得眉飞色舞，我一句话也听不进去。我偷偷摁了摁我的手机，手机响了，我把手机靠在耳边，示意苏静安静，我装着接电话的样子，"王总啊，我现在正在吃饭呢。好的，好的，我现在就去您那儿谈项目。"

放下手机，我朝苏静耸耸肩，"实在抱歉，人在江湖，身不由己。改日我再请你，继续听你说。"说完，起身，买单，我先走了，苏静还留在那儿吃。

我通知了人事经理，不能聘用苏静！人事经理依旧带着不解执行了我的指令。

5

我把下一个倾诉的目标锁定在李烁身上。她是我的秘书，我是她的老板，老板找下属说说话，我觉得十拿九稳。

那天下午，阳光很好，透过落地玻璃窗照进室内，窗台旁边摆放了一盆湘妃竹，阳光就从湘妃竹叶子的间隙里倾泻进来，给室内抹上了几许斑驳。

这样的阳光下，泡一杯普洱茶，应该是聊天的最好时光。

我把李烁叫过来，我正在翻看她起草的一份项目计划书，字里行间条分缕析、起承转合，我对这份计划书在心里打分是完美。但为了挑起与李烁谈话的由头，我故意当着李烁的面皱着眉，很重地把材料翻来翻去。李烁果然很紧张，我用眼角的余光扫视到，她的两只手正在摆弄着衣摆上的一个纽扣，手指微微颤抖。

"你到公司也有一年多了吧？"我把材料往桌上一推，问起话来尽量漫不经心。

李烁的脸一下子红了，声音细得像蚊子哼，"刘总，我……我做得不好，要不我拿回去重做。"

初步试探很见效，我已经牢牢地把握住局面，看来我的那些话可以出来放放风了。我呷了一口茶，眼睛看着窗外，"不，你做得很好，我知道，你为准备这份材料一定熬了不少夜。"

李烁默然，她在揣度我话中的意思。

"不经历风雨哪能见彩虹，不经历坎坷哪能随随便便成功。"我渐渐地往主题上靠，我不需要李烁作答，我只要她当一个神情专注的倾听者。

但这时，一个电话却打断了我刚刚理清了的思路，李烁要去接，我不耐烦地示意她别接，打电话的人似乎很有耐心，一直拨到铃声终了。电话静下来后，我立即行动，把电话线给拔掉了。我此时需要的是倾诉，即使比尔·盖茨来电话，我也不会去接。我还掏出手机，关了机，同时也示意李烁把手机给关掉。

李烁照我的意思做了，但脸上却满是狐疑。

为了确保安静，我亲自起身把办公室的门关上，从里面锁紧。我反锁门的时候，李烁几乎跳到了我的面前，急急巴巴地说："刘总，我……我有男朋友了。"

李烁误解了我的意图，她把我当成色狼老板了。不过这也正常，男老板女秘书，总会有一层说不清道不明的暧昧关系。但我却从来没打过李烁的主意，兔子还不吃窝边草呢。我也是这样安慰李烁的，我说，我只想和你说说话。

"说话？"李烁的眼睛瞪得滚圆。

"是的，"我坐到靠近落地窗的沙发上，示意李烁坐到我的对面。李烁只坐了半个屁股，身子前倾，那正是我最满意的倾听者的姿态。

我掏出香烟准备点起来，我看到李烁略蹙了一下眉，她一定反感当二手烟民，如在平日，我才不会管她的感受呢。但今天不同，我有求于她，我不能影响她当倾听者的心情，就像我不希望有人影响我当倾诉者的心情一样。

我把香烟重新塞回了烟盒，我说："李烁呀，现在没有外人，我就想找你说说我的心里话。你知道我办这家公司容易吗？我以前真当够了孙子，处处被人歧视。"

李烁的屁股像装了弹簧一样反弹起来，她语无伦次地说："刘总，你要是不满意我的工作，你就直说，这样拐弯抹角的，让我觉得很恐怖，我……这就打辞职报告。"

李烁的表现让我感叹，伴君如伴虎，伴老板如同伴色狼。我笑了一下，尽量把气氛往轻松愉快方面调节，"李烁，你一直干得很出色，我还计划把你提拔到公司副总的岗位。今天我没别的意思，就是想说说我的心里话。"

李烁紧张的弦儿依然绷得很紧，丝毫没有松动，"刘总，那我就更不能听了。"

"为啥？"这回是我的脸上写着问号。

"三国时有个叫杨修的聪明人，处处都能算到他的大老板曹操的心思，最后的结果咋样？死路一条。"李烁这时已经恢复了常态，语调侃侃。我反倒无话可说。李烁找到了感觉，抢占了发言的制高点，"刘总，如果我听了你的心里话，我以后在公司还混得下去吗？你能容忍一个知根知底的人像个定时炸弹埋在你身边？"

李烁的话提醒了我，我出了一身冷汗。

"老板的心事永远是公司的核心机密。"李烁总结道。

然后，她轻移到门边，把反锁的门拧开，"我得走了，待久了会有风言风语，于你于我都不利。"她轻轻地走了，正如她轻轻地来，她挥一挥手，没带走一片云彩。

我第一次在下属面前吃了败仗，呆呆地坐在沙发上，久久没有动弹。

6

接连的滑铁卢引起我的深刻反思，我肚子的那些话帮我一起剖析，"你找的那些人都是女人，你的草根翻身经历和打拼过程根本不是她们感兴趣的话题。"

可自古红颜有知己啊。我还是想不通。

红颜知己？得了吧，那是遥远火星上的时代了。肚子里的那些话集体嘲笑我，现在男人越来越像女人，女人越来越像男人，快进入到分不清男女性别的中性时代了。你到哪儿再去找卓文君、李师师那样的红粉？

那些话对我的刺激很大，但也启迪了我，女人不是合适的倾听者，那我干脆去找我原先的一帮哥们。我分别给疤眼、梅花K、铁拐李打了电话，约他们去搓一顿。他们接到电话很开心，一个个都说咱好长时间不聚了，是得好好聊一聊，不醉不罢休。

几个哥们分头从城东、城南、城西赶到了城中心的大酒店。刚见面，疤眼就当胸擂了我一拳，"刘颂，听说你个狗日的发达了，瞧你那红光满面春风得意的劲儿，咱哥们都以你为荣啊。"铁拐李像饿虎扑食一样扑到饭桌上，用手拎了些凉菜放到嘴里，梅花K朝他阴冷地一笑，"你那馋样，八百年没吃过饭啊。"

筋道的海蜇在铁拐李嘴里翻滚腾跃，他的嘴巴鼓得像个充气的皮球，他讪讪地笑笑，"我得垫垫底，为了赶这饭局，我中午饭还没吃呢。草根，你不会介意吧。"

好事不出门，坏事传千里。连他们都知道我这个草根，看来不重塑形象是不行了。那些话非说不可了！

我给他们每人斟满一杯酒，然后我把酒杯高高地举过了头顶，"这杯酒我敬各位哥们，你们知道吗？我以前失意时，就梦想着有一天鲤鱼跃上龙门，然后与哥们分享我的成功。"

这是我启动倾诉开关的前奏，疤眼一口先干了，"啥也别说了，都在这酒里。"

"对对，此时无声胜有声，干。"梅花K也一饮而尽。

第一杯酒没开打开局面，我接着又敬了第二杯酒，我还没说第二轮的开场白，疤眼等人的酒杯又底朝了天。欲速则不达，我索性坐了下来，等待契机。

梅花K第一个来回敬我，"刘颂，谢谢你能记得我们这帮穷哥们，为我们的友谊永远常青干杯。"我陪着他喝了一杯。铁拐李是个急性子，梅花K刚坐下，他的酒杯就端了过来，"草根，我们知道你走得不容易，啥也甭说了，干了这杯酒，我祝你脚踏楼梯步步高。"

喝了铁拐李敬的酒,我顺着他的话借题发挥,我感叹,"铁拐李说得对,这几年我真不易啊,什么样的苦我没受过?反正今天有的是时间,我不妨回顾一下我的艰难历程。"

肚子里的那些话听到了发令枪声,一句句地做好了准备动作。但疤眼却晃荡着脑袋走到我的面前,他不胜酒力,才两杯酒下肚就满脸通红,衬得眼角上的那道刀疤亮晃晃的,"草根,我们哥们四个当中你最有学问,古语说得好,欲成大事者必先苦其心志,劳其筋骨,饿其体肤,而后……而后……"疤眼想不起下文来了,他干脆先把酒往喉咙里一倒,"说这些话真他妈的头疼,还是喝酒来得干脆利落。"

他们三个都依次给我敬了酒,我想总该告一段落,听我说说话吧。可他们三人却你来我往地相互敬起酒来,还划起了拳,把我这个东道主晾到了一边。

我沉不住气了,简直是离题万里!我霍地起身,指着他们三人,不满地吼叫起来,"你们三个狗日的能不能安静一下,听我说说话。"

不过他们三人谁也没买我的账,疤眼甚至和我对着干,"草根,你酒喝糊涂了吧,酒逢知己千杯少,这才喝了几杯啊,你就要发酒疯。"铁拐李用油晃晃的手朝我挥舞,"我们都在保护你,要是把你扯进来划拳,你准得找不着北。"梅花K也附和着道:"我们不一直都在听你说话嘛,嘴长在你脸上,谁也没给你上锁呀。"

我顿时像只泄气了的皮球,颓然地重新坐下来,看着他们划拳喧闹，我的肠子都快悔青了，无疑，这顿酒是白喝了。他们一直闹了三个多钟头，几瓶白酒全都灌下了肚。临分别时，一个个都站着直打晃。我也懒得送他们，让他们分别打车回家。

铁拐李摇着我的手不放，酒气扑鼻，他喘着粗气道，"这顿酒喝得带劲，以后咱哥们轮流做东，把酒……话衷肠。"铁拐李的话戳到我的痛处，我用力捏着他的手，恶狠狠地说："你们尽兴了，没有一点遗憾地走了，我话还没说到位呢！"

7

我又一次经过了文化广场，我想去看看那只鸽子，我带了几个面包片，我想对那只鸽子说我打赌输了，从此之后我愿供应它一生的面包片。广场上的鸽子明显多了许多，我找来找去，没找到那只与我打赌的鸽子。

有一个婴儿车停在广场上，孩子的母亲正在放一只风筝，风筝飘了几次，都没飞上天空，那个少妇就一溜小跑地牵着风筝跑。婴儿有一双亮晶晶的眼睛，滴溜溜地盯着我看，我觉得小家伙挺可爱，就走过去和他说上几句话。小家伙顶多才几个月大，还没学会说话呢，这正好，我说他听。我对着推车手舞足蹈，开始了我的激情广场演讲，小家伙却不耐烦了，哇的一声大哭起来。他的哭声倒像是根风筝线，把那个少妇以急行军的速度牵了过来。

她柳眉倒竖，两只手紧紧地抱着婴儿，警惕地问我："你是谁？干什么？"

我知道她误把我当坏人了，我立即申辩，"我不是坏人，我只是想和他说说话。"

"说话？"少妇几乎笑得呛出了眼泪，"你跟他说话，你脑子没进水吧？我看你要去看看医生了。"说着，她推着婴儿车离开了广场，边走还边说念叨，"莫名其妙，遇到神经病了。"

我苦笑几声，想想自己还真好笑，为什么巴巴地四处找人说话，难道真是神经出了问题？对医学我一窍不通，算了，还是去找个专家看看吧。

我找的是一个心理学专家，姓陈，人们都叫他陈教授。

找陈教授的人一拨接一拨，我竟然看到了苏静，看来她的那些话也是滞销产品。苏静没有看到我，我找份报纸，坐在静候的长椅上，把整个脸部遮得严严实实。

轮到我时，苏静早走了。陈教授看了看我填的表格，他一捋花白的头发，高深莫测地说："你的病情不轻啊。"

我毛骨悚然，啥病？

"你有严重的强迫症、自闭症、语塞症，这些症状体现在精神方面。你一定有话想说可却找不到倾听的人吧？"

陈教授说得太对了，我立马对他肃然起敬。我就是想找个人说说话。"陈教授，你啥药也别开了，干脆你就听我说说话，我说出来心里就会舒服的，钱我一分也不会少给你。"

陈教授指指门外，"我还有那么多病号呢，几乎每个病号都把我当成了倾诉对象，干脆我这儿不叫心理诊所，叫倾听俱乐部算了。"

"其实表达的方式有许多种，语言只是表达方式之一，眼神语言、肢体语言、文字语言、图画语言等等都是表达方式，如果你的语言表达行不通的话，不妨试试其他表达方式。"陈教授对症下药，侃侃而谈。

我肚子里的那些话却不干了，他们集体抗议，陈教授也太不把他们当回事了！我成了传声筒，冒失地问陈教授："你想大便吧？"陈教授吃惊地看着我，手上的笔一抖，差点掉地上去。我接着当传声筒，"如果你想大便，可是却找不到厕所怎么办？是不是也要试图通过其他非如厕的渠道来解决你的大便呢？"

陈教授脸上一阵红一阵白，我心里恶毒地兀自冷笑，这叫以其人之道还治其人之身。

这时尴尬中的陈教授接到一个电话，听那口气就知道是他老婆打来的，陈教授用不耐烦的神情和耐烦的语气在接电话，好不容易才让老婆把电话搁下。

陈教授苦笑，"我老婆老是不放心我，总怀疑我在外面勾三搭四，就连我用女助手都不行，还天天来查岗。你说我处在这样的环境下，真扼杀了我的天才。我告诉你啊，我和老婆的婚姻真是一个错误，她是我下放到农村时谈的一个对象。结婚前她多善良啊，可结了婚后，本性就暴露出来了，多疑、粗暴、不学无术，还空想情敌，到单位来闹，要不是她造成的恶劣影响，我早就做院长了……"

陈教授开始滔滔不绝，居然忘了他的医者角色，摇身一变，成了一个地道的倾诉者。

我的耳朵开始嗡嗡作响，肠胃在痉挛，心说陈教授快放过我吧，我肚子里的话还没清仓呢，现在又灌进这么多话，那还不把我压死呀。

我必须友情提醒谈兴正浓的陈教授，我说："外面还有那么多病号呢，是不是以后有机会再聊？"

陈教授顾不上病号了，说到激动处还从鼻梁架上取下眼镜，用纸巾揩眼泪，边揩边说："这么多苦水我都不知道向谁去说，我走到今天容易吗？我为别人看病，谁能为我看病啊？"

这世界最大的悲哀，就是心里话成了滞销商品！

陈教授还要继续往下说，我赶紧站起身，借口上厕所，逃也似的离开了心理诊所。

8

李烁辞职了，她的男友也办了一家电脑公司，我的一些老客户都被她拉过去了，我真怀疑她是一个卧底商业间谍。

她给我留了一封信，说她本来准备了很多话在辞职时跟我说，但想了想，还是不说为好。她知道我有很多话也要倾诉，她建议我去上网，在那儿有一片广阔的倾诉天地。

我以前曾申请了一个QQ号，自从有了微信以后，已经很长时间不用了，李烁倒是提醒了我。我立即上网，打开久未用的QQ，QQ上的好友加的都是业务合作伙伴，跟他们显然聊不起来。我从网上四处搜来了交友的信息，然后一番猛加，数了数，先后加了20多个陌生网友进来，反正是全面撒网，各个击破，东方不亮西方亮。

第一个和我聊的是个网名叫"海阔天空"的网友，我敲去"你好"二字，还配了一个笑脸，"海阔天空"立马回了我一个笑脸。我们正式开始了闲聊，先聊了会儿天气，找到了感觉，而后我打出一行字："有空吗？我是个有故事的男人，你愿意听我的故事吗？"

"海阔天空"毫不客气地回了一行字："我没空，我正在听音乐、打游戏，如果你不觉得无聊的话，你就在QQ上留言吧，哪天有空了，我得空来看。"随后，他就隐了身，任我千呼万唤也不再应答。

黑格尔说过，人人都有窥私欲，可我的隐私、我的话为什么白送人家也不要呢。我对黑格尔的话产生了怀疑。这时，我的QQ叫了起来，是一个女孩的头像，打开一看，我失望透顶，这个网名叫"飘零的秋叶"打给我的是这样一行字："我这几天心情很不好，烦透了，真想找个人说说话，可身边的人一个比一个忙碌，你能做我的倾听者吗？"

我不假思索，回给她："小姐，我本来就是一个无聊透顶的人，你再把你的无聊转嫁给我，这太残忍了吧！"

对方沉默了，没再给我回话。

从下午一直上网到晚上，我的那些话仍然完好无缺地装在肚子里，没找到一个倾听者。

就在我失望得几近崩溃时，一个网名叫"魔鬼天使"的女孩主动联系了我，说："有故事的男人，能讲些故事给我听吗?"　"有故事的男人"是我的网名，终于有人索求了，我如获至宝，立马回复："只要你愿意听，给你讲三天三夜我也愿意。"

"魔鬼天使"发了一个手舞足蹈的表情给我。

我打算开讲了，肚子里的那些话争先恐后地往外涌，一时间秩序大乱，交通堵塞，我都不知从何处开始讲起来。憋了半天，没打出一个字。我索性向"魔鬼天使"提出视频通话的要求。"魔鬼天使"说她现在不方便接视频，她怕我失望，推荐了一个QQ群给我，说是她的一个朋友建的，这个朋友是个聊天高手。我按她提供的号码搜索，发现她提供的是一个视频聊天网站，还要用手机进行注册。看来"天下没有免费的午餐"这话一点也不错，这点小钱我肯定愿意花。成为注册会员后，里面出现了许多搔首弄姿的女孩照片，我点了一个稍显庄重的女孩，女孩的网名叫"含羞草"，我与她开始了视频聊天。

"含羞草"是个青春靓丽的女孩，但是衣服穿得很少，深深的乳沟毕现无疑。我们互致了问候后，她就提出，"我们裸聊吧，我收费不高的，一小时一百块。"原来，我进入的是一个色情场所。

肚子里的话怂恿我，裸聊就裸聊吧。我臭骂了它们一顿，"你们真没脑筋，'含羞草'一旦裸起来，扭来扭去的模样不把你们压扁才怪。"话儿们也不甘示弱，反唇相讥，"我们倒无所谓，倒是主人你恐怕光知道流口水而想不到我们吧。"

我承认话儿们言之有理，既如此，我还是撤吧，说撤就撤了。

我想知道"魔鬼天使"葫芦里在卖啥药，竟然把我往色情网里带。我外出转了一个小时吹了些冷风，清醒后再回来上网，"魔鬼天使"还在线，看来她是个掮客了。我故意跟她打招呼，感谢她为我提供了一个好场所，我问她有没有更刺激的，花钱多少我不在乎。

"魔鬼天使"兴奋若狂，说刺激的多着呢，只要我肯花钱，她能把小姐空运到我面前。

我说我打字速度慢，咱们用耳麦进一步聊聊吧。

钓人的"魔鬼天使"反过来被我钓了，"他"果然与我在网络上通了话。令我大跌眼镜的是传来的是个男人沙哑的声音，我说我找"魔鬼天使"，他说他就是。我说你不是女的吗？他狂笑，网上的性别你也当真啊。

被欺骗的感觉让我怒火万丈，我对着耳麦吼："你就是一男鸨啊，我马上就报警端掉你。"

"魔鬼天使"却一点不急不慌，他慢条斯理地说："你去举报吧，'魔鬼天使'现在开始就彻底消失，你到哪儿去查我？"

再看电脑，"魔鬼天使"已从我的好友里彻底消失了，真是来无影去无踪。

9

秋天说来就来了，大街上梧桐树的叶子被秋雨打得啪啪作响，秋风乍起，宽如手掌的树叶泛着枯黄，四处飘零。我站在阳台上看雨，心想要是我的话也如这秋雨般酣畅淋漓那就好了，可谁愿意做那片牺牲自我的梧桐树叶呢？

我百无聊赖地翻看报纸，在分类广告中看到一个陪聊的小广告。我一拍大腿，咋没想到花钱请陪聊呢。广告很简短，只留着电话号码，我拨过去，是一个小伙子接的电话，他很礼貌地问："先生需要陪聊吗？"我说我不需要的话就不打这个电话了。小伙子嘿嘿笑了一下，"我们这边的陪聊员很多，你找我们算是找对了，有大学生，还有研究生呢，不过不同的陪聊员收费也不相同。"我说我就找最贵的吧。

在等待陪聊员登门的间隙，我打开电视，有一个台播着宋丹丹演的一个小品，那是 N 年前的一个小品了。宋丹丹扮演的老太太一登场就抖包袱：有人花钱买屋，有人花钱扮酷，还有人花钱唠嗑。这个小品我以前看过，当时逗得我前仰后合，但现在再看，却笑不出来了。我能理解本山大叔的那份渴望交流的心态。来的陪聊员该不会也是个老太太吧，我猜测着陪聊员的模样。

门铃响了，我打开门，面前站着一个面带微笑的俏女郎。她的打扮跟我的前妻秦钰差不多，脸上涂脂抹粉，一看就是个久经江湖的人物。她落落大方地伸手和我相握，"你就是刘先生吧，我是有事你说话陪聊公司的，我叫紫燕，紫色的紫，小燕子的燕。"我知道这是她的艺名，陪聊这行也有行规，没一个在外面用真名的。

我把她让进屋，她顾盼生辉，四处打量了一下后称赞连连，"你家的装修真豪华，也很有品位，你肯定是一个儒商。"她赞得我心花怒放，我示意她在茶几对面的沙发上坐下来，她却把坤包往茶几上一放，紧挨着我坐下来，我的两只手也被她的两只手抓住，轻轻摩挲，我努力把手抽出来，尽力控制着心猿意马，她却不依不饶地把手抓了过去，嫣然一笑道："刘先生，十指连心，我们牵着手说话，这叫零距离沟通，有什么心里话都可以说出来的。"

既然是她们的行规，那我也就随波逐流了。我说我找你来的目的，就是想说说我的心里话。

"别急，我们都闭上眼睛，让我先来猜一猜你的心思。"紫燕说着就把眼睛给闭上了，她也要我闭上眼睛，我只好依她。

她说，你一定遇到了情感障碍，一定是有个你心仪的女人搞得你心神不宁。

话没说到点子上，我断然否决。

她饶有兴致地继续猜，你做了对不起你太太的事情，你心里感到压抑，可又不好对太太说是吗？

越猜越离谱了。我睁开眼说："算了，别猜了，我的太太早成了别人的妻子了，其实……"

我还没说完，紫燕打断了我的话头，自作聪明地说："这下我猜准了，你一定深爱你的前妻，对她割舍不下，所以产生了情感障碍。"

我气急反笑，紫燕还以为她猜对了，得意地炫耀，"我可是资深陪聊员，我大学念的就是心理学，不管什么样的客人，只要往我面前一站，我就能猜出他的心思。你也不例外，有客人还送了我一个外号——X光机。"

我说："你这机器老化了，我本来是胃疼，你已经误诊到肝脏上去了。我告诉你吧，我这人前半生一直过得很坎坷，有些经历甚至可以拍电影，可从来没人关心过我的这段经历，我就是想找个人倾诉一下，让这个世界上除了我以外还有一个人能知道从前的我。"

"我只需要你听，不需你插话。"我掏出一把钱塞给了她。她把钱一张张地放到眼前看了又看，确认不是假钞后，才一张一张地塞进了坤包。

有了钱的刺激，紫燕更加笑靥如花，"刘先生你可真大方。好吧，那我就让你一次说个够。"说着，她把头挨到我的胸前，把我手牵引到她一对饱满的乳房上。这种姿势令我血流加速，心跳加快，这水一样温柔的身体，一定会摧毁我的防火墙。我只好把她扶正了，又把手抽出来道："我说话时你别打断。"

紫燕不解，看着外星人似地看着我，"你的那些话真那么重要，陪聊的时间可都是你花钱买的，你可得珍惜啊。"

我不朝她看，免得我心醉，陪聊陪到床上的事我早有耳闻，不过今天我一点那方面的兴趣也没有，压仓的话把我的大量情趣都挤没了。

我挪了个位置，对她说："那咱们现在就开始吧。"

"好吧。"紫燕无精打采地回答。她掏出了她那款时尚的手机，我说话时，她不停地收发微信，还间隔着打了几个哈欠。

我不悦地停下来，问她："刚才我说到哪儿了？"

她一惊，张口结舌，"好像说到……说到那个啥了。"

"哪个啥？"我追问。

她毕竟是常年游走于江湖，很快恢复了神态。她掏出一支录音笔说："刘先生，我们的业务是陪聊，当个单纯的倾听者我还真不习惯，我现在就把你话录下来，回去后我慢慢消化。"

我兴致索然，说了半天白说了，一部分离开我身体的话又重回肚子。我无力地朝她挥挥说："今天就到这儿吧，改日有机会再聊。"

紫燕如获大赦，拎起坤包真像一只燕子似的飞走了。出门前，她还送了一个飞吻给我。我感觉像吃了只苍蝇，生气地把手中的青花瓷茶杯往地上一掼，茶杯摔得粉碎。

10

市工商联准备组织一次民营企业家联谊活动，我是工商联委员，要在会上发言，这倒是一个倾诉的好机会。我参加过不少会议，主席台上的领导或慷慨激昂或语重心长，说得唾沫横飞，坐在下面开会的，有的用手机打游戏，有的小声交谈，有的在看报纸，真正能听下去的没有几个，不过我却是少数几个中的一个。我专门做过观察，凡是经常发言的领导精神状态都始终处于一种亢奋状态，思维敏捷，终日红光满面，这与他们经常开会，有倾诉的机会是分不开的。

开会这个念头我也想过，作为公司的绝对权力拥有者，把下属召集起来开会，我敢保证来参会的没一个敢做小动作的。谁也不会那么傻，冒着被点名批评和炒鱿鱼的风险来和我抗衡。不过想到李烁的公司机密论，我还是把这个念头给打消了。

工商联的联谊会是个即席演讲，我把肚子里的话排排队，反正早有准备，未雨绸缪。但开会前，工商联的邢秘书长却给我的即席发言铺了轨道，他要求我别的不谈，就谈谈公司这几年是如何关爱员工的，举些具体的例子。我说我还是讲讲我的富有传奇色彩的经历吧，我的故事一定比大长今更精彩。邢秘书长笑笑，"刘总，我们的民营企业家哪个不是经历过坎坷创业成功的，现在开会再讲奋斗史，层次就低了。"

"可是我……"我还没说完，邢秘书长就站起了身，"就这样吧，我还要与另几位即席发言的老总们通通气，我先告辞了。"走了几步，他又想起了什么，回头说："刘总，你不说创业史我还真忘了，我们工商联与作家协会、报社联合搞了一个征文活动，回头我安排两位作家和记者到你那儿去采采风，你可以把奋斗史讲给他们听，我们到时可是要树典型的哟。"

邢秘书长果然雷厉风行，第二天，一个姓白的作家和一个姓赵的记者就来到我的公司采访。我抛开手头一切杂务予以配合。他们递给我的名片上各挂了一大溜头衔，尤其是白作家把他有影响的作品标题都印上了。

一番寒暄过后，我打算启动了，我已经把肚子里的话分成了五大阶段，第一阶段是我的童年，第二阶段是在人间，第三阶段是我的大学，第四阶段是子夜，第五阶段是我的奋斗。对不起各位看官了，我借用了高尔基老先生、茅盾老先生和纳粹德国元首希特勒的书名。我把这几大阶段告诉白作家和赵记者后，他们都没有反对，还觉得很有创意。

那就成，高兴之下，我扔给他们一人一条高档香烟，让他们自取自抽，我的倾诉则拉开了序幕。但还没讲上几句，赵记者就打断道："刘总，你的时间也很紧，干脆我们提问，你回答就行了。"

话都快蹦到嘴边了，我不甘心再把它们咽回去，就赔着笑脸对他们说："我还是讲讲吧，你们记录，回去整理一下就能成文了，也省得你们动脑筋。"白作家脸色变了，他把烟头用力地往烟灰缸里一摁，道："刘总，写作可跟你们办企业不同，文学有文学创作的思路，有倒叙、有插叙，有场景描写、有心理描写，文似看山不喜平，还要一波三折，设置悬念，按你这样讲，我们全文照发，那会比白开水还没滋味。"

白作家一定搞过不少文学讲座，谈起文学眉飞色舞。我把求助的目光转向赵记者，赵记者遗憾地朝我一摊双手，"我们还有许多企业家要采访，时间安排得很紧凑，新闻讲的就是快，按你说的几个阶段可能几天几夜都说不完，还是我们来提问，你答，这样更能提高效率。"

他们是联合采访的主角，我只好听他们的，我期望他们能多设计几个问题多提问，可包头包尾就问了不到十个问题，无非是问了我的简历、公司的规模、获得了哪些荣誉表彰等。当我有感而发，打算详细讲述时，都被他们不适时地给打断，两个人像演双簧戏一样，不到一个小时，联合采访就宣告结束。送他们走时，我塞给他们每人一个红包。白作家和赵记者心满意足，春风得意地说："刘总，你就等着好消息吧。"

几天后，报纸上果然刊出了宣传我的报告文学，洋洋洒洒足有五千多字，还配上了一张我的意气风发的照片。但看着看着，我的脸上阴云密布，上面大多篇幅说我收养了十个孤儿，资助了五个失学儿童。我怎么一个也不知道?! 整篇文章,除了照片外,没看到我的一点影子,我生气地把报纸撕得粉碎,扔进了废纸篓。

11

家中的下水道被堵住了,我自己捅了几次都没通,只得向外界求援。小区的墙上原来贴了不少打洞、通下水道、修油烟机的小广告,但都被物业当作牛皮癣给清除了。我只好找物业,物业没有专用工具,接待我的小伙子倒是挺热心,他带我去了一个公共厕所,在厕所的内墙上找到了一个喷漆上去的小广告,是专通下水道的。

电话打过去,一个20多岁的小伙子没多久就应约而来。他四处看了一下,先出价,50块。小伙子一口山东腔,声音很好听,我就有意逗他,50块太贵了,30块中不? 中,就30块吧。

小伙子人挺爽气,我对他有了几分好感。他三下五除二,不一会儿工夫就把下水道给捣鼓通畅了。我掏出一张50元的纸币给他,他翻着口袋想找零给我,我大方地对他说:"我刚才砍价是和你开玩笑的,你们民工挣钱也不容易,就别找零了。"

小伙子很激动,说了一大堆感谢的话,还主动问有没有其他活,他免费帮我干。活儿倒是没有,我想起了我的那些话,我问:"小伙子,你今天还有别的事吗?"

小伙子拍拍自己的手机道:"手机不响俺就没事,手机一响俺就有事了，这手机可是俺的流动办公室呢。"小伙子人挺逗，也很实诚，我对他的好感又增加了几分，就对他说："这样吧，你没事就陪我说说话，我说你听，你听一个小时我给你50块，咋样？"

这简直是天上掉馅饼，小伙子把头点得像鸡啄米，"中，中，俺没念过几天书，就怕有些听不懂。"

看得出，他会是一个实诚的倾听者，我更开心了，对他说："我尽量用通俗易懂的语言来说，实在听不懂的地方，你可以问。"小伙子点了点头。

我泡了一杯茶润润嗓子，也给小伙子泡了一杯。一切准备工作完毕后，我开了头，"你别看我现在风光，其实以前我比你还要让人瞧不起。"

小伙子猛地从沙发上跳了起来，"大哥，你这话说得可不中听，啥叫俺让人瞧不起，俺是个乡下人，可俺也是人，也有尊严。你们城里人咋啦，朱军还在电视里说了，城里人往上数三代，谁不是乡下人？"

我还真小瞧了这个民工，我的话是伤了他的自尊，我立即予以道歉和纠正。

小伙子也没再火上浇油，坐了下来，说："大哥，俺就恨瞧不起俺的人，以前俺在建筑工地上干活，那个房产公司的经理仗着他是城里人，瞧不起俺们，让俺们10多个挤一个几平方米的工棚，吃的东西比经理养的那只狗差得远了。这还不算，他还拖欠俺们的工资，可俺们也不是省油的灯，工程完工的那一天，俺们几个人把经理押到楼顶上，逼他付工资，他不给，俺们就威吓着要把他推下去，他的胆子被吓破了，这才通知会计把工资一分不差地付给俺们。"

小伙子的话好不容易告一段落，我想接着小心翼翼地开始下文，但思路已经被小伙子打乱，我喝着茶抽着烟想把思路理清下。小伙子见我半晌不说话，他急了起来，"大哥，你可是付钱的呀，这不浪费钱么？"

我臭了他一句："我正在理思路，别打岔！"

小伙子扑哧一下笑出声来，"大哥你说到啥路和打岔，俺倒是真的遇到一件特搞笑的事。上周星期一，俺只带1块钱坐上2路公交，下车时，发现裤子里多了张小偷留给俺的纸条：一个大人出门一个子儿都不带，丢不丢人啊。星期二，俺揣了个破钱包，里面装了1毛钱。到了终点站后，发现钱还在，钱包里被塞了张纸条：俺们不是乞丐，请不要侮辱我们的职业。今天星期六，俺上你这儿干活来了，除了工具俺啥也没带，下车的时候，俺一摸口袋，又有张纸条：大哥，干我们这一行的整天风吹日晒的也不容易，别老打岔整俺们啊！"

小伙子说到这儿哈哈大笑起来，我被他打了岔，直气得眼冒金星，思路揉成了糨糊，小伙子还问，好笑不？

好笑个鬼啊！我气急败坏地掏出50块给他，"你立刻给我消失。"小伙子拿着钱迟迟疑疑地走了。

12

　　入冬了，第一场大雪将城市银装素裹，我的那些话还一直被套牢着。这期间，我到广场去找过几次那只跟我打赌的鸽子，但都没找到，我向广场上的另一只鸽子打听，那只鸽子用鸟语回答我："你说的是大白吧，它已经飞到另一个城市去了，说是在这儿没人听它说话，气走了。"

　　回家的路上，我接到医院打来的电话，说我的母亲心脏病发作了，住了院。这个母亲自然是指我的养母，自从我知道她是我的养母后，对她的情感一下子降到了冰点。我办了公司后，就索性买房自住了，家也很少回。

　　我赶到医院，母亲正躺在病床上，头发花白，脸上皱纹密布。她的沧桑让我的心一下子酸了，我扑到她的身边。母亲用她的那双粗糙大手抚着我的额发安慰着，"颂儿，"这是我的小名，母亲一直这么叫我。"这么多年来我知道你受了不少委屈，肚子里装了不少苦水，说出来吧，说出来就会好受些。当初我告诉你是我的养子时，我本来也不想说的，可话沉在肚子里，让我夜夜睡不着觉，直到和你说出来后，我的心才安了下来。"

　　我好想告诉母亲我找了很多倾诉对象，可是无人肯听啊。但这句话最终还是被我忍下来了。母亲的心脏病很重，几次都是与死神擦肩而过，我不能让她再难过，我得帮她找寻温馨的记忆。我跟她回忆起我的童年，我说童年时最喜欢冬天了，冬天可以堆雪人，可你一到冬天就犯愁，因为我没厚衣服穿，你狠了狠心，把你的棉袄改小了给我穿，你却穿着单薄的衣服过了一冬。

母亲的眼里泪光闪动。她用眼神示意我说下去。

我说得知我是抱养的消息时，那一刻我真的崩溃了。在学校里我抬不起头，别人只要在我后面悄悄说话，我就认为是他们议论我笑话我。我曾经有几次坐到了太阳湖边，想跳进去了此一生……

我找到了感觉，肚子里的话喷涌而出。

我谈了13次恋爱，每一次恋爱失败，就像刀片一样割着我的心。我恨你和父亲，没有让我过上不受歧视的生活，可我不得不感谢你们，没有你们，我就不会读到大学。想起上大学时，你省吃俭用，还偷偷去捡破烂来供我读完大学……

这时有背景音乐响了起来，是蔡琴的声音：

> 是谁在敲打我窗
> 是谁在撩动琴弦
> 那一段被遗忘的时光
> 渐渐地回升我心头……

是母亲摁下了老式录音机的播放键。这首歌我很喜欢，我推荐给了母亲，她说她也很喜欢，每天都放几遍自己听。

母亲的眼眶潮湿，我的眼泪也从眼眶中溢出，母亲伸出枯槁的手替我拭泪，她没有出声，她怕惊动我，我接着往下说，我说到了我的结婚和离婚，说到了我的失业和创业，说到了我的煎熬和艰难，说到我几次偷服安眠药。我越说越激动，越说越流利，说话间，我不知不觉地从母亲的身边站起来，在室内踱来踱去，一会儿哭一会儿笑，一会儿阴冷一会儿温暖，双手也配合着语境语调做着不同的手势，讲到高兴时我双手挥舞，讲到伤心时我双手捶胸，讲到激动时我左手成拳右手成掌，拳掌对击。

肚子里的话渐渐地跑空了，我感到一种从未有过的轻松。讲到我现在的成功时，已经接近于尾声了，而这时城市的钟声也敲过了凌晨两点，不经意间，我讲了几个小时。我这才发现母亲无声无息，我以为她安然入睡了，走过去想帮她掖掖被窝。站到她的面前时，我惊呆了，母亲双手捂胸，脸上布满痛苦的表情，呼吸已经停止了！

医生迅速组织抢救，几次强力电击也无济于事，一个女医生责怪我，"你是怎么照顾病人的，要是早发现还能抢救过来。"泪水无声地从我的脸颊上划过，母亲这时却已经不能用她的手替我拭泪了，为了不打断我，母亲愣是强忍着病发，没有呻吟一声。

雪，还在无声无息地飘落。大街上积雪很深，几无行人，我回过头看到背后留下的歪歪扭扭的脚印。我打开手机，启动摄像功能，借着微弱的路灯，将我的脚印一行行地拍下来。

明天，不，也许就是马上，这些脚印就要被新落下来的雪所覆盖，洁白的雪被上不会留下任何痕迹。

把风拉起来

刊于《芒种》2017 年第 7 期

1

春生叔的儿子张一气喘吁吁地闯进了我的办公室。数年未见，张一明显发福了，肚腩腴了起来，肥满的下颌毫不吝啬地馈赠给他一份厚礼——双下巴，使他本来就粗短的脖子显得更加局促。如果请一个漫画家来给张一画肖像，他的脖子只需一笔带过，绝不需要绞尽脑汁地铺陈笔墨。

在我们西大仓这一带，取名字是讲究秩序的。比如老丁家的三个儿子，分别叫丁伯夷、丁仲夷、丁叔夷，合起来就是"伯仲叔"；咱们老刘家，我大姐刘风、二姐刘雅，我叫刘颂，合起来就是"风雅颂"。最直接的就数老张家了，春生叔排行老大，自他以下依次是夏生、秋生和冬生，你别以为他们就是春夏秋冬挨个儿出生的，其实名字与他们的出生季节并无多大关联，譬如春生叔，他其实就是秋季出生的，这么排序，无非是体现一种秩序井然感。春生叔生有两儿一女，大儿子就是张一，二儿子就是张二，女儿排行老三，直接叫张三。

名字上的秩序感，是我们西大仓特有的标签。这里我得交代一下，我们西大仓在取名上的秩序感，打我们祖先扎根西大仓时就开始了。我们的祖先据说是朱元璋当皇帝时，来了个载入史册的"洪武赶散"，把苏州城的居民一哄儿赶到了苏北里下河平原的黄海之滨。那时的海滨当然是荒蛮之地，朱皇帝把他们赶到这儿不是吃干饭的，再说海滨除了满是腥味的海风和浑浊的海水，哪有干饭供你吃，他们到了这儿只有一个出路——做煮海为盐的盐民。大堆的海盐煎煮出来了，得有仓库堆放，于是官府就地设立了东南西北四个大仓，西大仓的名字也就由此而来。盐民来得多了，官府一一登记造册起来挺麻烦的，于是就给盐民设了编号，编号当然是讲究秩序感的。对盐民的编号可能与朱皇帝有关，他在叫朱元璋之前叫过朱重八。作为盐民的后代，我们名字中的秩序感也就由此衍生出来。因此，我们西大仓的人跑出去，自报了家门，人家就大致知道了你在家里的排行情况。不过，这种秩序感到我们这一代差不多戛然而止了，我们的后代绝大多数是独生子女，没办法再讲秩序了。

我们都知道了春生叔得了壶腹部癌，学名也称胰腺癌。现在的癌细胞创新力比科技还要发达，简直日新月异了。什么淋巴瘤、胆囊细胞瘤，一个个陌生的癌魔面孔不断与我们熟识的人搭讪、亲热。这也掀起了咱们西大仓的学习热潮。在我们西大仓，谁得了癌，大伙儿就会扎堆去打探钻研。知其然才知其所以然，通过一个个患癌者的现身说法或个案剖析，以识别癌魔君的新伪装面目，拒绝与他们无故搭讪与亲热。

壶腹部癌是怎样的一种癌呢？发生了会有什么样的症状？

这些问题你无须请教医生，你随意走进我们西大仓，就是连自己的名字都不会写的、老得甚至忘记自己生辰是哪一年哪一月哪一天的大发爷爷都会在自己的腹部比画一下。他抬起右手在他瘦骨嶙峋的中腹部画一个或大或小的圈圈，大发爷爷说，壶腹部癌就生在这个圈圈里。这个圈圈里有胰腺、胃幽门、胆囊，与肝脏紧密相邻。而且大发爷爷还会进一步阐述，皮肤和眼睛不能发黄，一发黄，那就是胆汁流进了血管，就可能是春生得的那种癌。

在西大仓，病例普及式的健康教育深入人心。所有的人都是从春生叔罹患了胰腺癌，从而猛补胰腺知识的。胰腺上还能生癌？起初，西大仓的人是不太相信的，胰腺在西大仓的人的心中，好像是个次要的脏器，远没有肝、肺、胃、肾等重要，这可以从那些铺天盖地的补肝、补胃、补肾的广告中看得出来，几乎没有广告是提示人们补胰腺的，在广告的诱导下，人们渐渐淡忘了胰腺的作用也就不足为奇。

不过，这次西大仓的人都重视了，大伙儿离开春生叔的病床后，都集中到赤脚医生孙春甲家，继续热议着有关胰腺癌的话题。孙春甲在西大仓绝对是个举足轻重的人物，人们都管他叫"大先生"。他的弟弟孙春乙更了不得，据说已经是美国一家癌症研究机构的首席医生。西大仓哪家有人生病，首要都要先请大先生看看，春生叔也不例外。当春生叔全身皮肤发黄包括眼珠都发黄去找大先生时，春生叔起初怀疑是黄疸肝炎。大家伙儿看着春生叔的样子也都以为是黄疸肝炎，都怕传染，只远远地看着春生叔，连声招呼都不敢打。这也难怪，他们都认为唾沫星子会传染，包括靠近了春生叔呼吸的空气也会传染。

大先生当然是不怕的，他用手在春生叔的腹部摁了摁，问了问情况。有不适的症状吗？没有，春生叔答得十分干脆，他还笑着对大先生说，要么就是黄疸肝炎，要么就是这几天热得中了暑。春生叔为了表明自己不是得了什么大不了的大病，还咧着嘴笑言，"我一天两顿酒，从来没觉得哪儿不舒服。"

大先生蹙了蹙眉头，"春生叔，你这辈子，酒结束了。"这话说得很轻，但春生叔听得却很重。如雷管插入石头，倒数三二一，就嘭的一声爆炸了，春生叔的心开始崩裂了。谁都能听出大先生话语的分量。春生叔从大先生的医务室走出来，就直接去了市人民医院。

2

张一喘着粗气来找我，原来是这么一件事：我父亲恐怕不行了。他现在不想开刀做手术，嚷着让我们三个给他写个讣告，登在市报上。我听得有点儿伤感，春生叔在我的印象中一向是健康乐观，会做几道拿手的家常菜，西大仓谁家有事情，春生叔都很乐意去帮厨。虽然正规的宴席春生叔做不出来，但给大厨的打打下手还是绰绰有余的。春生叔帮厨不要报酬，等大家吃好了，春生叔就几个剩菜，弄点儿酒喝喝就成。有时我回到老家，碰巧遇到春生叔，他老远地就会与我打招呼。我掏出香烟敬春生叔，春生叔抽两口，就热情地拉我到他家坐坐，说是他儿子张一刚从杭州寄来的龙井茶，非要我品一品不可。春生叔在两个儿子的帮助下，建起了我们西大仓为数不多的一幢三层楼，但他们老两口却不愿意住进楼房里，仍旧窝在老式的三间瓦房里，他说这三层楼，一楼给张一，二楼给张二，三楼给张三。尽管他们可能这辈子都不需要，但春生叔仍然固执地给他们留着，他告诉我，他们总要回来的，叶落归根，他们从西大仓走出去，最终还是会回到西大仓的。可惜，春生叔没能盼到那一天，自己却率先倒下了。

我问张一："春生叔真没治了吗？要不要再带他到上海的大医院找专家想想办法？""没用的，"张一摇头叹息，"我父亲就那么固执，能活蹦乱跳时就不愿意离开西大仓，现在这时候，更不愿意离开了。"我也跟着张一叹了一口长气道："讣告通常是人死了后作报丧之用的，春生叔这还活着呢，着哪门子急，这不是诅咒自己嘛。"张一摇头苦笑，"刘颂，你是不知道，我父亲这段时间在医院里读了不少报纸，就喜欢盯着讣告看，看得多了，他就萌生了这个想法，他说人死了，什么都看不见了，他说活着的时候就要留点儿痕迹。"

"用自己的死讯留痕迹，"我对张一说，"这肯定不妥当。"张一像他老子一样固执，他说："刘颂，我父亲既然有这个想法，我就只能满足他这个愿望。"说着，他从身上掏出一张写好了的讣告：家父张春生，西大仓村民，因病医治无效不幸于×年×月×日寿终正寝，享年××岁。特此向亲友泣告。接下来是张一、张二、张三的署名。

张一写的这份讣告还算符合规范，我看了看，觉得没什么需要修改的。但张一却说，这份讣告我父亲看着不行，他看了别人的讣告，都有个生平简介或评价写在讣告上，他觉得他的讣告太素。最近看到的一份讣告就是市烹饪协会的一个副会长的讣告，他就让我来请你帮忙，看能不能介绍他加入市烹饪协会，最好协会能给个一官半职。春生叔是个喜欢拉风的人，即使死了后，他也要把风拉起来。于是春生叔要求儿女们写讣告的时候仿照那个副会长的写。说着，张一拿出登有那个副会长讣告的报纸给我看——

"原清水市商业局饮食服务业管理科科长、清水市烹饪协会常务副会长马旭初同志，不幸于2015年7月19日上午11时38分因病逝世，享年68岁。"

马旭初，1946年6月12日出生于清水市张垛镇河口村，1974年3月参加革命工作，1978年11月加入中国共产党。历任清水商业局饮服公司厨师、办公室文书、饮服公司副经理，1990年调任商业局饮食服务业管理科副科长、1992年任科长。2006年7月退休，与一帮老同志四处奔走，共同筹办了市烹饪协会，2006年11月当选市烹饪协会会员、常务理事，2010年4月当选市烹饪协会常务副会长。

马旭初同志责任心强，工作认真，经验丰富，在饮食文化研究方面成就卓著，尤其对市烹饪协会的发展做出了重要贡献，为提升和扩大我市烹饪行业的地位和影响，建立了不可磨灭的功勋，在餐饮行业中享

有较高的威望。他的不幸逝世，是我市烹饪和餐饮界
的重大损失。

我们要继承马旭初同志的遗愿，努力工作，为清
水市烹饪事业和餐饮业的繁荣发展而奋斗！

马旭初同志永垂不朽！

清水市烹饪协会

若搁在平时，凭我在市报做副刊部主任的面子，让春生叔登
个讣告倒不是个难题。可现在却有点儿为难了，市烹饪协会是个
松散型的曝光率并不高的民间团体，会长是一个退了休的副市长
兼任的。平常，这个协会吸收会员倒没有多高的门槛，但春生
叔这样的情况却比较难加入。第一，春生叔虽说做过多年的帮
厨，但在烹饪与餐饮界籍籍无名，估计他老人家生病前也没听
说过烹饪协会；第二，春生叔加入协会就是为了写讣告，这也
太有点让人觉得晦气了，那帮烹饪协会的老家伙们肯定不答应。

见我为难，张一说："刘颂，我不怎么在家，家里的人事我
也不太熟悉，这事就拜托你了，花多少钱你看着办，为了一个
老人的临终嘱托，你总不会不尽点力吧。"张一把话说得这个份
上了，我只得勉为其难地点点头，"我试试看吧。"

3

"一二三，我一拉，他们就回来了。"

在市人民医院住院部13楼34床，春生叔总是这样对来看望他的人讲述着他的三个儿女的孝心。春生叔说："我的三个孩子就像一只只放飞的风筝，虽然都不在西大仓了，但是牵着风筝的线总捏在我的手中，我一拉线，数一二三，他们就飞回来了。"

春生叔的大儿子张一在杭州开了一个废品回收公司，二儿子张二在新加坡做技术劳务工，女儿张三，见了面我才知道她已经改名叫张珊，不过"珊"与"三"音近，不影响排序的。张珊嫁到了上海，在一家连锁超市做文员。春生叔为培养这三个孩子是吃了不少苦头的，在我们西大仓人的记忆中，张家的三个孩子小时候都没有新衣服穿。尤其那个张珊，听说我有望顶替我父亲的邮递员职务时，春生叔跟我父亲刘建国套近乎，说是想把他的女儿许配给我，从小就定个娃娃亲。但那个时候，我看到张珊挂着清水鼻涕，一头的黄毛，哭喊着坚决不要。我大姐国风是个热心人，她一直在跟我讲，女大十八变，越变越好看，要我点头认下这门亲。我二姐小雅却与我站在同一阵线，她说："我们家刘颂，才貌双全，如果接替了父亲的职务，就是正经八百的城里人，将来一定要娶城里人。"

事实上，我和小雅的意见都不算数。在刘建国同志的专制政策下，我们是没有民主权利的。刘建国倒不是认为张珊配不上我，反过来了，他倒认为我配不上张珊。事实证明他是正确的。张珊嫁到了上海，难得回咱西大仓了。这次春生叔生了大病，我去看望春生叔时，才总算见着了张珊。

看到张珊的时候，我就后悔了，如果时光能倒流，我一定会听我大姐国风的话。怎么形容呢？高挑白皙、成熟优雅，这些标签贴在她的身上是再合适不过了。黄毛丫头张三嬗变为白富美张珊，如果我不动心，我就愧对男人这个称呼了。张珊看到我时，眼睛红红的，显然是刚哭过。我还没跟春生叔说上几句话，张珊就把我拖到门外了，说是有话要和我说。

往外走的时候，我心里有点儿暗暗的惊喜，张珊拖我出来说啥话呢？我暗自揣测着。这次张珊回来，没见到她的老公跟她一起回来，难道她离了？我往这方面揣测的时候，有点儿热血沸腾。我热血沸腾的时候，又滋生着可耻的欲望。春生叔还在病床上躺着呢，生死难卜，我却净想着风花雪月的好事，刘颂，你太可耻了！我在心里骂着我自己，但骂得有点儿心虚。怎么说呢？套用北岛先生的诗句：卑鄙是卑鄙者的通行证，高尚是高尚者的墓志铭。再次见到张珊，我倒是想拿到那张通向卑鄙的通行证。

张珊找了一个僻静的地方站定，用她那双大而闪亮的眼睛盯着我，"刘颂，你说实话，张一是不是找过你？"

"是啊。"我茫然地点点头。

"我就知道张一会这样，他就舍不得钱给爸看病。"说到这儿，张珊呜呜地哭了起来。

我急忙替张一辩白，"不是你想的那样，他是按照春生叔的意愿，想让我找门路替春生叔混进市烹饪协会，说是春生叔自己要写讣告呢。"张一哭得更凶了，"爸还没死呢，写啥讣告！他这是咒爸死呢！"

在张珊的哭诉中，我弄明白了个大概。春生叔进院后，做了增强CT和核磁共振，基本上诊断为胰腺癌。医生将春生叔的近亲属召集起来开了一个短会，医生说，现在的病情几乎确定了，有两种方案，一种是做外科手术，沿着壶腹部切除肿瘤病灶，要涉及胰十二指肠、胃幽门、胆囊等五个部位，手术是除了换肝手术外最大的手术。手术也可能产生很大的风险。另外一种就是做个简单的胆汁穿刺引流手术，不过只能排胆汁。因为春生叔的胰头肿瘤已经占位了，占住了胆管，胆汁从他们的通道走不通了，改道了，胆汁流进了肝内血管，再沿着血管浑身乱窜，这也导致了春生叔的浑身皮肤发黄包括眼睛里也黄了。胆汁的乱窜是危害性很大的，换言之，就如一辆失控的汽车，在繁华的街道上乱跑，撞死撞伤的器官无数。

手术的风险医生们也讲得十分清楚，包括手术过程中的风险和术后的并发症风险，总之医生讲得挺吓人。此外，凭市人民医院的专家条件，做这个手术还比较生疏，他们建议从上海请专家过来开刀。

治疗的费用医生也讲得十分清楚，请专家、检查费、手术费、术后治疗费包括自购的人血白蛋白费用、术后的化疗费用，大概30多万。春生叔有农村合作医疗保险，在规定的范围内可以报销百分之五六十，张一算了一下，可报的费用不到10万，因为有许多隐性的费用不在报销范围内，这样一来，张一、张二兄弟俩每人要承担10多万。张珊是嫁出去的人，自然不要她分担费用。

大致情况搞清了，张一作了一个决定：不动大手术了，就做个穿刺引流的小手术。张珊是坚决要给父亲做手术的。她说总不能眼睁睁地让爹等死吧。张二的态度是既不赞成手术也不反对手术，医生的话说得他也没主张了。至于春生叔呢，他们不敢跟他说出实情，一直瞒着他，只说是小毛病，炎症而已。其实春生叔也不是傻子，整个西大仓都知道他得了胰腺癌，他能不知道？要不然，他也不会急火火地想弄个讣告。说到这儿，我还得打个岔，向诸位解释一下，在西大仓，不仅名字上有秩序感，在家庭议事中，同样讲究"家有长子、国有大臣"的秩序感，张一作为春生叔的长子，他的话有着绝对的权威。

张珊之所以把我拉出来，就是想让我劝说张一给春生叔做手术。"只要能救了爸，我一定会好好报答你的。"张珊梨花带雨，边哭边说。

怎么报答我呢？这句话我本来是想说出来调侃一下张珊的，但是这种场合这种气氛如果我说出来，那我就是神经病了。我把话咽回了肚子，郑重其事地点头应允了张珊。

4

张一的眉头拧成了"川"字，我知道他在拿自己的脑细胞开刀。张一摁灭了手中的烟头，终于开了腔："刘颂，你知道我这个人的，我虽然早早就离开了西大仓，在外面打拼，但是我的心一直没有离开过西大仓。逢年过节，哪一次不回来看望父母？我也不提是个有多孝顺的儿子，但至少，我尽到了做儿子的责任。"

　　我搓了搓手，我在找合适的词汇来完成与张一的沟通。你们也一定都知道了，我是来帮张珊做说客的。但我的话才说到了一半，张一就似乎看透了我的心肝脾肺肾，他说："我知道你是要帮着张珊说话的，她就是一根筋，老爷子生了这么大的病，我就不知道给他治？但这种病能治得好吗？"

　　接着，张一扳起了手指头，开始列举事实：我有个朋友今年才46岁，你晓得吧，平时身体好好的，经常跟我一起喝酒。半年前，他得了壶腹部肿瘤，他正当壮年，一个字，就是治，开了刀，化了疗，那个刀开下来，壮实的人顿时瘦了三圈，一下子倒在病床上，化疗只做了一个疗程，结果，三个月不到，挂了。

　　乔布斯，你晓得吧？就是那个苹果手机之父，也是得了胰腺癌，他那么多钱，世界上最顶尖的治疗手段全用尽了，还是没撑过多久，也挂了。还有，肥肥，你不要瞪眼睛，不是咱们西大仓的肥肥，我说的就是那个香港的喜剧演员，肥肥——沈殿霞，也是胰腺癌，撑了一年多，也挂了。还有，我们公司的老刘，他父亲，也是这种病，也是开刀了，回家没过两个月，挂了。

　　张一说，这些事例不胜枚举。"刘颂，你是个聪明人，应该看出些啥了吧？"我没有回答，由着谈兴正浓、已经把手指头从头扳到尾又将手指头从尾扳到头的张一继续往下说。张一于是接着说："这些人，都是过度治疗。过度治疗，晓得吧？都是开了刀后挂了，我已经问过许多懂医的朋友们了，他们说，所有的癌症都是心因性的，只要心态调整好，就能多活上几年，甚至能创造出奇迹，可是一动上刀子，整个人就瘫了，一瘫下来，就只有等死了。"

张一终于停了下来，我确信他不会再说话了。他点上了一支烟，狠狠地吸了一口，烟火的忽明忽暗中，他深吸了一口气，一双满怀焦虑的眼神紧紧地盯着我。他在期待我找个理由说服他，其实我是明白张一的，他列举了这么多的病例，他是想告诉我不给春生叔动手术的理由，其实，他说给我听，更是说给他自己听，他在做选择。

春生叔病了，一道手术题就摆到了他的面前：做，还是不做？这真是一个问题。做了，很有可能让春生叔跟他刚刚列举的乔布斯、肥肥以及老刘的父亲等人的下场一样，在医院里折腾个半死，然后呢，就是剩下一口气拖回家等死，慢的一年半载，快的一两个月。而如果选择不做呢，则可能把春生叔拉回家，爱吃啥给他吃啥，爱玩啥给他玩啥，老爷子兴许没开刀，真的当自己是个小病，心情一开朗，真个儿将癌魔给一脚踹走，舒舒服服地多活上几年。

可是，张一敢确保拉回去就能让春生叔舒舒服服地多活上几年吗？这个赌注太大，他不敢赌。可以这么说吧，做手术，张一心有顾虑，不做手术，他依然心存顾虑。所以他处在矛盾之中，他的矛盾，张二、张珊是不知道的，可能也是不能理解的。不过，我还是理解了，不是我智商高得让人刮目相看，而是我身为一个记者，我的确采访了许多负债治病、最终人财两空的家庭惨剧，我明白，我理解。

我也从张一的烟盒里抽出一支香烟，给自己点上，我也喷了一口烟雾，也将眉头拧成了"川"字形，在烟雾中，我说话了。"张一，你是咱西大仓有名的大孝子，给春生叔治病，必须要治，如果这么不明不白地拉回去，邻居们怎么看你？张二、张珊怎么看你？唾沫星子也可能淹死你。再说，现在医学发达了，我们还是要相信医学，做手术，还有一线生机，不做手术，出路只有一个，回家等死。这就跟打牌一样，最后还是要搏一把，你的运气也不会那么差，兴许赢了呢？"

张一啧了啧嘴，长叹了一口气，他腾地站起身子，一拍桌子，那就做吧！

5

春生叔逼着张一写讣告是有来由的，这来由并不是他感觉来日无多，当作遗嘱来交代的，而是孔老师给他上了一堂人生课，让他颇生感慨后做出的决定。

孔老师曾经在咱西大仓做过代课教师，后来调到市一中做了语文老师，桃李不言，下自成蹊，孔老师曾获过无数的奖。这次他生病住院，家人尽管一再瞒着他，告诉他只是胆石症而已，但孔老师是何等人啊，他很快就知道了他得的是肝癌，增强CT做出来，影像上看上去围绕肝部满是白点，没办法再做手术了，孔老师于是开始交代后事。

孔老师与春生叔是同一个病房，当孔老师很认真地起草自己的讣告时，春生叔凑上去看。春生叔看到孔老师的讣告是这样的写的：清水市代秀共产党员、清水市教育学会副秘书长、清水市第一中学语文学科带头人孔浩因病医治无效，于××年××月××日在市人民医院病逝，家属遵其之嘱，不搞吊唁祭奠仪式。

孔老师是个说话简洁的人，他的为人也很简洁。讣告也写得清清爽爽。不过春生叔看得糊涂了，"孔老师，你这不活得好好的，咋就把自己给写死了呢？"孔老师挺有耐心的，他就给春生叔现场开了一堂生动的人生课。孔老师说："人活一口气，人一出生，就是一个冒号，意味着人生的开始；读书成长就是一个逗号，意味着人生的延续；工作就是一个省略号，因为这个阶段的人生都是相似的，可以省略了；结婚成家就是一个感叹号，带着强烈的感情色彩；中老年之惑就是一个问号，人生走到这一步，总会遇到许多的问题，有些问题可以找到答案，有些问题至死都找不到答案。"

孔老师说到这儿时，略识几个字的春生叔插话问："孔老师，孔圣人不是说过人生四十不惑，五十而知天命吗？怎么在你嘴里，人到了中老年反而困惑多了呢？"孔老师微微一笑道："孔圣人的这句话是两千多年前说的，当下这世道，你看得清吗？"春生叔似懂非懂地摇摇头，老实地说，看不太清。"那就对了，"孔老师接着说，"人死了，就是句号了。"孔老师就扬了扬手中的讣告，"这个就代表着句号。要是没有这个句号，总觉得人生好像不完美似的。"

春生叔明白了，他用他的方式来理解孔老师的意思，他说："孔老师，我明白你的意思了，孩子出生时到处发红蛋，就是告诉人们孩子出生了，而人死了，也发个讣告，也算是告诉大家，这个人不在人世了，去黄泉路上溜达去了是吧。"

春生叔的悟性很是让孔老师刮目相看，他问了问春生叔的病情，春生叔说："具体的病情我也不知道，一二三他们一直告诉我，是个小毛病，但我也奇怪，小毛病咋住了这么久的院？""一二三？"孔老师显然不明白。春生叔笑笑，"一二三就是我的三个孩子，我给他们取的。"

孔老师没有再问，他似乎已经察觉出来了，这春生叔的病跟他的肝癌相比应该轻不到哪儿去。他不作声了，继续看他的讣告。后来，孔老师的脸色越来越差，话也越来越少，春生叔也不好再缠着孔老师说话，就把孔老师床头的那一叠报纸拿过来看。他不看别的，就专门找讣告看，越看越发觉得讣告重要。终于，春生叔找到了他自认为满意的那份讣告，就指着报纸对张一嘱咐，"张一，你是老大，你给我听着，我活了这辈子，总有一天要画上句号的，你就给我照这样弄个讣告登出来。"

春生叔的话像个炸弹，把张一张二张三炸呆了，张珊先哭了起来，她一边哭一边责怪老爹，"呸呸呸，瞎说啥话呢？不活得好好的嘛，写啥子讣告，这晦气的话不准说了。"但春生叔还是很固执的，他仍沉迷于孔老师的人生授课中，他要张一给他写讣告的决心不改。

张一被春生叔逼得没办法，只得硬着头皮找来一张白纸给春生叔写讣告，就是张一后来跑到报社找我时给我看的那份讣告，但春叔生很不满意，觉得他的人生不能画一个这样简单的句号，他的句号一定要画得漂漂亮亮的。见张一并没把讣告当回事，春生叔生气了，他开始绝食，不肯配合医院的检查。张一被春生叔纠缠不休，只得找我想办法。

6

　　春生叔做手术的那一天，西大仓来了一大拨人，他们陪着张一张二张珊，混杂着在人声喧闹的手术室外。市人民医院工作日内都要做七八十台手术，每个接受手术的病人，都有几个直系亲属加近亲属守在手术室外。其实，守在手术室外啥也干不了，现在医院的手术做得很规范，病人进手术室有护工，到了手术室里一切都交给医护人员，手术做成了，推出手术室的病人还没醒麻醉，然后又是护工直接送到病房。整个过程，守着的人几乎无所事事，但每个人的心中似乎又有许多事。所以，他们还是守在那儿，不离不弃。

　　张一那天闹牙疼，牙疼不是病，疼起来真要命。医院是封闭的空间，24小时开着空调，张一的那颗蛀牙，经不住空调的一吹再吹，终于爆发了牙神经痛。手术室外的椅子上坐满了人，张一就坐在楼梯口，我也坐过去，想安慰张一几句。但我的话还没有说出口，张一接了一个电话，是他老婆从杭州打来的，张一的老婆告诉张一，她胃痉挛，不能直腰，儿子上学也没人接送，废品收购站没防范，收了民工偷来的井盖，公安和城管找上门，要罚款，开价就是3万，还要张一去配合调查。

　　"废物！"张一的老婆絮絮叨叨地还没把话说完，张一就吼了起来。这边春生叔开刀，那边后院起火，张一已经够坚强了，但还是没掩盖住他的心烦意乱。他这一吼不打紧，张一的老婆也不是省油的灯，我从电话里的漏音中听见张一的老婆开始了全面反击："你骂我废物？张一，你个没良心的，你老爸生病，你说回去几天，这一去就是大半个月，一大摊子事扔给我，这个家你不要了？张二张珊呢？他们就不能照顾老爸，就你当老大的在那儿掏心掏肺！张一，老娘受够了，咱们离婚！"

一句废物换来了一场离婚，这是典型的蝴蝶效应。如果不是亲耳所听，我也跟你们一样，会觉得匪夷所思。关了手机的张一心情非常不好，我只得安慰张一，"女人嘛，也就是随便说说，当不了真的。"张一仍然捧着他那侧牙疼的脸颊，没有吭声。

我讪讪地在张一身边坐了会儿，眼光四处探寻，我看到了张珊，她独自站在窗台前，双手环抱着手臂，烫成酒红色的波浪长卷儿瀑布般散开，衬托着她窈窕的身姿。我鬼使神差地走到了她身边。张珊眼睛依然盯着远方，远方除了钢筋混凝土的建筑物外，并没有值得她去打量的，但她的目光仍是没有移动。

"刘颂，我是不是真的错了？"张珊在跟我说话。我讶然，什么错了？张珊说："也许不开刀，还能活得久一些，开这么大的刀，整个壶腹部要切个底朝天，就像从一张白纸上划个圈圈抠个大洞，你说缺失了这么多的脏器，人活着还有啥意思？"

我正想开口，张珊没让我开口，她转换了话题，"刘颂，你说人这辈子活着又有啥意思呢？年轻的时候，听得最多的消息就是谁谁谁结婚了，谁谁谁生孩子了，可是人到中年了呢，听得最多的消息就是谁谁谁生病了，谁谁谁自己过世了或者父母过世了。"

"人活着没意思才是最大的意思。"我的话让张珊一怔，她终于将目光从远方收回，定定地看着我，幽叹一声："一切烦恼，也许刚发生的时候都是悲剧，但是时间久了，也许悲剧变成了闹剧和喜剧。任何年龄都有不同的烦恼，就像你开着车行驶在高速公路上，烦恼就是那一段段路口上的进口和出口，一路相随，甩也甩不掉。"

张珊的话引起了我的感慨。我打了无数的腹稿，但就是不知道怎么接上张珊的话。沉寂了一阵，张珊又说："刘颂，你要是在上海就好了，隔得这么远，可惜了。"

7

春生叔的手术很成功，但成功的手术并不意味着春生叔的痊愈。因此医生对张一说，你们做儿女的，至少要留一个在病人身边，照顾病人，也许能让病人活得长一些。按照医嘱，春生叔隔三差五就要到医院做一次检查。胰腺癌容易复发，而且对化疗极不敏感，这就意味着春生叔像随身抱了个炸弹睡觉，搞不好，碰着了引线，轰的一声，就要炸个粉碎。

我给春生叔去市烹饪学会领取了一张会员表格，取表格的时候，我是这样对那个已经退休了的副市长现在是市烹饪协会会长说的，我说："烹饪协会这几年搞得风生水起，在全市广有影响，我老家有个厨师，一直想加入烹饪协会。可总觉得自己不够资格，这次，他查出了胰腺癌，可能不久将要远离人世，他别的心愿都已了结，但没能加入烹饪协会是他最大的遗憾。”

我声情并茂，显然打动了那位退了休的副市长，他问我，那个厨师叫什么名字？我答，张春生。那个退休了副市长背着手踱了几步，然后猛然一挥手，像是动了感情，说：“难得的好同志啊，这个心愿我们一定要替他了结，而且要把他吸收为协会的名誉理事，大张旗鼓地宣传，要让全市的厨师向他学习，做有良心的厨师，做有良心的菜肴。”在他的授意下，我很顺利地拿到了那张会员登记表。

我拿着表格去找春生叔填表，春生叔把表格端详了半天，诧然地问我：“要我填这表格干吗？”我也诧异，“不是你让张一找我要表格嘛。”春生叔一拍脑袋，“瞧我这记性，肚子上开了刀，脑子也好像跟着开了刀，这个不要了，讣告不弄了，我活着的时间还长着呢，不着急，以后再说吧。”

春生叔的乐观并没有让张一乐观，我发现张一有抑郁的倾向了。他不能不抑郁，随时担心老父亲身体内的癌魔复苏，但是在春生叔面前，他却必须装出笑嘻嘻的样子，手术很成功，跨过这道坎，多活上十年二十年没问题。谁都听得出这是谎话，但春生叔却当作真话来听，他的心态很好，精神压力很小，这正是医生们所期望的。

张一为了照顾老父亲，三天两头要赶几百公里，杭州、西大仓地两头跑。跑了两三个月，他还真的就离了婚，杭州的废品收购站给了老婆，张一几乎是净身出户，回到了西大仓。关于张一的离婚，在西大仓大致有两个版本，有的说张一有了外遇，有的说张一的老婆有了外遇，而且这外遇就是在春生叔住院期间发生的。西大仓人对离婚原因的推测一直很单一，就是外遇，万变不离其宗。对于这些揣测，张一总是跟我摇头苦笑，他们说的都不对。具体的离婚原因，张一没有说，我试问过几回，张一只是一味地说，刘颂，别八卦，他们爱说让他们说去，谣言止于智者。

张二不出国做劳务了，转而在上海搞装修，据说否极泰来，历经老父的这场大难，他倒是接了几个大活儿，赚了不少钱，经常开回西大仓的奥迪A6就是最好的佐证。

张珊在春生叔出院后就回了上海，我们经常通过微信聊聊天。张珊说，刘颂，你要是来上海工作就好了。有一天，我出差去了趟上海，晚上，孤身一人在酒店的我给张珊发了一条微信，告诉她我在上海了，住在哪个酒店的哪个房间都告诉了她。张珊说晚上来跟我见见面，我做好了一切准备，想好了一切可能将要发生的事情，但是我一直等到天明，张珊都没有来。

我失望地乘大巴离开了上海，我给张珊发了一条微信，埋怨她放了我"鸽子"。张珊回复我：刘颂，你不常在上海，我也不会长住西大仓，怎么突破这空间的距离我还没考虑好，下次你来上海再说吧。下次，张珊还会放我"鸽子"吗？我不是预言家，看不到结果。在高速上行驶的客车突然慢了下来，原来是遇上了团雾，客车钻进了雾里，四周白茫茫一片，看什么都

不分明。为了安抚人心，善解人意的司机放起了CD，车厢里传
出那英唱的那首《白天不懂夜的黑》：

　　　　我们之间没有延伸的关系

　　　　没有相互占有的权利

　　　　只在黎明混着夜色时

　　　　才有浅浅重叠的片刻

　　　　白天和黑夜只交替没交换

　　　　无法想象对方的世界

　　　　我们仍坚持各自等在原地

　　　　把彼此站成两个世界

　　　　你永远不懂我伤悲

　　　　像白天不懂夜的黑

　　　　……

顶 替

刊于《当代小说》2012年第12期，《湖海文学》2017年春季刊转载

我发觉我最近的运气特别好，好得有些出乎意料，好得有些让我忘乎所以。比如我看到张安琪在路上滚铁环，我就说张安琪借我滚吧，张安琪说我滚不给你滚。我就说张安琪你就滚到河里吧。结果他的铁环真的滚到了河里，张安琪站在河边出了会儿神，说我乌鸦嘴，我嘿嘿冷笑几声，你再瞎说小心我把你咒进河里，张安琪就捂住嘴巴不敢吭声了。

再比如我的同桌方晓玲。自从我往她的书包放了一根蚯蚓后，她就跟我翻脸了，在桌子上刻了三八线，稍有摩擦就能擦碰出战争的火花。方晓玲对我的"外援"也切断了，害得我考试时抄不到她一条答案。有一次，她突然大发善心，写了张纸条报给我选择题的答案，结果答案全是她打乱了给我的，害得我全军覆没。不过自从我运气好起来时，方晓玲也吃了我的亏，那天又要考试，方晓玲在我前面交了卷，我一看，她试卷上的名字忘了填，而我的试卷也恰恰没填名字，于是乎我就来

了个李代桃僵，毫不客气地在她的试卷上填上我的名字，我的试卷上填上她的名字。任课老师是新来的，不清楚我跟方晓玲的情况，结果大大地表扬了我，把方晓玲都批评哭了，方晓玲要查试卷，我早已估计到她这一招，潜到老师的办公室把两张试卷偷出来撕了个粉碎，让他们查无对证。

我的好运气还没完。当我决定报复我的二姐小雅时，结果这个主观的念头才产生，客观上就产生了效益。喜得我这个一向无神论的唯物主义者都快去给菩萨烧上几柱高香了。

以前，我跟小雅是同一阵线，跟老实憨厚的大姐国风反而格格不入。那个时候我经常跟着小雅搞些恶作剧给国风难堪，趁她睡着的时候，小雅在她的脸上画过眼镜，我在她的手上画上手表。或者将一张写有"国风是个狐狸精"的纸条用胶水粘到国风的后背上，她当然不知情，依然招摇过市，别人看到字条时都笑得快岔过气去。

但大姐从来没跟我来气，她总是说："刘颂，一定是小雅指使你干的吧。"我摇头而后又点头，国风从来不责骂我，还拍拍我的肩头，"老弟真帅，将来一定有女孩主动追你。"但大姐对小雅却没那么宽容了，她常板着脸教训小雅。小雅也不是省油的灯，跳着脚跟国风对骂，更绝的是她明明每次都占了上风，可是父母一回家，她总是泪眼涟涟，装出可怜兮兮的样子让父母帮着她，真是个恶人先告状的鬼精灵。国风曾经不止一次对我说，小雅才是个狐狸精，小雅就是个狐狸精。

也许你看出来了吧，我家姐弟三人的名字都挺有意思的，国风、小雅再加我这个颂，风雅颂齐全了。能取出这个文雅名字的当然是我那老爹了。老爹刘建国在乡上的邮电所当投递员，你可别小瞧。那时的刘建国同志可神气了，骑着擦得一尘不染的绿色自行车，穿着一身绿衣服，要多神气有多神气。用他的话说就是，自行车铃儿一响，不少大姑娘小媳妇的眼神都被他勾过来了。刘建国同志说这话时我妈可不同意了，她的脸就拉了下来，我顺着老妈的意思说，你那是勾魂铃。老爸亲昵地捏捏我的嘴巴，臭小子，都会用词汇了，好，很好，实在好，将来一定有出息，是个大学生的料子。

刘建国同志是我们队里唯一吃公粮的人，这是他当了几年兵，且获得学毛主席著作积极分子换来的。刘建国同志当兵前，大字识不了几个，但他学毛主席著作却有着极大的天分。比如母亲生下了大姐国风后，父亲来了一封信：夺取全国胜利，只是万里长征走完了第一步。于是在第二步和第三步中就有了二姐小雅，和老三我。等到我们三个都上学后，父亲常用毛主席的话给我们打气："世界是你们的，也是我们的，但是归根结底是你们的。你们青年人朝气蓬勃，正在兴旺时期，好像早晨八九点钟的太阳。希望寄托在你们身上。"

于是我们带着刘建国同志的殷切期盼，走上了漫漫求学之路。但我们姐弟三人不知道啥原因，总不能考个满意的成绩让刘建国同志四处荣光。大姐国风学得是最认真的一个，在她的死记硬背下，语文、政治科目勉强能过关。数学、物理等理科却惨不忍睹。二姐小雅呢，学习偷工减料，但每次考试成绩却比大姐国风强。我的成绩就更不用提了，自从经常考倒数第一的孙小明退学后，我就光荣地顶替上他的位置，并且占着就不挪窝。

三人中，小雅的成绩最出色，刘建国同志经常拿小雅举例来刺激我们。大姐国风听多了，心里就很不服气，她悄悄告诉我，你瞧瞧小雅，要不是她长得漂亮，勾引着成绩好的那小子给她传纸条，她准得带几个大鸭蛋回来。

刘建国同志鉴于我们三人的实际情况，本着在战略上要藐视敌人，在战术上要重视敌人的原则，给我们仨指出了一条光明坦途：老大国风高中一毕业就可顶替他，老二小雅"成绩好"、外表出众，计划嫁给个能吃皇粮的街上人。老三我还有很大的可雕琢空间，他指出一条出路就是走他的革命道路，参军保家卫国去。

刘建国同志把一切安排得妥妥当当，周周全全。按他的设计，国风、小雅、我都会鲤鱼跳龙门，成为城里人。但他设计铺筑的轨道，却偏偏出了意想不到的问题。

问题看似出在我们身上，但我N年后做过分析，归根结底还是出在刘建国身上。首先，他没有发扬民主精神，没有充分尊重我们的意愿，他搞的是一言堂，这就难免有失偏颇；其次，刘建国同志只是根据我们的局部表现而一锤定音，没有全面充分考虑到各人的性格特点以及实际的可操作能力。

刘建国刚做出这个决定时，最开心的是老大国风。顶替意味着啥？那就意味着农转非，做街上人，那就意味着不要为工作而发愁，那就意味着前途无限广阔。小雅那天就哭了一个晚上的鼻子，她抱怨刘建国同志偏心眼，凭啥是国风顶替而不是她小雅顶替呢？

刘建国同志没有被小雅的泪弹击倒，他告诫小雅"牢骚太盛防肠断"，同时又勉励小雅"风物长宜放眼量"。他的意思是，凭你小雅的出众条件，找个街上人不费力气，同样可实现鲤鱼跳龙门的目标。

小雅本来跟国风的关系就很微妙，刘建国同志的规划出台后，两人更是水火难容。小雅嘲讽国风是"太子"，国风却不肯让着小雅，她回敬一句"那你就是王妃"。我听得莫名其妙，家都成刘家王朝了，一下子出了"太子"与"王妃"两个贵人。但我也很快犯愁了，她们一个"太子"一个"王妃"，我算啥呢？小雅没好气地说：你是"大内总管"！

"大内总管"是啥官？我后来才明白，原来是大太监！好你个小雅，还有这样咒你老弟的！

说了半天，你们也知道我为什么产生报复我二姐的念头了吧。不过，我报复的行动还在构思着，小雅的一个举动立刻令我跟她化敌为友。小雅不知道从哪儿搞了两块大白兔奶糖给我吃，吃得我从嘴里甜到了心里。小雅说，看二姐对你多好啊。我直点头，吃人家的嘴软嘛。我吃到第二块糖的时候，小雅又说，你是咱们家唯一的男孩，那顶替的事情说什么也该着你，国风凭啥子去争。我正含着糖，嘴里支吾着，说不清是应和着小雅还是应付着小雅。

"去，找老头子谈谈，把顶替的名额争取过来。"小雅一直背地里叫刘建国同志为老头子。国风打了若干次小报告，这个称呼的问题相当严重。老头子那是专有所指的，我那时候看到的打仗电影，国民党反动派后面撑腰的就是那个称老头子的蒋介石。刘建国同志一直爱国如命，一颗红心永向党，称他老头子，那不是变相骂他吗？刘建国同志很生气，但后果不是那么严重，他找小雅谈过一次话。刘建国同志高屋建瓴地指出，咱们老刘家没有阶级敌人，偶尔有些小摩擦，那也是人民内部矛盾，并发表声明，反对小雅称他为老头子。

但小雅就是犟，如果不犟她就不是小雅了。她把刘建国的警告当成了耳边风，东耳朵进西耳朵出，依然叫着老头子。有时还故意在国风面前老头子长老头子短地喊着。她不怕国风打小报告，事实上，连国风自己对打这类小报告的事都感到厌烦了。

我被小雅推到了老头子面前，小雅借故离开了。后来，我才知道这是小雅的一个阴谋，她是把我当成了敲门砖来试探老头子。我按照小雅的吩咐，嘴里还含着糖，对老头子说，我要顶替。刘建国瞪了我一眼，继续喝他的革命小酒，根本没理我。我又大喊一声，我要顶替，我就是要顶替。

刘建国听清了我的话，有了反应，他开始发话了，他一边把酒往嘴里倒一边说："去去去，该哪儿凉快哪儿凉快去。"

这话就有些不把我当菜了，我可以容忍别人对我的嘲笑，但我绝不能容忍别人不把我当菜，借着嘴里糖块的复合作用，我牛了起来。我把刘建国的酒杯一把夺过来，杯子里的酒洒了一地，我叫的声音更大了。我之所以那么大声，就是故意要叫嚷给小雅听的，我知道她一定支着耳朵在外面听动静，我说，老头子，你聋啦，我说我要顶替！

这件事，我是后悔了，我不是后悔我跟刘建国叫嚷，我是后悔我不该抢刘建国的酒杯，刘建国同志别无爱好，这酒比我老妈对他都重要。我不光抢了他的酒杯，还洒了他的酒，他果然跳起来，像被抢了骨头的大黄狗一样向我猛扑过来，拎起我的后衣领，往地上重重一摔，我摔了个大马趴，刘建国就势踹了我两脚，发狠地骂道，没出息的东西，叫你长长记性，你算哪根葱，竟敢跟老子讨价还价。

一向办事严谨的刘建国骂完后，觉得骂的话中有自毁之意，赶紧闭了口。他抢过酒杯，又回坐到桌前，给自己再斟上一杯，自顾自地喝了起来，那优哉游哉的样子，似乎将刚发生的事忘得一干二净。

我干嚎了几声，见没人理我，也就自顾自爬起来。走出门去，小雅果然就守在门外，我冲小雅说："小雅，我对得起两块糖了。"小雅冷冷一笑，咬着牙骂着："去去去，没出息！"

我莫名其妙地挠挠头，刘建国骂我没出息，怎么小雅也骂我没出息？

我后来才知道，小雅是有预谋的，她拿我当炮灰，为的就是试探刘建国同志的态度。小雅总认为，我是刘建国同志的独子，注定是要继承刘建国同志衣钵的。可是刘建国偏就偏驴一头，顶替的事已经板上钉了钉，儿子也不行。

那次以后，小雅没再提这件事，我也就没放在心上。不过，自从吃了小雅的糖后，我总惦记着那糖的甜味。我就去找小雅，找她要糖吃。小雅眼睛一瞪，去你的，我又不是开糖厂的。小雅的态度令我寒心。我知道她书包里就有糖，一定是林成那小子放进她书包的。林成的老子是大队杂货铺的会计，有这个便利供应糖。我现在对小雅而言没有利用价值了，我连个糖丝都没尝到她的。我只好偷拾她扔掉的糖纸。

我经常拿着糖纸去忽悠张安琪，我跟张安琪说，只要你听我的话，我就给你糖吃。张安琪不买我的账，凭啥要听你的话？我晃了晃糖纸，瞧，我一天吃几块糖哩。糖纸的诱惑是无穷的，张安琪经不住我糖衣炮弹的攻击，向我俯首称臣。我们再玩皇帝出巡的游戏时，他总是谦让地让我当皇帝，他则是鞍前马后为皇帝服务的太监。

有一天，家里突然炸开了锅。刘建国同志的十块钱不见了。那不是刘建国的钱，是公款，是有人汇款过来，托刘建国直接从邮局取回来的。这还了得。刘建国火冒三丈，凭着他在部队当侦察兵练就的火眼金睛，他一下子断定没出外贼，贼就在家中。

很不幸，我成了第一个怀疑对象。我发现刘建国同志好像对我有很深的阶级仇恨，坏事第一个就想到我。我没拿，我确实没拿。说实话，那十块钱我是看到过的，本来也想拿出来去换些糖吃，但我想十块钱是一个很大的数字，拿着这钱去买糖，肯定要经过林成老子的几道盘问，如果是一块钱，我肯定会顺手牵羊牵走了。

刘建国先是软攻，说："儿子，我知道你是一个诚实的儿子，你拿了钱就还回来，老子不追究你。你想想，列宁不是有一次打碎了姑妈家的花瓶而老实承认了吗？"我摇头，说我没拿。我的态度仿佛是个导火索，吸引着刘建国发火来点燃，他猛地一拍桌子，吼了起来，"你个兔崽子，想反了不成，快给老子交出来，免得大刑伺候。"

刘建国是个说到做到的主儿，一想到孔武有力的巴掌我就不寒而栗，因为我曾经领教过，一巴掌下来，先是一阵麻，然后是一阵剧痛，更要命的是脸上会留下几道印，这会让我在学校抬不起头来。在刘建国的威胁恐吓下，我差点儿屈打成招。可转念一想，屈招出来的后果更严重，即使我招了，刘建国还没完，一定还会追究钱的去向，不把赃款追回誓不罢休，到最后，我还是得经受暴风雨的吹打。

我的小脑袋瓜儿正在紧张思考，我发誓，我考试的时候都没这么动过脑筋。可是脑细胞在不断地损耗，化险为夷的办法还是没有想出来。这个时候，刘建国的右手已经攒足了劲，青筋在往外突突直冒，他一定在用心地控制自己快要火山爆发的情绪，但地火已经烧了起来，难以控制了。

就在这关键时刻，小雅挺身而出。我眼巴巴地望着小雅，就如看到了观音菩萨降世。小雅挡在我的身前，她态度严肃认真地对刘建国说："老头子，没证据被乱打人，这是军阀的作风。"瞧瞧，小雅说得多好啊。我怎么没想到这一点呢？唉，我还是笨，肯定比小雅少根神经。

刘建国抬起的手放下了，但并没有彻底放下，时刻准备着抡向我，一往无前。小雅接着说，十块钱，是笔大钱了，再怎么花也暂时花不完，我建议你先搜，搜出证据后再说。

这个建议很好，刘建国同志采纳了。他让我走到他的跟前，把我所有的口袋都翻了个底朝天，没见一分钱，接着又让我把鞋子脱了，袜子脱了，还是没搜到。接着我又在刘建国的监督下，把书包、被窝、刚换下来的衣服一一打开检查。我心里很坦荡，很配合刘建国的检查。

钱果然没查到，但在我的一件衣服里翻出了刘建国找了许久的毛主席像章，那是我趁他不备拿过来的。不过好在刘建国的主题在钱上，对于这枚像章，刘建国没收后，说了一句话，等钱找到了一并算账。

在我这儿没搜到钱，刘建国有些泄气。老妈是疼我的，她也松了口气，她帮我解脱，"你别冤枉刘颂了，会不会是你取回来时不小心丢了。"老妈真是及时雨，如果刘建国松了口，也许是丢了，那问题就不出在我身上了，我的不白之冤也会得以昭雪。

可小雅这时又出了个鬼点子，"咱们家五口人，你只搜了刘颂一个，别的人也难逃嫌疑，不如都搜一搜，这样对大家也好有个交代，特别是刘颂，他总不能老背黑锅呀。对吧，刘颂？"

天地良心，我太赞成小雅的点子了，我语气急促，神情亢奋，"搜搜搜，大家都搜，包括老爸也搜。搜到在谁身上，得用糖块慰劳我，不然我老虎凳白坐了。"我最希望的就是刘建国在自己的哪只口袋里找到那个钱，那样我就会理直气壮地向他要一块钱去买糖，以慰藉我受到伤害的心灵。

搜到最后的结果出人意料，这十块钱竟然在大姐国风的小花褂里发现了！国风涨红了脸，"我、我、我"了半天都说不出个所以然来。刘建国同志也是"你、你、你"半天说不完整一句话。刘建国没打国风，他很少打他的两个女儿，至少我没见过，我想了想，他的这种行为与方式会不会就是传说中的好男不跟女斗呢。

父亲拿走了钱，脸色铁青。我知道，虽然刘建国没有出手，但这事儿的后果很严重。国风哭了一个下午，边哭边辩白，我就等在一边，我不是想劝她不哭，我是想趁她暂时止住泪的当口向她要一块钱买糖吃，很可惜的是我一直等到晚上，都没等到要钱的机会。

国风哭的时候，肩头一耸一耸的，身体抖动的幅度略显夸张。我跟着她哭泣的节奏学了几次，想将来刘建国打我的时候也能用一用，至少我要让我哭的姿势变得高雅一些，好看一些，我觉得国风就哭得很好看。

可能身体抖动的幅度过大了，一张纸条突然从她的袖管里掉了出来，我赶紧抢过来看，竟然是林成那小子写给国风的。我正要细看，国风一把抢过去，泪珠凝聚在脸上，她脸上的哀伤竟然被不安所取代。我问国风，林成不是喜欢小雅吗？干吗给你写信？

国风没理我，她转身就走。走了两步，她又想起了什么似的，又走过来，附着我的耳朵咬牙切齿地说，这事要是让刘建国知道，她一定会拧断我的两条小腿。生性老实的国风说出这么恐怖的话，我听得毛骨悚然。我发誓我不会说，但是要给我一块钱买糖，我的嘴巴一定会被糖丝粘得更紧。

国风犹豫了一下，还是从她的小花褂里掏出几个硬币，看数量大约有一块了，我抓过钱，一溜烟地就跑了。一直跑到林成老子当会计的杂货店，买了几块糖，就坐在河岸边的一棵歪脖柳树下，心安理得地吃了起来，糖丝甜得让我忘了曾受过的苦痛。

刘建国同志调整了策略，顶替的名额给了小雅。大姐国风中学一毕业就留在农村务农。我呢，顺利地走在刘建国同志设定的道路上，应征进部队当了兵。

几年后，我回家探亲，国风和林成就在我探亲假期间举行了婚礼。那天小雅借口邮政所里事情忙，没回来喝喜酒。

两年前，刘建国的六十大寿。我和林成拼起了酒量，林成的酒被我灌多了，他看看四周没人注意我们，借着酒劲说："国风如果接班了，我就不是你姐夫了。"我愕然地望着林成，林成把半杯酒一仰脖倒进喉咙，接着说："你想啊，她一顶替就成为街上人，按你老爸的设计，肯定也会找个街上人做女婿。"

"你不是喜欢小雅吗？"我记得林成可没少给小雅的书包里塞糖。林成嘴巴都笑歪了，"那些糖是我让她带给国风的，谁料想她自己都贪了。"

"那个偷钱的苦肉计是不是你和国风设计的？"我突然产生了阴谋论的预感。但是林成醉了，就趴在桌子上，不再理我。我站起身来去找国风，告诉她，林成醉了，扶他回去吧。国风也忙着，说："醉就醉吧，又不是第一次醉。"我再转回头去看林成，但林成却不在桌前了，不知道跑到哪儿去了。我找了几圈，都没见到他的人影。

春天的第七扇门

刊于《天津文学》2017年第7期

小雅可以喜欢世界上所有的小女孩，唯独对这个叫木子的小女孩怎么也喜欢不起来。

木子就住在小雅的楼上。这是一个筒子楼，原先是市属大集体企业丝绸厂的宿舍区，东边部分是生产区，西边部分就是职工宿舍区。两个区域以一道灰色水泥粉刷起来的围墙间隔，紧挨着围墙的西侧，是一条水泥混凝土路面，这是最初通向宿舍区的唯一路道。由于年久失修，上面坑坑洼洼，遇到下雨天气，雨水就积在大坑小坑中，稍不留神，就能崴了脚，湿了腿。

丝绸厂当然是女工居多，厂子当年红火时，花枝招展的女工无疑是这个苏北小城特有的一道风景线，几乎半个小城的小伙子有事没事就要到丝绸厂来溜达溜达。工厂区当然是进不去的，宿舍区就成了小伙子们集中的重灾区，有的骑着自行车在宿舍区瞎转悠，不时还玩几个惊险的动作以搏眼球，有的开着摩托车故意把油门踩得轰轰作响，其实只是挂在空挡上，光听到打雷不见下雨。也有极少数是开着轿车过来的，当然，这轿车是不是他们的私有财产，这是值得存疑的，也许只是某个单位的驾驶员而已，但在那个轿车稀少的年代，管他是谁的车，先把风拉起来再说。

小雅就是被经常开着小车来宿舍区拉风的王水俘获的。王水的车就不是他本人的，他本人只是纺工局的一个小车司机，给局长开车，这已经很厉害了。你想啊，局长的"司机"啊，作为丝绸厂的直管单位，几个姑娘不被这背景这阵势吸引呢。我们的厂花小雅也不能免俗，她与王水好上后，果然就从三班倒的档车工成为只上常日班的质检员。冲着这个甜头，小雅也不管王水的个子其实比她还矮半头，理所当然地嫁给了王水。

厂子兴旺时，先后面向乡镇招了几批工，年轻的女工们就多了起来。宿舍区就有点紧张了，厂里就专门拨出经费，在几排集体宿舍的平房后面要了两块地皮盖楼，前一幢依然是七八个女工挤一个房间的集体宿舍，后一幢就让厂里的行管人员集资，盖了四层高的筒子楼。这集资的指标本来是没有小雅的份儿，整幢楼分三个单元才二十四套，厂里大大小小的行管人员有一百多号，大家都排着队争呢。好在王水有办法，其实准确地说也不是王水自己有办法，是他所服务的局长有办法，硬生生地给他和小雅争取了一个集资房指标，并且分到了一单元最好的楼层三楼，而且是最东首的一套，打开朝东的窗帘，就可以拥抱朝阳。

小雅对王水的感情转淡了，也不是一下子就转淡的。裂痕是出现在厂子改制前后，一个热火朝天的大厂说破产就破产了，被几个小创业者租赁下来，在厂区里硬生生地办出了几个小厂。小雅是不屑于给个体户打工的，她清算出来后就应聘进了一家保险公司，从做寿险业务员起步，几年下来就做到了大客户经理。这时她的工作就忙碌了起来。就在这段时间，一直比小雅忙碌得不知多少倍的王水突然不忙了，应该说基本上成了一个闲人，因为他所在的纺工局也在机构改革中撤并了，没有正式编制的他被分了流，他找不到方向了，除了偶然做几回代驾赚点外快外，平时就只在家里闲着。

王水开始的时候其实也不闲，他身子闲下来头脑却没闲下来，他头脑里的聪明才智全用到了小雅身上。小雅不到四十，正是一个女人最成熟、最解风情的年龄，有人说女人这个时候贼胆也最大，王水深以为然，看着把头发都漂染成酒红色的小雅越来越时髦，王水很不放心。时不时来个突然袭击啥的，以各种借口去小雅的单位走走，甚至还提出跟小雅去见她的大客户。这就有点过分了，小雅是不会容忍的，有时看到王水就莫名其妙地发火。小雅的火气之大是整个宿舍区都出了名的，她骂起王水来没轻没重的，宿舍区里的人最常听到的一句话是："瞧你那怂样，连个种子都下不好，滚一边去。"小雅骂王水，从不避着外人，了解小雅一家情况的，也就私下里笑笑，并不劝解。还有人拿王水开玩笑："你快下种啊，有了种子小雅就飞不掉了。"王水就低着头红着脸，不敢搭话茬，结婚十多年连个孩子都没有，他能昂着头挺着胸吗？应该不能。他所能做的就是夹着条尾巴怕人瞧见似的蛰伏在家里看电视，再也不敢轻易地在宿舍区里露面了，当然，他也不敢再做小雅的尾巴。一切都让小雅占尽了上风。

　　工厂宿舍区这几年越来越荒了，开始先从两排平房的女工集体宿舍荒起，接着就荒到了筒子楼前面的这幢集体宿舍楼，除了有少数暂时没买房的人占据了几间房外，别的宿舍就拱手让给了老鼠，毫无争议地成为它们的乐园。这块地，处在开发滞后的城郊接合部，没有房地产商看得上，于是只能任由它荒下去。昔日人来人往的女工集体宿舍区，渐如一个老态龙钟的老妪，已经没有人再对它抛媚眼了。小雅本来也想进城买房的，但王水拿不出钱来，小雅赚的钱虽然看似不少，但她都消耗在化妆品和衣服上，积余有限。于是他们就只好还与这个老态龙钟的老妪相处了。王水安慰小雅："总有一天会拆迁，拆迁了就够进城买房了。"小雅不说话，就对着王水冷笑，直笑得王水心里发毛。

　　小雅本来是挺喜欢木子的，木子的妈妈胡琴本来是小雅的好姐妹。她就住在小雅的楼上，木子生下来时，她还经常上楼去抱着木子左亲亲右亲亲，甚至还跟胡琴商量把木子当她的干女儿，胡琴一口答应，但木子这丫头就不叫小雅干妈，任凭胡琴和小雅怎么哄，她说不叫就是不叫。小雅再抱她时，这丫头竟然有点不正经，一双小手常不自觉地往小雅突起的乳房上摸。小雅就生气地把她往沙发上一扔，红着脸笑骂一句：好在是个丫头。胡琴也言不由衷地助阵："木子，你干妈那地方是你摸的吗？你哪有资格摸？"小雅就一点胡琴发亮的额头，"哎，我说你是指桑骂槐呢。"两个人随后就笑成了一团。

　　从小雅的角度看，木子的不正经一定是遗传了她父亲的不正经，木子父亲的不正经本来不是什么秘密，木子的父亲曾在厂里做过劳资科长，在女人窝里爱惹点花花草草。他下岗后与一个女人合伙做生意，生意没做多久，他就卷着钱与另外一个女人私奔了。胡琴独自一人带着木子，她不上班，也不会闲着。楼上就总整出点儿动静来，砖混结构的筒子楼架的是薄薄的水泥楼板很不隔音，楼上的床稍有动静，楼下就能听得一清二楚。这让小雅有点想入非非，王水不行时，她甚至对王水冷嘲热讽，你下去，让楼上的男人下来。可是这样的话后来小雅不说了，因为她注意到，上楼敲胡琴家门的不是固定的男人，经常换着不同的面孔，有时一天也有一两个不同的面孔上门。小雅觉得胡琴堕落了，她劝过胡琴，胡琴没把她的话当回事，小雅也就懒得再劝了，渐渐地，她找胡琴玩的次数越来越少，有时半年也难得一次。

　　木子不爱说话，这与胡琴对她的疏忽有关。胡琴开心时就把木子搂怀里，张张扬扬地抱着木子出门给她买吃的、买玩的、买穿的。胡琴没来由地生气时，就一把揪住木子的耳朵往门外推，边推边骂："跟你老子一样让人生气！"推到门外就"砰"的一声把门很重重关上。木子就经常坐在楼梯口上发呆，发发呆也就罢了，木子却还偷出胡琴的口红。胡琴的口红就是多，小雅估计是那些找胡琴的男人不停地买了送给她的。木子从四楼往一楼的墙上画门，一扇门就要耗去一支口红，小雅看得出来，那口红很廉价，与她用的口红相比相差了十万八千里。可能也正是这样，木子拿妈妈的口红在墙上画门，胡琴从没阻止过。整个单元八户人家，就她自己家的不画，从一楼到四楼，整整画上七扇门。小雅看到那鲜红的口红画在墙上，像洒上去的血，她觉得很不吉利。她喊来王水用砂纸仔细地磨掉，并且警告过木子，让她不要画，木子抿着嘴，眼睑低垂，很倔强的样子，小雅看了生气，对她吼："我让你不要画，再画我就把你的手给剁掉。"木子对她爱理不理，这更让小雅生气，她口气很不友好地让胡琴管教木子，胡琴跟她打哈哈："七扇门啊？正好，我们家就七扇门。"

胡琴家有七扇门吗？小雅还特意对自己家的门数过，两个朝阳的卧室两扇，卫生间一扇，厨房间一扇，朝阴的储藏间一扇，外加大门一扇，才六扇啊。王水这时表现出难得的机灵，他一指大门，外面的纱门也算一扇，正好七扇。

小雅不让木子在筒子楼里画门，木子确实安分了一阵。她就跑到那个坑坑洼洼的路面上去画。在路上怎么画，小雅是不管的。直到有一天，老魏问起来，说小雅，你们小区怎么有个小姑娘老喜欢画门？小雅也歪着脑袋想，是呀，木子怎么老喜欢画门呢？老魏其实也就是那么随口一问，他对这个问题不感兴趣，纯属没话找话。他感兴趣的是躺在他身边的小雅，这个有着狐狸精般美艳的小雅总是让他春潮涌动。老魏跟小雅好了几年了，他开始只是小雅的客户，一来二去就有了那么一层关系，两人见面的次数很频繁，差不多一两天就约见一面，有时在老魏开好的五星级房间里，有时就直接在老魏的宝马车上。老魏只要见到小雅，他就有使不完的劲儿，他有时心满意足地点支烟，一只手夹着烟，另一只仍很不安分地在小雅光滑的身体上来回摸抚，他狠吸一口烟，喷出一个烟圈后，偶尔借助着一句诗抒发一下自己的感叹：你就是我的春天，我永远走不出的春天。

老魏是个很小心的人，这从他第一次跟小雅有那层关系时就看得出来，他很多余地问小雅要不要采取措施。小雅勾着他的脖子，在他耳边说，就不，弄出个孩子来管你叫爸。事实上，这几年小雅从没采取过任何防范措施，但肚子也从没见过起伏出过动静。老魏整明白了，他知道应该是小雅不能生，他听过小雅训斥王水的那句话，他很奇怪。小雅就笑笑，点点他有点"秀顶光"的脑门，"你呀，看似精明，如果我不那么说，我能安安稳稳地跟你好？"

两人私会过后，小雅都是独自打车来去。老魏也曾考虑过给小雅买辆车的。小雅说，我突然买车不引起王水的怀疑啊，你把买车的钱给我，就权当给我买车了。老魏很听小雅的话，他真的就把钱给了小雅，也不管小雅去不去买车。后来，老魏在小雅的鼓动下，胆子大了起来，他就用宝马车把小雅送到工厂宿舍区的大门处。去接小雅时，也是在这个大门口。这条路很破，但宿舍区大门口却用钢管焊着两扇很牢固的铁门，那是丝绸厂依然存在时，厂长出于保护女工的安全让人给焊的，两扇铁门套在铁铰链上，可以自由开合。追溯起来，自从有了这两扇铁门，就没见上过锁，女工们是反对上锁的，她们认为厂长是多此一举。群情汹汹，厂长干脆不过问了，反正给你们焊好了两扇门，你们爱锁不锁吧。

这两扇铁门倒成了宿舍的公共玩乐器材，经常会有年轻的女工和小孩子们用手抓住钢管，站在铁门的底架上，一只脚在地上猛一使力，然后再快速地把脚悬起来，铁门就呼地往路上横，横到中线后，再受到水泥门框的阻力，"咣"的一下又往回震，这有点儿类似于荡秋千的感觉，小雅也玩过，也只玩过几次，她觉得这不妥，无聊的人才会把门当玩具呢，小雅是这么认为的。

事故也就出现在这扇铁门上。那天，老魏把小雅送到工厂的宿舍区，外面已经是十点钟的光景，还下着绵绵的春雨，道上没有路灯，再加上积水和坑坑洼洼，小雅就让老魏把车子往里开，她朝自家的楼层看过去，屋里已经熄了灯，估计王水不是在客厅看电视，就是在他们已经分居后的独自卧室里睡觉，老魏开车进去估计是没人看到的，至少王水是看不到的。老魏就踩了油门，车子一个左拐就拐进了宿舍区的那条路。问题突然来了，那个铁门突然"咣"的一下晃到了车子前面，老魏的车子刹不住就撞上了铁门。顺着车子雪亮灯光，小雅的脸色突然吓得刷白，她当然不会因为车子撞上了铁门就吓成那样，她是在车与门相撞的那一瞬间，看到铁门的底框上竟然站着涂着胭脂抹着口红的木子，没错，木子那天确实是涂着胭脂抹着口红，因为在雨水的冲刷下，胭脂已经在她的脸上溶了开来，像京剧里惨白的大花脸，不，在小雅心里，更像画皮里的那个女鬼，异常的恐怖。

然后，木子与汽车是正面相撞，她被弹出去了，直接弹飞到大门东侧的杂草丛中。那里还有一个阴沟，气味难闻，木子就是从草丛里滚进了那个阴沟，她还在喘气，血从额头上弥漫开来，她的额头上破了个大洞，应该是被汽车撞飞后被砖头磕出来的。小雅走过去时，木子闭着眼睛，嘴里还在自顾自地说着话，她一直就这样，她不愿意跟人多说话，就喜欢自言自语。小雅听见了，木子是在说："七扇门，我走出七扇门就好了。"她喃喃地说了好几遍，声音越说越低。小雅就站在那儿不知所措。老魏很冷静地走下车拖起了小雅，几乎带着命令的口吻说："趁没人看见，你赶快回家，就像什么事也没发生一样，这边的事交给我来处理。"

小雅是怎么走到家，她自己也不知道。王水已经在他房间的床上睡下了，小雅打开他房间的灯，王水一点反应也没有，她知道他睡死了。她匆匆换下了被雨水淋湿的衣服，还把衣服在洗衣机里洗了。她胡乱地擦了擦身子，吹干了湿头发，躺在自己的床上。这时听到了外面传来急救车的声音，她稍微踏实了些。但她还是睡不着，楼上很难得的安静，她这才想起，胡琴一早上就拖着行李箱跟一个中年男人的车走了，还很张扬地跟宿舍区的人打了个招呼，说是去海南三亚海滩吃烧烤去了。三亚的海滩允许烧烤吗？小雅就见不得胡琴胡乱跟一个男人外出还张扬的样子，她很想跟胡琴理论一番，但还是忍住了，一言不发地与胡琴擦身而过。现在想来，幸好胡琴外出了，一切，都好像是天意的安排。原来天意还眷顾着小雅，小雅还以为天意忘了她了，其实天意并没有忘记她。

睡得迟，必然醒得晚。小雅第二天醒来时已过了九点，王水已准备好早餐，一只咸鸭蛋，一碗温热的小米粥，还有一袋加过温的牛奶。王水看小雅起来，就说："今天你也过了上班的时间，干脆就在家里歇歇吧，我出门去买菜。"王水说着就挎着个菜篮打算出门。走到门口时，他想起了什么似的，又说了一

句，楼上的木子昨天晚上出车祸死了。王水说这话时，小雅正
端着粥碗准备喝，猛地像遭了锤击一般一碗粥"哐"的一声来
了个自由落体运动摔地上，碗碎了。王水放下篮子，赶紧找来
抹布帮助收拾，一边收拾还一边说："小雅，别难过，虽然你是
木子的干妈，但一直没听过她喊你一声妈。"王水不会安慰人，
这也是小雅很瞧不起他的地方，但今天听了王水这般说，小雅
却不觉得刺耳，还稍稍有点儿安心。

　　警察来调查处理，肇事的车主已经不是老魏了，换成了一
个壮年人小孙。这小孙小雅见过的，是老魏手下的一个业务经
理，很精明能干。小雅走到宿舍区大门处时，现场还围着一堆
人，老魏的宝马车还停在原地。小雅听小孙对警察说："昨天晚
上我开着老板的车送一个朋友到这个宿舍区，没留神门上荡过
来一个小姑娘，这条路我没走过，很生疏，就一下撞上了，意
外，绝对是意外。"

　　"你送的是谁？"警察一边记录一边问。

　　小雅一惊，她害怕提到她。小孙根本就没提到她，他说：
"我送的王水，我高中同学。"

　　"对，是送我来着。"王水从人丛中挎着菜篮子出来做证人。

　　"当时你们为什么不报警？"警察的问话很凌厉。

　　"我们当时害怕。就先打了120，想把小姑娘救起来，如果
能救活，我们就想私了。但一直抢救到今天早上，都没救活，
我才想起报警。"小孙撒起谎来滴水不漏。

　　"你们这样做，是违法的。"警察很严肃地说，"出了事故，
应该第一时间报警。"

"我知道，我错了。"小孙演戏般低头认罪，"该怎么处罚，我都认。"

后来的事情，处理起来很顺利。胡琴被打电话叫了回来，小孙被刑拘了，老魏出面与胡琴谈善后赔偿事宜。老魏说："保险公司不管赔多少都归你。我再赔偿你二十万。"小雅干的就是保险，她问过财险公司的人，老魏的车保的三责险是五十万，那么胡琴就一下子拿到了七十万的赔偿。小雅觉得赔偿有点多，老魏脸色灰暗地说："一条才七岁的人命啊，赔七十万，不多，真不多。"小雅就不言语了。

小雅还从老魏口中得知，顶事儿的小孙他也给了二十万，王水给了五万。另外老魏还花了五万给工厂的宿舍区修了路。一时间，宿舍区的人笑逐颜开。有人走在那条不再坑坑洼洼的路上跟小雅说，小雅，这条是新路哎。小雅就没好气地冲他一句，木子的命换来的路，你给我走小心了。那人就闭了嘴巴，从路中间退到了路的边侧来走，一边走还一边说，木子，冤有头债有主，宿舍区的人都是好人，别害我们啊。听得出，那人的语气是很调侃的，但小雅听得心怦怦直跳，很慌乱。

钱，看来能抚平创伤。胡琴消失的男人竟然回来了。楼上消沉了一段时间后，因为男主人的回巢又有了虎虎生气，晚上的动静很大，听得小雅脸红心跳。小雅原以为胡琴会很忧伤，还想找时间去劝劝胡琴，胡琴却很张扬地在宿舍区说："我老公回来了，明年我们再生个宝宝。"小雅听得兴致索然。

谁也想不到的是，胡琴竟然疯了，不是发疯，是真的疯了。最先发现胡琴疯的是王水，那天，他看到胡琴脸上涂满了胭脂，嘴上抹着口红，就坐在楼梯上。王水问她干吗，她说她在等木子。王水就觉得胡琴不对劲。小雅这才想起，楼上已经好几天没听到动静了，接着就陆续听到宿舍区的人议论，那个男人真不是个东西，回来把木子的赔偿款都给卷走了。

小雅听着就头皮发麻，她把胡琴从楼梯口推送到她的家，给她洗了脸，想了好多安慰的话安慰胡琴。也不知道胡琴有没有听进去，反正小雅在安慰她的时候，她很安静。就在小雅说得口干舌燥时，胡琴突然指着那间朝阴的储物间说，木子说这是家里的第七扇门，她不愿意住储物间，就一直想走出去，现在她走出去了。

小雅走过去看看储物间，里面有个小床，床上的绿格子被子叠得整整齐齐的，床边是一个小小的乳白色床头柜，床头柜上放着一面小圆镜子，还有一支打开盒盖的口红，床头柜的上方画着一幅水彩画，一看就是木子自己画的。木子画的是一个小花园，围墙竟然是用门围起来的，一朵也不知道是牵牛花还是月季花什么的花，从花园里把枝头伸到了围墙外，伸得很远很远，几乎触到了画上的那轮太阳。小雅走进房间，关起门，外面的动静就听不见了，与两间朝阳的大房间隔着一条过道呢。小雅突然明白了，胡琴让她住这个房间，其实是不想让她听到外面的动静，再进一步说不让她听到胡琴房间的动静。

胡琴的疯是好一阵坏一阵，怎么说呢，好起来时她就安静地坐在家里看电视，偶尔还放着邓丽君的歌。忘了交代一句，胡琴以前在厂里唱歌是很红的，她模仿起邓丽君的声音惟妙惟肖，几可乱真。她放着碟片时，也经常跟着碟片哼唱："你问我爱你有多深，爱你有多真，你去想一想，你去看一看，月亮代表我的心……"整个单元里都能听她的歌声。可坏起来就不好说了，坏起来时她就到那个铁门那儿去"荡秋千"，铁门"呼"的一声荡过来，又"咣"的一声荡回去。那时已进入了初夏，胡琴穿上了花裙子，飞起来时就像一只穿花的蝴蝶。胡琴还经常在筒子楼里墙上画门，别的人家怕晦气，就把她往别处赶，胡琴也跑到小雅的门前用口红画门，左一扇右一扇，画起来就是并列的七扇。王水不让她画，小雅就叹口气劝王水，算了，让她画吧。王水就不再跟胡琴较劲了。

老魏还是经常与小雅约会，好像那件事根本没发生一样，他一如既往生气蓬勃。但小雅与老魏亲热时，老是浮现出木子被撞的那一瞬间那一张画皮般的脸，耳畔还经常响起木子临终前的那句话："七扇门，我走出七扇门就好了。"小雅就有点崩溃，猛地推开老魏，穿上衣服逃也似的离开。

那天晚上，是小雅的生日。其实小雅的生日还隔着一天，老魏知道王水也记着小雅的生日，也会给小雅做几道她爱吃的菜给她过生日，于是每次都是提前一天给小雅过生日。老魏每次给小雅过生日都会送上一件价格不菲的礼物，这次也不例外。他送给小雅一套公寓房钥匙，他告诉小雅，公寓房登记就用的小雅的名字。这套公寓房小雅是看了许久的，木子出事后，她走进宿舍区时就有点心虚。她跟王水也商量过，王水说要不你就买套公寓先住过去吧。这里我先住着。现在，老魏把公寓房的钥匙交给小雅，就是帮她实现了一个心愿。奇怪的是，那天小雅把半杯干红一饮而尽后，却把钥匙又推到了老魏面前。小雅说："老魏，你不懂，有些事，是金钱换不来的。"

老魏有点吃惊，这是小雅第一次拒绝他送的礼物。他有点紧张，"要是不合适，你去选，看中哪套我就换哪套。"小雅摇摇头说："不，老魏，房子我不要了。我们先分开一段时间吧，我要静一静。"那天晚上，小雅喝了不少干红。她坚持打车回工厂宿舍区时，小区里依然暗淡着。筒子楼里本来是有路灯的，但被几个孩子用弹弓打坏后，就一直没换灯泡。小雅开着手机上的手电功能上了楼梯，走到自家门前时，看到墙上又被用口红画上了几扇门，一数又是七扇。小雅没理会，她正准备掏钥匙开门进屋。冷不防背后一个像极了木子的声音传来，"小雅，干妈。干妈，小雅。"

小雅骇极，转回头一看，胡琴正站在她身后幽幽地笑着，那轻微的笑声很瘆人。胡琴笑着说："小雅，木子不喊你干妈，我代她喊。木子跟我说起你来时，她不叫你小雅，总是叫干妈。我替她喊，我替她喊。"胡琴清醒了一瞬间，接着又神经错乱了，她转身上楼时，右手扶着舷梯，嘴里还在喃喃地说："小雅，干妈。干妈，小雅。"

小雅突然鼓起勇气说："胡琴，你听我说，撞死木子的不是小孙，是老魏，还有我！"

胡琴没理会她，依然是，小雅，干妈。干妈，小雅。

"我说是老魏和我撞死了木子。"小雅在后面继续说。见胡琴还是不理她。小雅开门的钥匙从手中滑落到地上，她一屁股坐到了楼梯上，呜呜地哭了起来，开始的声音很小，后来哭泣的声音越来越大，估计整个单元都听到她的哭声了。

近在远方

刊于《参花》2013年第11期，获首届湖海文学奖

刘颂趴在一张高低床的上铺，热情洋溢地给一个人写信。

那是一间昏暗的工厂集体宿舍，十多个平方的房间里塞进了四张高低床。刘颂的床位于靠门的上铺，这个位置采光好，但也有个天生的缺陷，因为靠门，那扇门的开与关，都吱吱呀呀地能弄出很大的动静，而且集体宿舍的门，总像拉风箱一样，就没个稍歇时。门开时，高分贝的声波快速而响亮传递到刘颂的耳膜，轰的耳膜震动一下，门关时，刘颂的耳膜依然轰的震动一下。"轰"的一声接着"轰"的一声，在刘颂的耳朵里形成了惯性，即使不在集体宿舍，刘颂的耳朵有时仍然保持着惯性的听力，"轰"的一声，又是"轰"的一声。

刘颂不在乎，靠门处采光好，有了光，他就能躺在床上读书写诗。只要有光就好，刘颂总是这样安慰着自己。刘颂还攒了两个月的工资买了一把木吉他，他能用两根手指在吉他弦上轮流起落，让吉他发出不同的颤音，有快颤有慢颤，有边揉边

颤还有快慢颤之间的自由切换，总之能表现不同的音乐风格。他还买了一个"随身听"外加一大堆磁带。关于那个随身听，我估计90后和00后是不知道的，以为是史前文物。那个能放磁带得用耳机听的类似于小收音机的放声盒，放到现在，确实该是一件文物了。不过对于二十年前的刘颂来说，却是个时兴之物，他往床上一躺，耳机往耳朵里一塞，张学友、Beyond都在为他开演唱会，刘颂就进入了极其自我的神游的世界，那开关门的噪音就被他拒之耳外了。

在那个闷热的下午，刘颂就在门不断开关而产生的"轰"的一声接着"轰"的一声的伴奏下，挥汗如雨，一气呵成地写了一封长长的信。刘颂擅长于写信，读中专时，刘颂就当过写信的枪手，给一帮男生向一帮女生写情书。刘颂自己也写过不少情书，大多是写给安雯的。这里，我说的是刘颂的情书大多是写给安雯，很显然，刘颂还有一小部分情书不是写给安雯的。那一小部分是刘颂不给安雯写情书后，转而写给其他女孩的。

刘颂写给安雯的信起始于刘颂读中专的第二年。安雯在邻班，有班花之誉。刘颂说，他对安雯有好感不是因为安雯长得漂亮，而是因为安雯在学校演讲比赛中朗诵的一首诗，是舒婷的《致橡树》。那个时候的校园，还有一点纯净的诗歌气息，但更多的精神空间被郭富城的《对你爱不完》所填满。安雯朗诵诗歌的时候，场下十分安静，但刘颂看得出来，别的人并不是被诗歌所陶醉，而是沉迷于安雯的容颜。因为刘颂在聆听时，是闭着眼睛的，他偶尔睁开眼睛时，看到周边的人都瞪大着眼睛，眨都不眨地盯着安雯。他们一定只看到了安雯的美色，美好的诗句可能一句都没听进去，刘颂就是这么认为的。

为了把这个真相告诉安雯，刘颂决定给安雯写一封信。刘颂果真第一次给一个女孩写了一封信。那封信是怎么写的，刘颂记不清了，但他记得信中引经据典，引用了不少著名或者非著名的诗句，总而言之，写那封信刘颂是费了好多心思的。一向文思泉涌的刘颂同学，在给安雯写信时，一改替人代笔的行云流水，写了撕，撕了写，写了还撕，撕了还写。终于一个星期后，这封信寄出了。对，你没看错，刘颂的确是寄出了那封信，尽管他几乎每天都能看到安雯袅袅婷婷地经过他教室的窗口，尽管每次在食堂打饭时，他总会看到安雯安静地在一张餐桌上吃饭，刘颂有N多个当面递交信的机会，但刘颂还是没有当面递交，他还是选择绕了一大圈的办法，跑了两公里到一个邮局，将信寄给了安雯。

那封信从刘颂的学校出发，经过邮递员的投递，终点又回到了起点，送到了刘颂的学校。信寄出后，刘颂有志忑有惊喜有彷徨有期待，但是又装着若无其事的样子，每天照例与安雯打着照面，照例假装与身边的同学谈笑风生，毫无感应地与安雯擦肩而过。但是刘颂做了N个梦，梦到了安雯收到信后的N个反应，但让刘颂失望的是，刘颂等了一个星期，又一个星期，再一个星期，始终没有收到安雯的回信。那封信泥牛入海，杳无音讯。

刘颂不气馁，他一封接一封地给安雯写信。那段时间，刘颂被写信这个活儿刺激着、亢奋着，像吃了兴奋剂，整天写信，乐此不疲。信的内容当然有了新的变化，有时是触景生情，有时是对人生的稚嫩的感悟，有时看了一本让他手舞足蹈的好书，他就给安雯写信，写的信就成了一篇不错的读后感或者是书评。总之，刘颂几乎把安雯当成了一个杂志社的主编，好看的不好看的信，刘颂都一股脑儿地给安雯寄去，但安雯始终没有回过一次信。刘颂起初不习惯安雯的沉默，后来对安雯的沉默习以为常了，你不回信，我就继续写呗，一封接一封，刘颂一直写，直到写到中专毕业。

"黑夜给了我黑色的眼睛，我却用它寻找光明。明月装饰了你的窗户，你却装饰了别人的梦。"每一封信，刘颂都引用两句经典的诗句，后来经典的诗句刘颂几乎用完了，他就开始了原创。其中有一首原创的诗句在学校广为人知，因为那首写给安雯的诗，被兼任着校广播站播音员的安雯在校园广播里给诵读了："你在月中，月在水里，水呢？流在我心里。"安雯不知出于何种目的，把这首诗朗诵了，但她还是没有给刘颂回过一封信，哪怕是只言片语。

刘颂是在毕业那年看到安雯坐在一个男生的摩托车上，从校园的林间小道呼啸而过后才决定不给安雯写信的。不过，这并不准确，准确的说法是此后刘颂没再给安雯寄信，信他是写了的，但存在箱底，没有再寄给安雯。

二十年前的那个夏天，那个叫刘颂的小伙子还在热情洋溢地写着信，收信人不是别人，是他自己，是二十年后的他自己。

二十年前的刘颂做梦也不会想到，二十年后我会让当年那个心高气傲的班花安雯服服帖帖地跟着我。

"刘颂，帮我来看看这件衣服漂亮吗？"安雯从试衣间里走了出来，朝我招呼着。安雯试衣服表现出极大的耐心和热情，试了一件又一件，同样有极大的耐心和热情的营业员没有拼得过安雯的耐心和热情，她已经开始嘟起了嘴，脸上的笑容像烙上去的，可能烙得有点烫而显得极其古怪。在这一点上，我与那个营业员有着共同的认识，那个漂亮的营业员看起来年龄不大，二十多岁吧。在安雯又一次走进试衣间时，那个营业员带着同情和怜悯的语气对我说，她不会是你老婆吧？真难伺候。

我一惊，虽然我时不时地对营业员察言观色，但我主要的时间还是在看手机上的微博和微信。那个营业员见我对她的话没有理会，她就凑过脑袋来，看着我在刷微博，她也掏出手机，小心地四处张望了一下。我知道，她是在看她的主管在不在，最好主管不在，主管要是在了，她就不能在上班时间玩手机了，那样会被罚款的。她掏出了手机，我们"互粉"一下吧。她说，我叫"午夜娇艳"。

午夜娇艳，这个网名挺有诱惑力的，午夜娇艳给谁看啊？我开始了调侃。女人都喜欢听男人的调侃，男人也更是把调侃当作了试剑石。调侃当然是有色的调侃，没色的调侃鲜有人会兴致勃勃的。男人对女人的调侃是一门学问，如果你是男人，你是知道的，调侃后的男人通常会期待得到女人的正面回应，如果得不到正面回应，那我们男人的调侃就是滑铁卢，一拳锤击在软棉花上，无用功。

好了，言归正传。我那句调侃的子弹射出去后，得到了午夜娇艳的正面回应了。她说这个网名是她的男朋友给取的。我立即有了很严重的沮丧感。我为什么会沮丧？如果你是男人，你会明白的。如果你是女人，我想，你也会明白的。

"不过，那是我的前男友了。"午夜娇艳真会卖关子，我想如果她爱好文学，一定会是个设置悬念的天才。因为当她峰回路转时，我又感觉到了柳暗花明。"他没有房子，怎么谈啊？"午夜娇艳继续说。"到底你是在谈人还是谈房子呢？"我继续调侃着，没有调侃就没有话题。"切，大哥，你OUT了吧，谈恋爱就是谈房事，谈房事就是谈恋爱。"听完午夜娇艳的话，我笑了，笑得很暧昧。午夜娇艳也不好意思地笑了起来。

我们都在笑的时候，安雯终于从试衣间里走了出来，招呼着我帮她看衣服漂不漂亮。我和午夜娇艳不约而同地收敛了笑声。安雯问我话时，并没有看着我，她站在试衣镜前左顾右盼，身子配合着眼神而左扭右捏。我赶紧说，这件衣服很配你，衣服就好像专门为你做的，没办法，人漂亮，穿什么衣服也漂亮。鬼才知道我心里打什么主意，安雯经过左挑右选，她在两件衣服中踌躇，先前试的衣服三千八，现在试的衣服两千八。省了一千块呢！在安雯没反应过来之前，我朝午夜娇艳一使眼色，结账。安雯反应过来肯定又要穿那件贵了一千的衣服试一试。午夜娇艳心领神会，拿出小票就开了起来。安雯说，别急嘛，我再穿那件试试看。这句话我听到了，但是我假装没听到，因为她说这句话的时候，我正在午夜娇艳的带领下去收银台刷卡交钱。

刷卡时，我问午夜娇艳："你怎么看得出她不是我老婆？"

午夜娇艳人小鬼大，"我们这个品牌店，人们起了个外号'二奶店'，这么贵的衣服，我在这儿卖都觉得贵，谁的老婆舍得买？"我觉得午夜娇艳说得有道理，赞许地点点头。我也说了一句，没有我们这些大方的男人，你们的这个店也开不下去了。午夜娇艳老练地笑笑，哪个猫儿不吃腥哦。我接过话茬，谁让你们这么腥？午夜娇艳来了兴致，我也腥？我回答，当然了，腥得很呢！午夜娇艳的脸红了，不知道是心怀谦虚的红还是暗自得意的红。

我跟午夜娇艳要了手机号码。午夜娇艳很爽快地就报给了我，我用手机储存了，为了确保手机号码的准确性，我存之前还试拨了一下，因为有些女人给男人的手机号是假的，不过午夜娇艳没给假号码，我一拨，她的手机就响了，很好听的彩铃，是王菲的《传奇》。

买了单，安雯还要到女包柜台看一看，我着急上火地看着手表，说有一个重要的活动要去参加，改日再来买包吧。在此之前，我已经给安雯买过好几款包了，从几千到几百不等的包都有，但安雯却跟包较上了劲，逛一次商场就要看一次包，看一次包就要买一只包。这次，我找了个借口，不能再去看包了。安雯显得不太高兴，这我能我看得出来，这就跟我和她做爱一样，她没有尽兴时，就是那样的表情。

把安雯送回了家，安雯让我上去坐坐，我说忙，就不坐了。安雯一下车，我急踩油门，好像有天大的急事离开了。我开到了远离了安雯的视线的地方，把车停下。我开始懊悔了。我是个精于算计的人，但我这次狠狠地一拍脑门，真是猪，安雯来例假的日子我都没记住。很快，我又把自己从猪变成了人，不得不叹服安雯比我更精于算计。她明明有了例假，我约她的时候她还很爽快地答应了，我急急火火地赶过来，安雯却说不能做，来例假了，陪她去逛街吧。我当时就编了个借口，想要急着离开，安雯似乎看透我的心思，她叹了一口气，你总是不给我安全感，你们男人怎么就不会给女人安全感呢？我不明白，我不陪着去逛街，与安全感有啥关系，但容不得我想明白，安雯还是把我拽到了商场。

坐在车里，我拿出手机，给午夜娇艳发了一条信息："我们挺有缘的，晚上有空吗？我想请你吃饭。"午夜娇艳很快回了："应该有空啊，你有车吗？"看来午夜娇艳还记得我。我赶快回复："有车，我去接你。"

"好吧，"午夜娇艳回复，"半个小时后我就下班，我这手机太破了，你能陪我去买部手机吗？然后再去吃饭。"我回复，"好啊，吃了晚饭然后干啥呢？"我想我还是直奔主题，今天没在安雯地儿做得成事儿，如果再浪费精力在午夜娇艳身上还是做不成事儿，那今天就没有收获了。

午夜娇艳回复了四个字：午夜娇艳。我会心地一笑，启动了车子，飞快地朝刚回来的那个商场驶去。

我收到了刘颂先生寄来的信。

那封长长的信没有走正常的邮路，走的是时光隧道。信是怎么收到的？我也记不清了，大概是翻箱子的时候，那封信突然就出现了。信是用墨绿色的方格稿纸写的，纯蓝的墨水，上面还滴着汗渍。我想起来了，我曾经喜欢用纯蓝的墨水，挥洒在格稿纸上，有点儿神采飞扬，也带着些许的黯然神伤。

收到信的时候，正是一个初夏，黄梅天，雨像欠了大地的债似的哗啦啦地直往大地上倾泻。这样的天气我只能在家里宅着，上了会儿网，看了看关于一个著名贪官开庭审判的新闻。许多的社会新闻开始了浓妆艳抹，像个开着暧昧的红色灯光拉客的发廊女，总是尽其所能地露出雪白的大腿，并且故意挺了挺其实并不是太丰满的胸部，以期引人瞩目。我们这些读者，也就像个吃了迷魂药的嫖客，总是不自觉地朝她们看了一眼，又看了一眼，没完没了再看一眼。

看够了那些发廊女式的新闻，我百无聊赖地翻开了一个箱子。于是那封信就出现了，二十年的时光流逝，仿佛弹指一挥间，那封信一下把我拉回到昨天，嗯，二十年也就像昨天而已。

刘颂先生的信中提到了几个人的名字，除了安雯出现了二十多次外，还有一个叫杜五的家伙出现了十二次，另一个叫何铭的家伙也出现过八次。对于信中提及的三个人，我看得出来，刘颂先生分别把他们归纳为红颜知己、铁杆哥们和文学同好。不过我对此报以冷笑，因为这三个人都几乎被我过滤掉了。

先说一说安雯吧。大约是前年的秋天，我们搞了一个同学会，安雯也来了。我本来是看到安雯的名字才过去的，你们知道的，几个老同学搞起了同学会，无非就是所谓的一种人脉资源整合而已，组织我们这个同学会的几个老同学，混得不是太如意，于是他们积极筹划，找了一些混得如意的同学赞助，便有了这个所谓的叙旧情的同学会。同学会的名单排得很微妙，不是按姓氏笔画排下来，也不是按照昔日的学号来排的，而是按照资本和权力来排的。那个同学会，最大的收获就是结了几个帮扶的对子。

安雯来了，我几乎没认出来，她走到我面前，告诉我，她是安雯，我才认出了她。各位，出现在我面前的安雯并不是随着岁月的摧残而容颜老去，相反，她被时光打磨得看似成熟了，徐娘半老，风韵犹存，这个形容词用在她身上是十分妥帖的。我和安雯在喧闹中聊了起来，安雯说她离婚了，也下岗了，日子过得好艰难。这是安雯对我说的，不过她的叹息并没有勾起我的怜悯心，看她穿着打扮倒不像个天涯落魄人，怎么就艰难呢？我想不通。我拉来一个男同学问他你能相信安雯过得艰难吗？那个老同学"吱"的一声把杯中酒一饮而尽，而后很成熟地说了一句不着边际的话："看来安雯还没有变坏。"

同学会后，安雯请我帮她介绍一份工作，我就利用我的人脉资源帮她找了一份还不错的工作。此后，我和安雯就越走越近。再后来的事，我不说了，相信诸位也会猜测得出来吧。

在此，我还要赘述一下的是，在与安雯好上后，我曾经提及信件的话题，问她当年是没收到我的信还是收到了却置之不理。安雯没有回答，却反问我，你现在还会像当初那样给我写信吗？我讪笑。这件事也就不了了之了。

再来说一说杜五，杜五看来与刘颂先生是有恩情的，因为刘颂先生的信中经常说到他家蹭了好多次饭。但是想起来，我当初倒真不该到他家里去蹭饭吃。就在去年，杜五来找我借钱，利息很高，我经不住他的三寸不烂之舌的劝说，拿了十万块给他。但拿了钱的杜五立马就人间蒸发了，说是放高利贷被骗了，欠了几百万，只好脚底下抹油跑了。其实杜五的跑路是事先有预谋的，因为他的房子早就卖了，跟老婆也早就离婚了，他一个人无牵无挂地跑路。跑路也是需要经费的，我的钱很有可能就是被他拿去做了跑路的经费。

杜五跑了后，有人来找我，说是杜五欠了他们的钱，问我知不知道杜五在哪里。我说我不知道，来人们都不信，说我跟杜五二十多年的哥们，怎么可能不知道。我说我还有钱被他拿走了呢。来人们更不信，你们那么好的哥们，他连你也骗？我笑笑，不是骗吧。那是什么？来人总是要打破砂锅问到底，我常对他们答非所问：天下没有免费的宴席啊。我的答案莫名其妙，他们不明白，但我心里明白，我明白就行了，所以杜五跑到了哪儿我开始不关心了，权当补交了当初的饭钱吧，尽管有点贵，但也只得认了。

最后来说一说那个何铭，那个曾经跟我一起写诗并且结了诗社的家伙，现在几乎没有任何联系了。以前还一起开开文学笔会啥的，但何铭老是盯着问我发了什么稿子，得了多少稿费，赚了多少钱。我说多了，他皮笑肉不笑地恭维几句，我说别虚伪了，他就收敛了笑。要是我说少了，他就会说我虚伪。我也搞不清，我和何铭究竟谁虚伪，总之，在他眼里，我是虚伪的。在我眼里，他是虚伪的。这可能就是你们所说的羡慕嫉妒恨吧。

直到大前年，有人告诉我一句话：何铭说你写的东西很烂，生编硬造骗稿费。从那以后，我就跟何铭不再联系了，听说他出了个作品集，还搞了个作品座谈会，还听说有人建议他请我的，但他自始至终都没请我。不过，他不请我也好，请了我也不会去。

我该怎么告诉给我写信的刘颂先生关于这些人的事呢，我犯了难。

经过再三权衡，我想我该给刘颂先生回一封信了。准确地说，我该给二十年前的我回一封信了。我想找些专门用于写信的信纸，但我翻遍了办公桌也没找到，可能压根我就没买过信纸。最后不得不从打印机的打印盒里抽出了几张 A4 白纸。

"亲，"我开头是这样写着。而那位刘颂先生信的开头是写着亲爱的刘颂，我感觉那时的刘颂真的有点儿浪费墨水，亲爱的刘颂只要简化为一个亲字就可以了，此处明明可以略去四个字，但刘颂却没有略。

然而我写下了亲之后却不知道写什么了，我起了几个开头，读了读，都觉得不好，我把纸揉碎了，扔进了垃圾筒。再写一张，还是揉成一团扔进了垃圾筒。如此反复，我心浮气躁起来，我的写作功能怎么会退化了呢。相比于二十年前的刘颂，经过岁月的积淀，我应该越来越会写文章，有时候，我不用准备草稿，不用备课，都可以跟一帮寻找幸福的女人们谈论人生，那滔滔不绝、口若悬河，本人用人格保证，根据本人的录音整理出来的文字，一定是一篇上好的励志文章。但是我却不会写信了，尽管我在微信里、QQ 上、微博上，能行文如川、览遍高山，但我不得不承认我写信的功能退化了。

信写不下去了，我只得把刘颂先生写的信拿过来从头再看了一遍。刘颂先生在信中阐述了一个极为耐人寻味的哲学话题：刘颂先生将一个整整的我切成了若干个我，他的大致意思是一个人的人生是由若干个我组成的，而这若干个我是相对独立的。他深入浅出、细细地剖析：昨天的我、今天的我、明天的我都是自成一个体系，那一个个不同灵魂的我借用着同一个躯体来存活着。

他怕我看不明白，还打了一个比方。一个个我实际上就如存在于一只西瓜里的瓜子，西瓜是一个整我，瓜子却是一个个碎开的我，尽管都存在于一个整我之中，但碎开的我在西瓜中却存在着位置、颜色、大小、形状之间的差别，有时是天壤之别。天壤之别这四个字，刘颂还在下面点了四个点，以示重要和突出。看到这儿，我哑然失笑，好你个刘颂，写信的时候馋得要吃西瓜了吧。

正因每一天都能新生出一个我来，所以当年的刘颂先生在工作之初，尽管连集体宿舍都没住上，又租不起房，只能摸到一些同学、朋友的宿舍里去蹭一宿，尽管刘颂先生曾有过吃了上顿愁下顿的经历，但刘颂先生始终是快乐的，他活在旧我已经死去、新我正在诞生的希望之中，所受的磨难都被刘颂先生当成了前世的我经历的磨难，今世的我、当下的我完全不必要再承受前世的旧我的磨难。刘颂先生还极其反感我每天在复写着我，他希望我每天都是新的我。对了，在这里我要交代一下，二十年前的刘颂还没见识过电脑，网络语言也还在电脑母亲的肚子里怀胎，所以刘颂不会用复制这个词，他用的是复写这个词，复制与复写在这个特定的条件下，所表达的意思是一致的。

我数了数，刘颂先生阐述这个旧我、新我、未来的我用了整整六页纸，其中我还发现了三个错别字，我知道刘颂写文章的习惯，是不容许有错别字存在的，这六页纸中有三个错别字，说明刘颂在阐述这个哲学话题时已经是喷薄而出了，以致他只注重了思想的存在，而忽略了错别字的鉴别。我理解，所以我不责怪他。

把刘颂先生的信从头到尾又看了一遍后，我开始赞同刘颂的哲学真理了。尽管二十年前的我与现在的我同处于我这个肉体之中，但我确实与二十年前的我判若两人。我相信大多数人也是这样的，比如安雯、比如杜五、比如何铭，比如我曾经遇到过的一夜情的女人。这里特别要强调一下，我曾经痴迷过一位一夜情的女人，梦想着发生两夜情、甚至更多夜情，但是过了一夜情后，我再去面对那个女人时，她却装着跟我素不相识，以前我想不明白，现在我想明白了，那是因为一夜情的女人换了一个人，只不过是存在于同一个美丽的躯体之中而已。这是刘颂先生让我明白的，所以我要感谢他。

刘颂先生在信中说，他最幸福的事就是能拥有一间属于自己的独立的屋子，哪怕只有七八个平方，漏点雨没问题，只要不打湿他写字台上的稿纸就成。他说他要在那间屋子里写自己的文章，两耳不闻窗外事，一心专写刘颂文。但对于这个问题，我现在已经解决了，独立的房子早就有了，比原来想要的七八个平方大了十多倍，但我还是没能写出我自己想要的那种独立的文章。为什么呢？我一直在思考这个问题，似乎找到了答案，但又似乎没有找到答案，我只能告诉二十年前的刘颂，文章我一直在写，包括领导的讲话材料，包括工作上要用的文稿，甚至包括我可以单独署上我名字的文章，但我却始终把这些文字当成了抱养的孩子，总觉得它们与我没有亲密的血缘关系。对了，刘颂还提到了那把他能弹出颤音的木吉他，那把木吉他我已经找不到了，我曾经到一个乐器行逛了逛，试着能不能弹出颤音，但最终却很失败，店老板都直截了当地跟我说，颤音不是你想弹就能弹出来的。我告诉他，二十年前我就会了。店老板看看我，没吱声，眼神里满是疑惑。

怎么回信？我足足考虑了一个月。直到几天前，看到网络新闻，有当初的文学青年在缅怀顾城。我才想到，那年的夏天，也就是在刘颂写下这封信后的两个月，顾城在新西兰的激流岛上砍死了老婆谢烨，自己找了一棵树上吊自杀。我依稀记得，刘颂当年看到报纸的这条消息后，先是震惊不信，而后莫名其妙地流了一通泪。

我通过电脑点击了顾城的诗，一首《远和近》跃然眼前："你，一会儿看我，一会儿看云。我觉得，你看我时很远，看云时很近。"我灵机一动，把这首诗用笔抄录在 A4 白纸上，加上了一句："你的颤音穿透了时光，在我未来的生活中回响。"

我把信用信封装上，寄给了二十年前的那个刘颂。我想他一定会看明白的，那就让他去好好看一看我的回信吧。

万花筒

刊于《当代小说》2017年第7期

一

又有人要在凤凰医院跳楼了。我表姐夫马达语气急促地在电话里向我爆料。我压低了声音,漫不经心地回答:"我正在开会呢,现在去不了。"

众所周知,"开会"已经演变为回避某件事情或者一些不必要应酬的托词了。我不能不回避类似跳楼这样的新闻线索。连续三周,我在我们的城市商报上刊发了多起有关跳楼的新闻报道。跳楼的人中有讨要工资的,有想增加拆迁补偿款的,也有因为家庭情感纠葛而想不开的。几篇报道见报后,我们的总编已经坐不住了,专门把我叫进他的办公室,给我上了一堂引经据典、生动委婉的"三观"课。

总编给我引用了这样一个经典:世界上第一个把女人形容成花儿的人是天才,第二个把女人形容成花儿的人是庸才,第三个把女人形容成花儿的人那就是蠢材了。总编的话温文尔雅、娓娓道来。

我却听得心惊肉跳，满脸赧颜汗下。但我还要据理力争，"总编，跳楼算不上新闻吗?"

总编不喜欢我打断他的话，他接过话题，"我刚才说过了，第一次算新闻，第二次、第三次不能再算新闻了。再说，那些人有哪个是真跳了楼的。"

这句话让我不服气了，我壮着胆子反问总编，"要不是走到山穷水尽这一步，谁会爬到楼顶寻开心呢?"

总编居然没生气，他从椅子上站了起来，拍了拍我的肩膀，亲自用纸杯给我倒了一杯水，递到了我的手上。然后他回到办公桌后面的黑色皮质大班椅上，肥硕的身子坐下去后，大班椅很是上下晃动了一阵。"有话可以好好说嘛，要是动不动都去跳楼，这社会不乱套了?"

我没能和总编争，因为我正捧着总编亲自给我倒的那杯热水。我喝了一口，水很烫，烫得我差点喷出来，但我还是委屈着我的咽喉，强迫着硬咽进去。我之所以有挑战总编权威的一点底气，是因为我的报道多多少少让快被人们淡忘的商报有了点儿人气。移动互联网时代，商报已经陷入"谁写谁看、写谁谁看"的窘境，至少，我的报道还能让我们报社寂寞了好一阵的报料电话，时不时地响上一阵。

总编为进一步加深我的理解，他推了推鼻梁上的眼镜，用笔端轻轻敲了敲桌子，这是我们总编的习惯，每逢他语重心长地开会发言时，他总喜欢用笔端轻轻敲着桌子，那个动作有点儿类似敲击架子鼓，发出或清脆或沉闷的节奏（敲击所发出的声音取决于桌子的材质）。他的声音不高，但有了这种节奏相辅，总会给他的发言增加几分威严，不容侵犯的味道。

那天，他敲击桌子发出的是清脆的"笃笃"声，和着那个节奏，总编警告我，"要注意导向，政治导向、社会导向晓得吧？要是你再继续报道跳楼的新闻，你就违背了新闻的道义，你是起负面的导向作用！我可不希望报社出现一个著名的'跳楼记者'！"

我费了这么长的篇幅来讲述我和总编的那点事儿，你可别嫌我啰唆。我是为了让你们明白，也正因为如此，我对我表姐夫马达的新闻爆料不感兴趣了。何况我对我表姐夫马达早就存有一些成见，他喜欢在外面拈点花惹点草。这也就罢了，要是没有男人这个近乎普遍性的这个嗜好，那些花花草草岂不寂寞于尘埃？过分的是，我表姐夫马达居然把他那些花草"捧"回家，还吆喝着我表姐桂霞端茶递水、前后服侍。

就凭这一点，我就有鄙视我表姐夫马达的充足理由了。

二

刘颂，你必须来！马达口气还挺硬，而且不容置疑。因为要跳楼的是你表姐桂霞。

这下，我坐不住了。表姐桂霞要跳楼，我确实要去，必须要去，哪怕刀山火海也要去！

表姐桂霞为什么要跳楼？这是我启动车子引擎后，第一个蹦进我头脑里的问号。我很快就自以为是地找到了答案：一定又是马达惹我表姐生气了。我咬牙切齿，恨不得拿把刀去生刮了马达这个当代"陈世美"。

到了现场后，我才知道我是误会马达了。我表姐要跳楼的起因的确与马达无关。事情是这样的，我表姐桂霞前阵子觉得左眼不舒服，到了民营的凤凰医院眼科做了检查，医生说是肉眼瘤，必须手术切除。我表姐桂霞当即表示同意手术。哪料在手术中引起了病毒感染，病毒就像个占山为王的草寇，在我表姐的眼里兴风作浪。眼科医生给出的办法只有一个——摘除眼球。

这下我表姐心慌了，我表姐夫马达犹如火山喷发，他跳将出来向医院讨要说法。医院给出的答复是：先摘除了眼球，不然病毒蔓延开来，就会从左眼入侵健康的右眼，到那时，两只眼睛都保不住。至于属不属医疗事故，怎么赔偿，等摘除了眼球后再坐下来谈。

我表姐当然从没遇见过这样的事，她的第一反应就是悲痛，继而惶恐，继而无所适从。我表姐夫马达却像服用了兴奋剂，他没空闲去理会那些花花草草了，上蹿下跳，一门心思地要在左眼摘除前与医院达成赔偿协议。

马达这么做是有他的道理的，他抓住了问题的关键期，如果等到治疗尘埃落定，再讨论赔偿问题，那就会处于下风了。我认同马达的想法。他也懂得掌握"分寸"。医院被我表姐夫马达闹得没办法，也就同意了。但马达开价一百万，委实吓着了医院。医院起初只同意给三千，后来涨到五千、一万、三万、十万。到了十万就到底了。医患双方谈了几轮都没谈拢，正闹得不可开交，我表姐出场了，她的出场不同凡响，她勇敢地爬上了凤凰医院九层楼顶，要以跳楼的方式来逼迫医院就范。

三

那天，表姐先是乘着电梯上到医院九楼，再爬过一人多高陡直的钢筋焊成的楼梯，推开通向顶楼的封盖，一路毫无任何阻拦地爬到了九层楼顶上。医院停车场的一个专管停车收费的大爷作为目击者之一，是这样描述我表姐桂霞在顶楼上的活动情况的。

看车大爷不紧不慢地说："那个穿红色风衣的女人一出现在顶楼上我就感到不对劲，她在楼顶上来来回回走了很长时间，长到什么程度呢？这么说吧，我抽了两根烟，她还在楼顶上转悠，当我抽到第三根烟时，那个女人就跨过了栏杆，要跳楼，对，就是她现在这个样子。"

我显然不满意看车大爷的态度。我简直是气急败坏：这么长的时间，你就不报警不阻止？

报警？看车大爷看外星人似的看着我，他深吸了一口烟，然后将狰狞的烟雾从口腔徐徐吐出，他不疾不徐地说："小伙子，我在这儿看了二十多年车，看到无数个爬到楼顶上去扬言要跳楼的，但就是没一个真跳下来的。我见到的死人都是医不好拉走的，从没看到一个跳楼跌死被拉走的。"

万一这个是真跳呢？

看车大爷冲我笑了笑，"小伙子我敢跟你打赌，就赌一包香烟吧，要是她跳，我输给你一包，要是她不跳，你输我一包。"

"我没烟，我不跟你赌！"我甩给看车大爷一张十元钞票，"不用找了。"

"什么找不找的，在医院停车就十块钱。我可没你沾你的便宜。"看车大爷对跳楼已经不感兴趣，倒是想拖着我喋喋不休。

我没理他，快步走出停车场，冲进三三两两围观的人群。从楼底望去，表姐桂霞的两只脚踩在楼沿上，身子前倾，背着的两只手紧握着生了锈的钢筋围栏，像张满了的弓弦。一阵风吹过，扬起了她的红风衣，像一面鲜艳的旗帜。风也摇动着她手握着的钢筋，她的身体随着钢筋的摇动而晃动着，看上去十分惊险。

楼下，110、119都出动了，估计是同院的病人或者病人的家属报的警。他们在预测表姐将要自由落体的地方铺上了气垫。我表姐夫马达正拽着医院林院长的白大褂，挥舞着拳头，激烈地说着什么。我就是不挨近他们，几米开外也能听到我表姐夫马达比平时高了八度的声音。

马达说：我老婆要是有个三长两短，我就和你同归于尽。

林院长回一句：她自个儿的极端行为，跟我们医院有什么关系？

马达声音变得粗暴起来：你还敢说没关系？要不是你们手术出错，我老婆会跳楼？

林院长依旧保持镇静：医生的职责是治病救人，问题没搞清，我们不会承担任何责任！

马达恼羞成怒了：姓林的，人命关天，你必须给个说法。

林院长不急不恼：我们还在尽力治，这就是说法。

马达本来是两只手揪着林院长的，这时，马达控制不住情绪了，他松开了右手，张手成拳，似乎要挥向林院长。如果搁在平时，我会上去拉一拉的，但今天不同，要跳楼的是我表姐桂霞，桂霞现在正命系在那细细的钢筋上，要是她手一松，地心引力就会发挥强大的作用，尽管下面有气垫垫着，但谁敢保证我表姐桂霞能准确地落到气垫上？就是落到气垫上，谁又敢保证从九楼近三十米的高度落下来毫发无损？我对林院长的冷血也是相当不满意的，所以我不光不会拦着马达去揍林院长，我甚至还希望马达的拳头揍得重些重些再重些，最好一拳能把他的脑袋打出花来。

马达的拳头挥了半轮，突然像遭了孙悟空的定字咒一样给定住了，因为旁边正有一个警察冷笑地看着他。林院长倒是坦荡荡的，他迎着拳头没有避让，反而身子往前倾了倾，似乎要迎着拳头而上。他昂着头，声音很惊人地激动起来，"打呀，你怎么不打了？这是什么世道，做医生的动不动就挨打，你们这帮'医闹'我见得多了，不就是想多讹几个钱？我看借你老婆一个胆她也不会跳，要跳早就跳了，还等到现在？"

马达脸色涨得通红，嘴巴张了张，可能是卡了壳，没想出恰当的词回击。他无助地回头望了望，我以为他是想让我上前助阵。我正在权衡是上前给马达帮腔呢，还是赶紧爬上楼顶劝我表姐桂霞不要跳。就在犹豫间，一个体态较胖底盘较低的中年男人走上前来，他扬了扬手中的摄像机，清了清嗓子说："我姓刘，刘律师，马达是我的当事人，林院长，据我所知，你们医院不止这一起医疗事故吧，你当然能泰山崩于前而面不改色，你刚才的话我都录下来了，就冲你这句话，我也可以告你渎职罪、诽谤罪，医生视市民的性命如草芥，还有良知么？"

"我认得你。"林院长目光威严地扫向刘律师，"你整天在我们医院里晃来晃去，怂恿病人跟我们打官司。说老实话，我们也调查过你，你根本就没有律师资格，只是一个法律服务所的工作人员，一副唯恐天下不乱的样子，要不要我通知安保部，以后不许你往病房里再踏进一步。"

刘律师顿时软了下来。他抬头望了望楼顶，似乎自言自语又似乎说给我们听，"我的当事人在楼顶上站了这么久，要是撑不住，手一松，就真的掉下来了。"看得出来，他是转移话题，掩饰自己的窘态。

四

站我身旁的警察我认识，是辖区街道派出所的王所长。我正准备跟他打招呼，他的手机响了，是上到楼顶上谈判的警察打来的。王所长的手机漏音，我能听得清楚。

谈判警察说：王所，这女的死活不开口。

王所长：你们靠近她，找个机会扑上去摁住她。

谈判警察：不行，王所，这女的精得很，我们一靠近，她就作势要松手。我们现在是寸步难行啊。

王所长：那就跟她谈条件。她提什么条件都答应下来。

林院长急了，他一拧身，摆脱了我表姐夫马达的控制，冲着王所长喊："我们是个民营医院，赚点钱不容易，合理的条件我们答应，不合理的坚决不能答应。不能让这些人仗了势，要是以后闹一闹就能得到赔偿，我们医院就不是医院了，就成闹场了！"

王所长瞪了他一眼，低声喝道："林院长，你别插话。"

林院长看王所长动了怒，真的缄了口。

王所长朝马达看了一眼，指令道："你，上去劝说！"

马达往后退让，"不行，我得看着这姓林的。"

林院长苦笑道："放心吧，这么大的医院放在这儿，我往哪儿跑？"

马达还是不信，他重新揪住林院长的白大褂，生怕一松手，林院长就像充足了气的气球飞了似的。

王所长看来要发火了，他脸色铁青，咬着牙，皱起了眉。在他发火前，我赶紧自告奋勇地往他前面一站，"王所长，我上去劝吧。"

"你是她什么人？"王所长显然没认出我来，我曾经采访过他，但他可能接受的采访太多了，对我全然没了印象，他狐疑地打量着我。

"她是我表姐。"我说。王所长扬头朝楼顶看了看，又低下头略一思索，"行，你上去吧。你给我记住，不要激化矛盾！"

我真的就上去了。上了楼顶，我才发现风很大，朝下面看去，下面围了一圈看热闹的人，还有的人，看了会儿热闹，就又自觉地散开。还有进出医院的，只是朝楼上看了看，甚至还摇摇手，与我表姐打招呼，然而又自顾自，忙活自己的事情去了。

表姐桂霞看我上了楼顶，她朝我点了点头，还启唇笑了笑。表姐桂霞从来不多言多语，我以前到她家里做客，她就是这样。以至我产生了错觉，马达"捧"着那些"花草"回家时，她一定也是这样。

现在，站在楼沿上的表姐，也把楼顶当成她家客厅了，启唇一笑的意思是欢迎我，我明白。

我正准备说话，一直沉默的表姐突然大起了声音对我后面的几个警察说："你们下去，我就跟我表弟说几句话。要不然，我就跳下去。"

几个警察看着我，他们进也不是退也不是，我朝他们挥挥手说："你们先下去吧，这儿有我呢。"

几个警察下去了，表姐侧着脸，又朝我笑了一下，她侧脸的时候，我看到她的左眼蒙着纱布，但这并不影响表姐的秀气。表姐桂霞的秀气一直是我们家族的骄傲，包括我那个漂亮得被我称为狐狸精的二姐小雅，若说到别人漂亮，她肯定不服气，但要是说到表姐桂霞漂亮，她就会服气地说，桂霞是清水出芙蓉呢。

桂霞示意让我走近她。我走过去，楼顶上的风很大，我用手支撑着生锈了的钢筋围成的栏杆，我有恐高症，尽管站在围栏里，手上还牢牢地抓着钢筋围栏，但两条腿还是不听使唤地发抖。我好不容易才稳定了情绪，壮着胆子站稳了脚步，但神经还紧紧地绷着。

表姐竟然还带着淡淡的笑意问我："刘颂，你想往下跳吗？"

我的腿颤抖着，头脑里一阵眩晕。我赶紧摇头。

"你就没有过跳楼的念头和想法？"表姐直视着我追问。

我没法回答。

"其实每个人都在某个时刻产生过跳楼的欲望。只不过有些人只是想法，有些人付诸行动时暂停了，还有些人，脑子没反应过来时，人已经跳下去了。"表姐说完悠悠地叹了口气。

表姐的话让我捏了一把汗，难怪我们总编对跳楼的题材那么敏感，难不成他也有过跳楼的想法？

表姐叹了口气，转换了话题，她低声说："刘颂，我这只眼睛应该还能治好。"

"能治好，怎么不治？"我惊讶万分。

"医院想推掉责任。你知道的，人到了医院，医生就是你的上帝，他们让你干啥，你就得干啥。"

"那也不至于拿眼睛来开玩笑啊。"

桂霞又叹了一口气道："还不是为了你表姐夫马达吗？他跟眼科医生串通好了，说是摘掉我的眼睛能让医院拿一百万出来。"

"什么缺德的医生！"我第一次在表姐桂霞面前爆了粗口，"为了点钱就黑了良心。你怎么这么糊涂呢，拿自己的眼睛去赌一百万，值得吗？"

"那个眼科医生是马达的朋友，他在这家民营医院待久了，老不涨工资，想跳槽，医院不放，那个林院长还找了几个人吓唬他，说只要他走，就留下一条胳膊。他就想出了这个主意，事情出了，不用他辞职，医院也会主动炒了他。他答应我，他到了新的医院后，会保证给我治好眼病，不用摘除眼球。"

表姐道出了真相后，沉默了。我也沉默了，我心里突然很闷，我从栏杆上松了一只手，掏出一根香烟，点着了，抽了一支。我们就这样沉默着，谁也没说话。我的香烟快燃到烟屁股时，表姐桂霞开了腔，"刘颂，两只眼睛睁得大大的，看得很清楚时，会有无穷无尽的烦恼，还不如睁一只眼闭一只眼来得心静。"

我看着表姐桂霞，她那睁着右眼已经渗出了眼泪。她又说："刘颂，要跳楼不是我的本意，我活还没活够呢，人一死，就真的什么都没有了。都是那个刘律师出的主意，马达就怂恿我，说这么闹一闹，会让医院尽快拿钱出来赔偿。我答应了马达，拿到这笔钱，他会买一辆汽车，专心地和我过日子。他想买车已经很久了，家里没什么钱，他就拿我出气，说我没用。"

我真搞不清，这个马达有什么值得我表姐桂霞留恋的。

表姐桂霞看我紧抿着嘴巴，面露怒色，似乎看出了我的心思，她说："婚姻就是一场合作，每个人都有一双翅膀，这也是人们为什么称婚姻为比翼双飞吧。如果马达飞得过快了，我就追不上了。现在，至少我比马达的那些'花花草草'更接近马达。"

表姐桂霞眼中流出的晶莹的泪水，正一滴一滴顺着脸颊往下滴落。我心软了，我掏出了手机，给马达打电话，让马达把电话交给王所长，我跟王所说长，我表姐同意不跳楼了，但她必须要三十万给她看病。

表姐惊异地看着。我捂着话筒对她说，要一百万是不可能的了，降到三十万，医院兴许会很爽快地掏出来。表姐点点头，表示她接受了我的建议。

五

王所长拿着电话跟林院长商量，林院长坚决不同意。王所长火了，吵了起来，"人家治坏了一只眼睛，就不值三十万？"

"十五万吧，"林院长齐腰斩。

"三十万不能少一个子儿。"马达叫了起来。

王所长虎视眈眈地盯着林院长，"再这么纠缠下去，出现什么样的后果我可管不了。"

林院长这才咬咬牙、跺跺脚，"二十万，就二十万。否则你们该咋办就咋办！大不了医院我不开了！"

"好吧。就二十万！"王所长一锤定了音。马达还是不满意，"二十万，太少了，这事谈不拢！"

王所长也冲他吼了一声，"这事跟你谈了嘛，你再多嘴，当心把你铐起来，滋众闹事还得了！"马达也焉了，二十万，可能也是他心中承受的极限了。

事情就这么定下来了。

打完电话，我对表姐桂霞说，医院和马达都同意了，你就下来吧。

"我再待会儿。"表姐桂霞挂着泪笑了一下，"刘颂，从这儿往下看，就像一只万花筒，可好玩呢。"

万花筒勾起了我的童年记忆。那时表姐桂霞就展现出心灵手巧的一面。她能将包装盒上的厚纸板用剪刀剪制成一个圆筒，再找几块毛玻璃，在水泥地上耐心地打磨好，用胶水粘成三棱镜，装进圆纸筒，最后再撒进一些碎彩纸进去。我起初是看不上那个外貌很土的圆纸筒。表姐桂霞却兴致勃勃地让我眯上一只眼，用一只睁大的眼睛透过玻璃孔去管窥。

"刘颂，你边看边转，里面好玩呢。"我依言转着圆纸筒，果然里面的碎彩纸随着我的转动，变幻出不同的五彩缤纷的画面。"是不是一转一世界？"我喜极点头，看了好久不肯罢手，索性耍起了无赖，"表姐，送给我吧。"表姐嫣然一笑，"我做出来就是送给你的。"

我陪着表姐往下看，一定是刚才的电话起了稳定的作用，楼下的人群散开了，医生和警察们有的坐在气垫上，有的三三两两地站着聚在一起抽烟，说笑。我表姐夫马达的手还揪着林院长的白大褂，林院长没表示反对，他晃动着身子与王所长有一句没一句地搭讪，马达也随着他的身子左右晃动。刘律师正低着头，调看着他摄像机的录像，有时摇摇头，有时点点头。

医院内的一个花坛上，坐着一个年轻的女孩，正低头捧看着一本书。我曾注意过她，她好像一直在看书，心无旁骛。仿佛，身边的整个世界都与她无关。我表姐桂霞在楼顶上这么久，她也没有抬起眼皮朝这儿看一看。

看了一阵，我收回目光，看看离我不远的表姐。不知何时，她的眼泪收住了，嘴角挂着淡淡的笑意。我继续无言，继续抽着我的香烟。表姐忽然开口，"那个女孩可怜呢，父亲早逝，母亲在医院做手术时，因麻醉药用得过量，现在成了植物人，一直躺在医院里。她说她要考律师，考上了好替母亲打官司。"

表姐的介绍，让我对那个女孩产生了兴趣。我又盯着坐在花坛上的那个女孩看。我希望她的梦想能够实现。又过了十多分钟，表姐桂霞让我用手机拍张照片。她说，人生有时就不能一步步往前跨紧了，要不然，往前跨一步，就像她这样，会从高高的楼上往下掉，要是掉下去，一切都没有了！

我觉得表姐桂霞的话很有哲学的意味。正在我慢慢品味时，王所长打电话来催问情况。我说，再等等，表姐的思想才刚刚做通，不能催得太紧。王所长说，好吧。

又过了看似漫长实际短暂的几分钟，我表姐桂霞才缓缓地收起前倾的身子，她要"收兵"了。可能是脚站麻木了，她回跨栏杆时竟然抬不起腿，我赶紧上去帮忙。表姐桂霞终于脱险了。楼下有人不满意地叫了起来，在楼顶上听得一清二楚，几个人叫嚷：又是一场跳楼秀，没意思。旁边有人调侃，跳楼好玩呢，你也上去试试。

接下来的事就开始走程序了。我表姐先是在医院检查了一下，无大碍后，被带到派出所谈话做笔录去了。医院让我表姐夫马达签了字，协议上有一条：医院一次性付钱，今后我表姐桂霞的所有治疗费、后遗症再与医院无任何关系。签字时，马达还想再要一些钱，但充当调解公证人的王所长吼了他一句，"你再出尔反尔，一分钱也不赔！"

马达二话不说，赶紧签了字。

我回到报社时已经很晚，总编让人把我叫进了他的办公室。总编笑眯眯地对我说："刘颂，赶紧写个稿子，就把你今天经历的跳楼事件写出来。"

我愕然，不是不让我再写跳楼的报道吗？

总编讪然一笑，"这次不一样，咱们报社的记者是救人的英雄，这事怎能不写？不光要写，还要上头条。"

我答应了总编，打开了电脑，准备写稿子时，脑子里一片空白，白天的事竟然记不住了。混沌中，我在电脑上胡乱敲了几个字。待我洗了把脸、喝了杯浓咖啡，再看先前敲的那几个字时，电脑的屏幕上只有三个字——万花筒。

板凳的翅膀

刊于《雨花》2014年第3期，《文艺报》2014年6月9日刊发短评，
获2014年度盐城市政府文艺奖

我梦见我二伯了。

当然是梦见活着时的二伯。死后的二伯，我绞尽脑汁也想不出是什么样子。

二伯坐在他那两间墙体倾斜了15度的小屋前的一张小板凳上，面前是另一张小板凳。二伯家就两张小板凳。对他来说，他也不需要多余的板凳，因为他自始至终就是一个人过日子。你说对了，二伯就是咱村子里为数不多的一个老光棍。

一张小板凳是二伯的座椅，另一张小板凳就是他的餐桌。不过，我也区分不清究竟哪张是座椅，哪张是餐桌。二伯很随心，只要一屁股坐上任意的一张板凳，另一张板凳就自然而然地成为餐桌。

餐桌就是一张小板凳，那么狭小的面积，充其量也就只能放一两盘菜。其实，这张小板凳，二伯用起来，一点也不拥挤，因为他大多数时候也就只吃一盘菜。我很好奇，二伯的那

盘菜几乎吃了一辈子，还吃得那么津津有味，那究竟是怎样的一盘菜呢？

我跟二伯对酌过两回，充分感受到那盘菜的千变万化。二伯有啥菜都往那一个盘子里整，我在那盘菜里吃到了一条小鱼，那是二伯从河里打水时，一条笨得要命的小鱼钻进了二伯水桶。鱼吃完了，还有几个蘑菇，一堆野菜，还有一点茶干。我还吃到了一个软乎乎的东西，竟然是豆腐。

蘑菇肯定不是二伯从菜市场买回来的，他也懒得去菜市场，他自己家里更没有种植蘑菇，唯一的可能就是他自己采摘的野蘑菇。我吃下去后，突然有点紧张，会不会是毒蘑菇？二伯咧嘴笑笑，没毒，我吃了好多次，不还活着。二伯眯缝着的眼睛，倒是精光四射，能看出我的心思呢。

二伯的那两张小板凳，是我奶奶留给二伯的。当时我爷爷对于这两张板凳的继承权与我奶奶还有过一番争论。我爷爷的意见是，这两张小板凳，要留给我父亲，也就是刘建国同志。但我奶奶坚持要把板凳留给我二伯，也就是刘建华同志。为了这两张小板凳，我爷爷和我奶奶还展开过一场旷日持久的"板凳革命"。最后还是我奶奶占了上风，因为那两张小板凳是她嫁给我爷爷时的嫁妆。我奶奶搬出了几十年前的那场风花雪月，最终征服了我爷爷。

事实上，我奶奶并不是蛮横霸道的女人。很多大事小事上，她都让着我爷爷，这就让我爷爷有了绝对的权威。我奶奶挑战我爷爷的绝对权威也就那么两回。一回就是决定这板凳最终的继承权是刘建国同志还是刘建华同志。另一场挑战则是我爷爷建议我二伯去报名当兵时，我奶奶却坚决不同意。我那以打渔为生的爷爷，家徒四壁，他之所以要送我二伯当兵，从表面上看，是要为保家卫国奉献自己的儿子，但更深入一层，我发现我爷爷的思想并不那么崇高，他之所以要送我二伯当兵，就是想让我二伯能混一碗好饭吃，弄一身好衣服穿。

那个时候，我二伯与我父亲的衣服是不分家的。尽管不分家，衣服也不足以蔽体。有一年冬天，奶奶咬咬牙，絮了二斤棉花，给我父亲和我二伯做了一套棉衣棉裤。在这里，我要强调一下，我奶奶并不是给我父亲和我二伯各做了一套，而是两个人合穿了那一套。我二伯和父亲商量着，今天我二伯穿棉衣，我父亲穿棉裤，明天则是我父亲穿棉衣，我二伯穿棉裤。

但有一天，我父亲起了个大早，他趁着我二伯还在酣睡的当口，把棉衣和棉裤全部穿到了身上。这下，我二伯慌了，他带着一种规则被打破无法适应的无奈向我奶奶告状。我奶奶狠下心来，罚了我父亲三天不准穿棉衣棉裤，这三天，全由我二伯穿。

我父亲刘建国对我奶奶的这个严惩措施非常不满，他曾多次抱怨说我奶奶只知道偏袒我二伯，对他这个最小的儿子从不知道疼爱。这话传到了我奶奶的耳朵里，我奶奶并没有恼怒。她甚至笑眯眯地对帮我父亲主持公道的爷爷伸出了她那双粗糙的手，"十个手指伸出来有长有短，我能把十个手指都变得一样长吗？"我奶奶这样反问爷爷，爷爷一时语塞，张口结舌了半天，无言以对。

按说当兵能混到好饭吃好衣穿，我奶奶为何阻拦二伯当兵呢？我奶奶当然有她心中的小算盘。那个时候高音喇叭里整天吵着"备战、备荒、抓革命，"我奶奶就以为当兵的人就得去打仗。我奶奶说二伯体质弱，扛不动枪。而且，我奶奶还说，她在生二伯的时候，梦见了我们这儿的土地爷，土地爷说二伯不能杀生。我奶奶害怕二伯去扛枪杀人，所以就坚决不同意二伯当兵。

我爷爷的计划再度被打乱，反正我爷爷说什么我奶奶都听不进去。我爷爷说得多了，我奶奶就把她那两只板凳一抱，坐到门口的大槐树下，对着大槐树痛哭，一边哭还一边用哭腔唱出了对我爷爷的不满，反正"挨千刀的""黑了良心的"都被我奶奶哭着唱出来了，我奶奶把我爷爷唱成了一只凶狠的大怪兽后，她还不甘心，那两只板凳一直不让我爷爷坐。无板凳可坐的爷爷，只得对他的计划做出了调整：那就让建国当兵去吧，建华留在家里。我奶奶这才破涕为笑。她高兴之余，把我爷爷按坐在其中一张板凳上，她坐在另一条板凳上，帮我爷爷捏腿，那种按摩里透出了我奶奶无尽的亲昵味儿。

你们可以看得出来，关于我奶奶的那些事儿，似乎都与二伯的那两张板凳有关。当然，还有门前的那棵大槐树。关于那棵大槐树的成长史，有过许多版本，最离奇的版本就是《天仙配》里的那个董永曾经过我老家门前的那棵大槐树，大槐树变成了月下老人，给董永那个懵懂的小子与七仙女牵了红线。不过，这离谱的说法，不要说你不相信，就是我本人也不会去相信，尽管我也曾对着大槐树发过无数次的呆，期望他给我也牵一次红线。

　　比较靠谱的一种说法出自我爷爷嘴里，他说这棵大槐树是他的爷爷也就是我爷爷的爷爷亲手栽下来的。不管怎样，反正那棵大槐树在我老家的门前生长了很多年，粗枝大叶的，每到夏天，就是一个绝佳的避暑胜地。我二伯在天气热的时候，经常抱着那两张板凳到大槐树下乘凉。在大槐树下乘凉的还有咱们村里的大姑娘小媳妇。她们经常会对二伯开玩笑，说大槐树快显灵吧，给刘建华找个媳妇儿。我二伯就嘿嘿地憨笑。

　　我搬到县城后，有一次回老家，远远地就看到我二伯又抱着两张小板凳坐在大槐树下乘凉。自从我进了县城后，我老家那棵大槐树已经没有什么大姑娘小媳妇去乘凉了，只有我二伯还在坚守，成了村里一道独特的风景线。

　　当我走到大槐树下与我二伯面对面时，我二伯突然抬起头，用他不常见的狡黠的眼光盯着我，问了我一个莫名其妙的问题：你睡过女人没？

　　我的脸当即就红了，二伯的这个问题突如其来，让我一点防备也没有，而且这样的问题，似乎也不应该从憨厚老实的二伯嘴里说出来。我先是下意识地摇摇头，然后又是点点头。对于我古怪的表情，二伯其实并没有太在意，我后来才弄明白了，二伯睡了一个女人，那可能是他这一生中睡过的唯一的女人。他很开心，但他的开心又没有人能够与他分享，所以他才没头没脑地问了我那么一句话，那只是他的一个开场白，为后面他娓娓道来打下了埋伏。

　　二伯睡过的那个女人其实没有啥值得炫耀的，那是咱村里的一个相貌很平常的寡妇，而且年纪比我二伯还大几岁。那个女人的儿子外出打工了，她一个人在家，许多活儿干不来，就主动来跟二伯搭伙过了一段时间的日子。至于那段日子过得咋样，由于我不在老家，未能亲眼所见亲耳所闻。我为此还问过村里的一些人，可他们都茫然摇头，也表示不知道。我这才明白，我二伯与那个寡妇的事，在村里根本没有人去关注。我以前听许多人说过，寡妇门前是非多，可是我二伯与那个寡妇的事情，怎么就没有在村里闹出点动静呢？

不过，在我考证了刘建华同志也就是我二伯的生平历史后，我终于找到了答案。二伯在村里就像那棵开始不为人关注的大槐树一样，人们都在忙着发家致富，楼房一幢接一幢地盖起，已经没人有空闲去关注我二伯以及那座老房子和那棵老槐树了。村里人建房的时候，我二伯也时常去帮帮忙，搭把手啥的。到了吃饭时，村里的人想拉他跟瓦工、木工们一起吃饭，但我二伯不喜欢坐席位，我怀疑他这辈子都没有正儿八经地坐过席位，他就恋着他那两只小板凳。从村人家里随便打包了点菜，就悄无声息地溜回家，在那两张小板凳上吃得津津有味。

后来，村人们也习惯了我二伯的习惯，每次我二伯帮完忙，就弄点菜给他，说一声：拎回家吃吧。我二伯就真的屁颠屁颠地拎了菜跑回他那两张小板凳。坐在小板凳上，二伯显露出很舒服很惬意的样子，不知道是二伯依赖板凳，还是板凳依赖二伯。

有一段时间，我觉得二伯让我蒙了羞。我父亲也是这样认为的，他早就要对那两张小板凳下手了。我父亲说我二伯命贱，就是这两张小板凳害的。我父亲有好几次，明抢了我二伯的小板凳，扬言要放到灶房里烧火。我二伯死死地抱着小板凳，任我父亲使尽力气就是不肯放手。我父亲刘建国同志明抢不行，就采取了一种极其卑鄙的行径，他趁我二伯不在家的机会，将那两张小板凳偷了回来，准备劈成柴烧了。

但我二伯似乎与那两张小板凳心有灵犀。我父亲举起斧头，还没劈下去，我二伯出现了，他一个箭步冲上前，抱起那两张小板凳就跑，好像刑场劫人似的，边跑还边嚷："刘建国，你一直恨我这两张板凳，我知道，你就是恨，你还记恨着俺娘！"二伯将我父亲对板凳的下手无限地上纲上线。我父亲哭笑不得，只得由着他去了。

两年前，我回老家，鬓发尽白、皱纹满面的二伯把我拉坐到他的小板凳上，看了我半天，又冒出一句莫名其妙的话："刘颂，你有当官的样子，你一定会当个大官。"我惊讶，二伯啥时成了算命的了。我告诉我二伯，我就是一个写字儿混饭吃的人，百无一用是书生，与官老爷八竿子打不着。二伯还是不信，还是固执地认定我当着官或是将要当上官。

二伯之所以认定我当官，其实是另有所图的。原来，一个大企业家捐了钱，给镇上新建了敬老院，要把全镇的孤寡老人都拉进敬老院去，享受社会主义和谐的阳光。二伯想求我说说情，他不想去敬老院。为此，我们劝了他多少回。在敬老院，吃饭有人管，生病有人照顾，衣服也有人洗，寂寞时，还可以跟一帮老头老太唠唠家常。但不管我们怎么说，也不管镇村的干部们怎么说，二伯就是不肯去敬老院。夏天下起暴雨，镇上怕出事，租来车子将所有的孤寡老人全部硬拉进敬老院，我二伯也是被强拉进去的老人之一。但去了两天，二伯突然又回来了。他是偷着溜回来的。我们想再把他送去，二伯死活不依，他就抱着那两张小板凳，任你劝、拉，他都无动于衷。我父亲刘建国同志长叹了一口气："也罢，不去就不勉强了，他就喜欢遭受这苦命，就留家里吧。"

二伯从敬老院溜回来后就生了一场大病，我父亲刘建国把二伯送到了镇卫生院。医生说要住院治疗，我二伯照例是死活不愿意。僵持不下中，还是我父亲刘建国同志精明，他附在我二伯耳朵边说：我知道你惦念着那两只小板凳，我这就回家给你取去。我父亲刘建国回家帮二伯取回了那两张小板凳，我二伯笑了。他安心地住了院，不过，他的怪癖还是有一些的，那就是输液时，他一定不会躺到病床上，而是坚持坐着那小板凳上接受输液。医生为此不知道发了多少次火，我父亲也为此不知道多少次赔着笑脸给医生敬烟、说好话，我二伯的这个怪癖才得以保留了下来。

板凳没能救二伯的命。二伯住了一个月院后，病情加重了。医生说，别治了，回家吧。我父亲刘建国觉得二伯不应该就这样回家等死，还想把他往大一点的医院转。我当时插了一句话：转也是折腾，就这病，只能等死。没想到我父亲刘建国当时就火了，他瞪着血红的眼珠子冲我吼了一声：滚！

父亲刘建国与我二伯刘建华很是格格不入，但在二伯的生命尽头，我父亲不知道出于啥目的，反正就是要想办法延续我二伯气若游丝的生命。也许这就是兄弟情吧，但奇怪的是我父亲对此又不承认。他一直说，摊上二伯这样的人做兄弟，是这辈子最大的不幸。这句话，我父亲当着我二伯的面也说过几次，我二伯似笑非笑地看着我父亲，也说了一句很有哲学色彩的话："下辈子，我们想见也见不着了。"

从医院回来后，我二伯开始了等死的日子。也就是你们所说的生命倒计时，不过在这儿我还是用等死两个字。因为我二伯听不懂生命倒计时，他只知道他是在等死，他也确实是在等死。

等死的二伯有一天精神抖擞，他竟然从板凳上霍地站起，抱着两条板凳，飞跑到我奶奶的坟前。我在此有必要交代一下，我二伯到我奶奶坟前时，我奶奶已经辞世二十年了。那天，我以为我二伯会坐在坟前哭的，但是我二伯没有。他就把两张板凳对称地摆放着，他一会儿坐在这张板凳上，一会儿坐到那张板凳上。盯着坟头一下午，若有所思或若无所思。

那次回光返照后，我二伯就死了。他就是坐在一张板凳上死的，另一张板凳还被他抱在怀里。我二伯死后，我们忙于处理后事，没去二伯的小房子。结果后事处理完后，再去那个老房子，二伯的板凳就不见了，好像长了翅膀似的。

飞哪儿去了？我们都不知道。

三朵云

刊于《安徽文学》2017年第2期，《中华传奇》2017年第6期转载

一

简洁说的话一点儿也不简洁。这不奇怪，人的名字有时候就是一个贴反了的标签，具有一定的教化意义。我揣度简洁的父亲给简洁取这个名字时，是带有前瞻性考虑的。

现在，简洁就坐在我的对面，微鬈的漂染成酡红色的长发遮住了半个秀美的脸庞，她的妩媚使我的目光有了"反弹"作用，这让长期保持直视采访者习惯的我显得局促不安，每当我直视她的时候，她迎过来的目光就逼得我的目光逃之夭夭，只能从她的脸上刷过去，瞟向咖啡馆窗外的内港湖和碧蓝的天空。

事实上，简洁挑起的话题也正是从这湖水和蓝天开始的。简洁谈话有个绕圈子的习惯，这正如她的某些生活习惯。这么说吧，比如简洁要从上海去北京，她肯定不会直接从上海买张高铁票，一站到底地去北京，她肯定会先绕道南方的广州或深圳，到站后再突然折转方向，一路向北去北京。这个习惯是我二姐小雅替简洁总结出来的，她们曾是同学又是闺蜜，小雅的

总结当然是精准到位的。

想到小雅，小雅的电话就打进来了。小雅低声说，刘颂，你正在跟简洁聊吗？还没容我回答，小雅就用她一贯的蛮不讲理的口吻说，你别出声，听我说。我看了一眼简洁，简洁正从随身带的一只手包里掏出手机刷微信，那个手包看起来是 LV 的，但我不确定，现在高仿品太多了。简洁就喜欢用高仿品，这也是小雅跟我说的。跟简洁坐了都快一个钟头了，她的手机总是放在手包里，跟我说上几句话，就下意识地从包里掏出手机看上一眼，然后细长的手指如蝴蝶飞舞般在手机上灵活地敲上一通，敲好后又把手机塞进包里。这样进进出出地掏手机塞手机，看得我都累了，我想，做她的手机应该也很累。

小雅的声音很低，我又故意往椅子上靠了靠，拉长了与简洁的直线距离，我估计简洁是听不到小雅的声音的。小雅似乎有神算，难怪大姐国风总私下里说小雅是狐狸精，除了小雅的长相有点儿狐狸精的特质外，她似乎真能通神，常会看透人心，我跟小雅一块生活时，我的心思没有一次不被她给揭穿的。聪明的女人情路必然坎坷，小雅就是太聪明了，她的情路也不用我赘述，反正三十大几了，还是孑然一身。

写到这里，你有没有觉得我和我两个姐姐的名字有点儿奇怪呢？国风、小雅，再加上我这个颂，合起来就是"风雅颂"对不对？能给我们姐弟仨取出这么文艺范儿名字的人，当然是我的老父亲刘建国他老人家。我的父亲刘建国是新中国成立那年出生的，读过几年书，当过几年兵，退伍回来就成了乡邮电所的邮递员。我们姐弟仨依次出生时，刘建国他老人家好像算准了我老妈能生出两个丫头和一个儿子似的，在我大姐出生后就按照"风雅颂"的顺序排了序，这符合我们白云庄的取名排序习惯。我父亲对简洁的当村里队长的老子给她取了这么一个名字是不怎么看得上眼的，刘建国他老人家始终认为，简洁她爸妈只生了她这一个独苗，从名字上就有了征兆——都简洁掉了，还能生吗？

当然，我父亲刘建国的理解是有点牵强附会的。人家简洁的父亲大小也是个村干部，说不定是带头执行计划生育呢。哪像我父亲，生了两个丫头已经超额完成了国家的生育指标，还非得再超生一个儿子，搞得他提干的机会都被一举抹杀。

不过，嘿嘿，话说多了，他要不是冒着风险超生一个，哪来的我呢？

二

简洁找你肯定与赵安之有关。小雅直奔主题。赵安之是本地赫赫有名的一个企业家，他名下的企业很多元化，有酒店、宾馆、洗浴中心，还有出租车、物流货车、修理厂等，反正我们所熟悉的行当，好像赵安之都有染指。关于赵安之，有两个话题在街谈巷议中是绕不开的，一个话题是赵安之到底有多少资产，有人说上亿，有人说上十亿，还有人说数十亿，没有人能说出个精准数，于是这种猜测就具有了某种神秘的力量，让所有熟悉赵安之的人都参与其中、乐此不疲。另一个话题就是关于赵安之的那条腿是怎么瘸的，也是众说纷纭。有人说是赵安之生意做得太大，让人眼红了给打瘸了的，有人说赵安之早年喝酒自己摔了跟头摔瘸的，还有人说得更离谱，说赵安之遭遇了绑票，由于给出的酬金令绑匪不满意，虽然最终放了他，但还是敲瘸了他的一条腿。

那么赵安之本人是怎么说的呢？赵安之深居简出，平时不太抛头露面，所以他对上述两个话题总是语焉不详。但赵安之告诉了我一个说法：他的一条腿瘸了，是他年轻时少不更事，与人打架被误伤的。他要我在帮他写的回忆录里就这么写。赵安之请我执笔他的回忆录绝不是心血来潮，他说他人到中年了，这些年打拼下来不容易，他要把自己经历的一些事情给写下来，要不然呢，随着年龄的增长，记忆力也会下降，会忘掉许多事情。现在正当壮年，记忆力还算好，趁着这个时候写回忆录，正当其时。写回忆录，自然绕不开他那条瘸了的腿。

其实，赵安之的腿是怎么瘸的我是有点印象的，赵安之可能不知道我有这个印象。那时我还在读小学，赵安之在那个年代就显露出商人特有的精明禀赋，他骑着自行车到我们村的学校卖棒冰，棒冰就放在一个白色的木头箱子里，用棉絮紧紧地裹着。那个时候我就很奇怪，冰凉的棒冰用棉絮裹着却融化不了。我深刻钻研了几天，得出一个结论：最热的外表下通常有一颗最冷的心。

那时赵安之所卖的棒冰对我有极大的诱惑力，我没有多余的零花钱买棒冰，为此我不得不靠忽悠我的同学张安琪，用他的钱来买上一支棒冰。随着我的忽悠，张安琪的智商也一天比一天提高，我想现在做人民教师的张安琪应该感谢我，要不是我一天比一天绞尽脑汁地忽悠他，他哪来的今天！

对于我忽悠张安琪的事小雅很是鄙视我的，她最大的"优点"就是不会给人留面子。那时小雅也在村里的学校读初中，每次看我从赵安之那儿买来棒冰，她总会当着赵安之的面鄙夷地奚落我：骗来的钱吃下去会肚子疼。哪有这样诅咒老弟的，我看着她裙裾飘飘地走过去，就会跟赵安之自我解嘲地说，我二姐小雅狐狸精附体了。赵安之点头微笑，露出一口白得发亮的牙齿，然后用带有思辨色彩的话嘀咕道："小雅是狐狸精吗？小雅不是狐狸精吗？"我没理会赵安之，我感觉赵安之也有点神经兮兮的。我一边吮吸着棒冰，一边想着下一支冰棒将会出在何处。

赵安之的左腿也就是在那一年夏天瘸掉的。那天清晨，我背上书包去上学，出门时我右手扶着门框，左手拢着书包，脑袋左转微仰成四十五度角看天边的云，我想我后来越发严重的强迫症可能就肇始于此，每天出门看看云成为我的必修课，惹得小雅老是嘲笑我，说我快成风水大师了。小雅懂什么呢？云是大地哈出的气，大地上发生的事，云怎么会不知道呢？果真，那天我看着云就有点儿不对劲儿，被朝阳照着的云幻化的形状不是我平常看到的白羊啊白马啊什么的，那天的云有点儿变幻不定、高深莫测，我感觉要出事。事实也正是如此，那天真就出事了，赵安之骑着自行车莫名其妙地就掉进了我们家附近的陈家汪。那是个为让耕牛休养生息而筑就的水汪，水汪不大，正好容得下两头耕牛。夏天到了，讨嫌的牛蝇和蚊子老是盯着老实可欺的耕牛，于是人们为使耕牛免受其害，就在农田的平地上掘了个小水汪，不用耕牛时就把耕牛往水汪里一淹，这样耕牛就不用饱受牛蝇和蚊子的欺负了。顾名思义，那个陈家汪就是村里老陈家掘出来的水汪，村上人也就把其叫作陈家汪了。

陈家汪就掘在大路边上的农田里，远远地是看不出来的。赵安之就是吃了这样的亏，那天晚上乌灯黑火的，他骑着自行车就一头栽进了陈家汪。那两头老耕牛正在安静地厮磨，冷不防扑通掉进了一辆载着白木箱的自行车和一个大活人，它们受了惊，就在水汪里急速地打转，这一打转不打急，倒霉的赵安之被牛蹄乱踩，左腿被踩得骨折了，要不是赵安之反应还算灵敏，使出吃奶的力气爬上了耕牛步出水汪的斜道，估计被老牛踩死也有可能。脱了险的赵安之还是因伤势过重昏迷了过去，直到天放亮才被人发现送往医院。他左腿髌骨粉碎性骨折，肋骨也断了好几根，救是救过来了，却落下了终身残疾。

三

我和简洁面对面坐着时，小雅打电话就是说这件事的。小雅对我说，刘颂，简洁一定会说赵安之那天是去找她的，她给赵安之写了张小纸条，小纸条是托我送过去的。但赵安之那天绝对不是奔着和她约会而去的，你要相信你二姐说的话，别听简洁瞎说，我知道你准备给赵安之写回忆录，肯定绕不开这一条，所以我特意提醒你一下。

　　我头脑里满是问号。小雅告诉我这件事干吗？但现场容不得我问小雅，因为简洁不知道什么时候把遮住半边脸的秀发拢到脑后了，两只透着光亮的眼睛正专注地盯着我。我含混地跟二姐说了句，好，我知道了。

　　一定是小雅打过来的吧？简洁带着微微的笑看着我，那笑容配着她妩媚的脸庞让我感觉有点儿挑逗意味。我不知道怎么回复简洁，这时简洁又侧过了脸庞，看着外面的湖水，轻吐了一口气说："刘颂，你不觉得这云挺有意思的吗？"我也跟着侧过头去，平静的湖面倒映着几朵天空的云。简洁说，这云就是大地哈出的气，大地有什么心思她都知道。

　　这是我的台词。我不知道简洁是什么时候记过去的，我估计她已记不得是谁把这个台词借给她的了，债欠久了也就成了自己的财产了。这一点，我理解。简洁跟我二姐小雅上学的时候就很要好，那个时候她几乎天天往我家里跑，两个人一块儿去上学，结伴放学回家。简洁有好看的衣服，我二姐小雅会借着穿。但二姐小雅精明就精明在这儿，她穿了简洁的衣服总会翻翻新，不会让人看出是借了简洁的衣服来穿。譬如简洁借了一件海蓝色的条纹T恤给我二姐小雅，小雅就会把圆形的领口改制成V形的领口，然后找两块绿色的零头布在两边的袖子上套上绿色的袖标，这一穿就比简洁穿出了更好的效果。于是简洁就开始学我二姐，她借到我二姐小雅的衣服后也会试着去翻新，但她总是缺了点创新和灵感，怎么看都有点东施效颦的意味。简洁还学着我二姐小雅说话的腔调，甚至台词也照搬不误。我估计我的那句台词就是小雅当着简洁的面说了，然后被简洁学到了就记牢了。

我二姐小雅跟简洁要好得几乎能共穿一条裤子时，小雅还当着我和简洁的面说，简洁，你将来就嫁给我家刘颂吧，咱们就亲上加亲了，做一辈子的好姐妹。简洁就笑得腰都直不起来，简洁一边笑还一边用她的手指点着我的小脑袋说，刘颂，你倒是快点儿长高呀，长高了我们俩好谈恋爱呀。那个时候，简洁比我还高了半个头。自从那天这两个女人谈过这件事后，我心里就像揣了个不安分的小兔子似的蠢蠢欲动，我找来一把皮尺，在墙上标好尺码，然后天天站到墙前去量身高。起初小雅没在意，后来在意了，她好像忘了她对我的承诺似的，竟然还问我，刘颂，你天天量身高干吗？我感到很委屈，我这量身高不就是想尽快追上简洁吗？小雅真是的，忘了这个承诺，女人的话真是靠不住！我为此很不开心。

简洁读完初中就去了上海，去了后我就再难得见上她一面。小雅倒是经常对我发布简洁的消息。她说简洁到上海学美容了，后来又说简洁嫁了个上海人，然后又发布了简洁在上海傍了个干爹的花边新闻。那干爹给了简洁二十万，简洁就用这钱给父母在村里盖了个三上三下的小洋楼。不知道为什么，小雅每次回村经过这小洋楼就是看不顺眼，她用她特有的毒舌说，用不干净的钱盖起小洋楼，把村里的好风水都坏掉了。就在简洁跟我见面前不久，小雅又告诉我简洁离婚了，孤身从上海回来了。

你们听出来了吧？自从简洁去了上海，我二姐小雅发布的凡是有关简洁的消息，几乎都是负面的消息。我也很奇怪，两个好得要死要活的女人，怎么一下子就反目成仇了？就在简洁这次从上海回来之前，我就这个闷在心里近二十年的老话题问过我二姐小雅，小雅就蛮不讲理地说，谁跟她好过，谁跟她好过呀？小雅那神态，搞得我以为我的记忆出现了问题。

刘颂，我听说赵安之请你帮他写回忆录，我跟他有过交集，我希望你能在书里原原本本地写出来。简洁在绕了一圈后，终于折转方向直奔主题了。我不得不佩服小雅，本来简洁打我的电话是约我给她专访，她说她有故事要说给我听。我联想到简洁与干爹的故事，就来了兴致。然后我就应约而来，坐在这个咖啡馆里听她讲故事。结果呢，正如小雅所算，我最感兴趣的那个干爹，在简洁的谈话中一次也没有出现。

说实话，将近二十年没见面，简洁除了变得更洋气更漂亮外，无情的岁月几乎被她给"冻"住了，没在她身上留下什么特殊的记号。在坐下来聊了几句后，我抛出了第一个问题，简洁，你身材保持得这么好，身高有一米七吧？

没有。简洁说，我的身高一米六七。我接口道，我一米七七，比你高十公分呢。简洁就盯着我看了看，看得我都不好意思地垂下头。简洁说，刘颂，你二姐小雅那时是拿你开心呢，你听不出来呀？我不好意思了，赶紧从包里掏出采访本，把尴尬给掩饰过去了。简洁也没有再说这件事，难为她过了这些年，还能记住那天的事，我已经很满足了。简洁问我，你这个记者当得还好吧？

我说，也就这样。现在到了移动互联网时代，纸媒没什么人关注了，都是低头族看手机。我说这话时，简洁正在看手机，可能是听到我说低头族看手机的事，她有点不好意思，就把手机塞进了手包里，然后神情专注地跟我聊天。你知道赵安之为什么到现在都没有结婚吗？那是因为一个人，而那个人就是我。简洁缓缓地说，她说这话时，收敛了脸上具有挑逗意味的笑，也不再进进出出地摸那手包里的手机了，她有点儿正襟危坐的样子。她说，要不是你二姐小雅从中捣乱，我跟赵安之已经是一对儿了。你一定会问，小雅怎么会捣乱？因为小雅也喜欢赵安之，她见不得我跟赵安之好，于是她把我托她约赵安之的小纸条改了地点，赵安之不熟悉我们村的路，就瞎撞瞎冲地栽进了陈家汪，他那条腿也就这么残了。

　　这个话题就有点儿意思了，我头脑里满是问号，小雅和简洁都喜欢上那时还骑着破自行车敲着木板叫卖棒冰的赵安之？不过话题涉及我二姐小雅的隐私，我头脑中的这些问号是无法启齿的。简洁朝我看了一眼，我急忙心虚得在本子上胡乱地记着什么。我也学着简洁那样绕圈子，我把最想问的话题摁住了，没让它们从我嘴里冒出来，而是问了一个看似不疼不痒的话题。赵安之说那条腿是因为年轻时打架被打瘸的，你为什么要往自己身上揽责任呢？

　　这是赎罪。刘颂，你是聪明人，你应该懂的。我和赵安之都是当事人，他为了保护我才故意这么说的。这么多年过去了，他闷在心里一直很痛苦。我理解，因为我也是从这痛苦中煎熬过来的。简洁说完了这段话，又开始掏出她的手机，飞速地回着微信，然后又熟练地把手机塞进了手包。然后她才接着说，你是替人写回忆录的，就得实事求是是吧？我作为当事人之一，我要把这个真相说出来，我想这也不会影响赵安之的社会形象吧。年轻时的情史，哪个人没有呢？

我用笔敲敲本子，想了想还是忍不住问，这些话，你是不是直接与赵安之沟通一下更好呢？简洁有点条件反射，不要，你照我说的写就行了。如果你写到你二姐小雅有顾虑，你可以给她起个化名，我的名字不需要化名。如果赵安之问你为什么这么写，你就说是我让这么写的，赵安之再有疑问，你让他直接找我，我来向他解释好了。

我跟简洁大半天的有效谈话也就这么几句，别的都与天气、环境等等有关。把该聊的不该聊的废话都聊完了，简洁才与我告别。临走前，她拜托我，等赵安之的回忆录出版后，一定要送两本给她。我答应了。简洁还问了问小雅谈对象了没有。我摇头。简洁就意味深长地说，小雅就是心机重，拎得起却放不下。说完她也不等我的回复，就转身离去了。走到咖啡馆的吧台处，她朝我看了一眼说，刘颂，我把账给结了。我没有反应过来，我还在沉思之中，感觉到简洁在叫我，我脱口而出地问了一句，你说什么？简洁重复，我把账给结了。外加了一句，刘颂，你的个子要是早点儿长到这么高就好了。

我一听也挺惭愧的，我的个子怎么就蹿晚了呢！

四

简洁结完账就离去了，我看着她离去的背影出了好一会儿神，直到她的背影消失，我才掏出一支香烟，点燃狠劲地吸了几口。刚刚简洁在的时候，我没好意思抽烟，现在她离开了，我得狠狠地补上。一支香烟快燃到烟屁股时，小雅的电话又追过来了，她仿佛在旁边偷听了我和简洁的谈话似的，她跟我说，刘颂，简洁说的话你不要当真。赵安之哪里是为了跟她约会掉进陈家汪的，她的纸条我才不屑于去改呢。事实是我把纸条给了赵安之，他刚开始很激动，打开后才知道是简洁写给他的，就把纸条给丢了。然后赵安之跟我说，小雅，我晚上去找你，咱们散散步聊聊天吧？赵安之的话让我很吃惊，我什么话也没说就跑了，我记得很清楚，我真的什么话也没说，然后赵安之就追着我说了几句话，他说小雅我知道你家住哪儿，你晚上不出来，我就绕着你家骑车，然后不停地敲车铃，直到你出来为止。结果，赵安之那天晚上就真的来了，你那天晚上就没听到车铃在外面"叮铃叮铃"地响吗？那是赵安之给我发出的信号，我才不会出去呢，哪怕他把车铃一直摁响到天亮。但没想到他栽进了陈家汪，这可能是我的错，要是我出去一下，他就不会出事了。你在写他的回忆录时，一定要把这件事的真相这么写出来，以前我有顾虑没有勇气说出来，现在我想还赵安之一个说法，就算我向赵安之赎罪吧。

简洁和小雅都把我搞糊涂了。赵安之心血来潮地请我帮他写回忆录，我还拿赵安之调侃，你快四十了，还没结婚没有孩子，回忆录留给谁看哪。赵安之笑笑说，你写你的，稿费你要多少我给多少，总会有人看的。现在想来，赵安之选中我来给他写回忆录，会不会埋着什么阴谋？我头都想大了，没理出什么头绪，索性就不想了，回忆录该怎么写就怎么写，谁让他付的稿费让我心神荡漾呢。

小雅在挂电话前，还没有忘记关照我一句，以后你少跟简洁搭讪，她就是个狐狸精。我感觉挺奇怪，当一个女人看不惯另一个女人时，为什么大多会用狐狸精来形容对方呢？包括我的大姐国风，她在看不惯小雅时，也是用狐狸精来替代小雅的名字。小雅关照我后，倒是让我有点失落，这次跟简洁见面，我竟然没向她要手机号码，也没有添加她的微信。简洁给了一个她的地址，是让我寄书用的。我打开一看，她写的竟是她老家也就是我们那个村子的地址。

万一赵安之找我要简洁的号码怎么办呢？我带着疑惑起身离开咖啡馆，走到吧台处，收银员叫住我，先生，刚刚那位结账的女士留了张纸条给你。我疑惑地打开纸条，上面写了两句话：如果赵安之找你要我的联系方式，你就让他再到陈家汪去一趟。看完纸条，我心里又打起了问号。陈家汪早就填平了，盖上了一幢小楼。我突然一拍大腿，晕，盖在陈家汪上的小楼，不正是简洁寄钱给她父母盖上的吗？在一个水汪上盖楼，的确有点风水不祥，难怪二姐小雅说这幢楼的风水不好。可是怎么说呢，也许在简洁的心里，她早就想把陈家汪给填平了，也许，她认为那个地方就是全村子风水最好的地方。

五

中午，大姐国风打电话让我去她家吃饺子。国风和林成结婚后就定居在城里，两口子开了个小超市，日子过得也算滋润。还是单身汉的我经常去国风家蹭饭吃。由于超市里雇了人，两口子都没管超市，一道回家吃饭。林成见我来了，就开了一瓶酒要跟我喝。国风对林成管得很严，平时不让他喝酒，只有我来了林成才有借口小酌几口，因此林成一直喜欢我到他们家去。

我和林成喝酒时，聊到了赵安之和简洁、小雅的事。林成借着酒劲儿说，嗨，简洁小雅那时就是小丫头，她们懂啥。赵安之想的是你大姐国风的心思，那小子到学校来卖棒冰就是不怀好意，经常跟国风套近乎。林成的话激起了我的记忆，我想起来了，那时国风和林成同班，读初三，小雅读初二，我上五年级。林成那时就给国风递纸条，不过国风每次经过赵安之面前时，赵安之总会掏出一支棒冰给她吃。国风推辞不要，我还替她收下了几回。

林成抿了一口酒，转头看看厨房，见我大姐国风正忙着下饺子。他侧过身附着我的耳朵说，赵安之那小子就没安好心，我就想教训教训他。于是我和跟你同班的张安琪一合计，我给了张安琪五毛钱，让他去给赵安之捎口信，说国风要跟他约会。那小子果然中了计，当天晚上就屁颠屁颠地来到你们家附近，然后就按照我们设计的线路，掉进了陈家汪摔瘸了腿。那是活该！

你给了张安琪五毛钱？我愣怔了片刻，想起来了，难怪那天张安琪的五毛钱那么好骗，他还说取之于民用之于民呢。我心里顿时涌起了负罪感，那天我拿这五毛钱买了一支棒冰，赵安之神神秘秘地不肯收钱。那天他脸上挂着阳光，好像有什么开心事。但我还是坚持给了钱，无功不受禄，虽然我不时忽悠张安琪的钱，那是因为我习惯了。现在想来，敢情赵安之掉进陈家汪还与我有关呢。我不敢再往下想，再想下去，我就会毛骨悚然，因为我当时已经冷汗淋漓了。

你跟刘颂嘀嘀咕咕说什么呢？大姐国风端着饺子出来了。什么赵安之、李安之的，当初要不是你追得紧，我还指不定嫁给谁呢。大姐说着话，往我碗里倒了几只饺子，说，你们俩别喝酒了，你姐夫喝了酒就爱胡说八道，我最烦他这一条。国风麻利地把一盘饺子分完后，又转身进厨房，她边走边说，刘颂，听说你帮赵安之写回忆录，他腿瘸的那一节你可别把你大姐写进去，那天我是出去了，也看到了赵安之，但当时天太黑，我分不清那人是谁，那人看到我就骑着车猛奔过来了，我吓了一跳，就绕着陈家汪跑开了，我跑回家后才知道出事了。

你那天跑出来干吗？林成一时来了劲儿，盘问起我大姐国风。大姐不甘示弱，你管我干吗，你管得着吗？大姐的口气一硬，林成的口气就软了。林成回过头跟我说，刘颂快吃吧，外面要下雨了。我从客厅的飘窗看看外面的天色，远处，有三朵云在游移不定地飘荡，是雨云但又不像是雨云，会不会下雨，我已经判断不出来了。

不过这不重要，即使下雨，我也不用担心，我带着伞呢。

你竟如此多情

刊于《当代小说》2012年第9期，获当代小说全国精短文学征文大赛一等奖

谢海泉斜挎着一只棕褐色的包，腋窝里挟着一沓晚报，手中拿着一瓶酸奶，急匆匆地下了楼，走到路边拦了一辆的士就钻了进去。

去哪儿？的哥没等到他的动静，只得回过头来问他。谢海泉愣在那儿。我去哪儿呢？他猛然想到今天是周末，根本用不着上班的。他想下车，回头再睡个"回笼觉"。可一看到的哥逐渐阴得快下雨的脸色，谢海泉不好意思就这么下车了，他报了个地址，让的哥把他拉过去。

庆丰南路159号，女朋友张琴租住的地方，谢海泉只来过一次。张琴成为谢海泉的女友后，谢海泉曾建议张琴跟他一块同住。张琴眼睛瞪得很大，声音调高了八度："非婚同居，想得美！"谢海泉以后再也不敢提起这件事。

张琴睁着惺忪的睡眼开了门，看到是谢海泉，仿佛一股西伯利亚的寒流突如其来，瞬间将张琴冻醒了。"你，你来查

我?"谢海泉一时语塞,他解释因为没留意是周末,依然冲锋一样地去上班,上了车才知道错了,但又不好意思下车,只得来看你了。

张琴眼珠一动不动地盯着谢海泉看了一会儿,看得谢海泉心里直犯毛。张琴突然笑了,她笑的样子很好看,这也是最令谢海泉着迷的,同时也最令谢海泉担忧这笑容会勾走多少男人的魂儿。张琴让谢海泉进屋,随手关上了门。"随便查吧,是不是想捉个奸啊?"张琴的话有点阴阳怪气的味道。谢海泉就这么不明不白地被冤枉了,他还想解释,但张琴像个出色的杂技演员,瞬间掀开了被子,拉开了窗帘,打开了卫生间,还将床单撸起来,好让谢海泉看到床下。谢海泉说你干吗干吗呢。身子却不由自主地随着张琴的移形换位,调整着角度,视线如探照灯一样,照亮了张琴房间的角角落落。

没发现什么,谢海泉舒了一口气。张琴斜倚在床上看着谢海泉。突然扑哧一笑,"想我了吧?"张琴的笑带着勾,一下子把谢海泉勾到了她的床上。张琴头发凌乱,曼妙的身体光溜溜地裹在一件淡紫色的丝质睡袍里,高高的胸脯就随着她的一呼一吸而一起一伏。谢海泉用力地搂住张琴,张琴咯咯地笑着,揽了薄被子,用脚一撑,被子就鼓了起来,然后松软地落下,谢海泉就被拢进了被子。

被子里的谢海泉很努力,张琴渐渐地进入了状态。一切都准备就绪,就等着水到渠成的主题。但这个时候,张琴的手机大煞风景般地响了起来。张琴用力地推开谢海泉凑过来想亲她的脑袋,从枕边拿过手机,朝谢海泉做了个噤声的动作,就接起了电话。

　　张琴的职业是导游，在好几个旅行社挂了号。她似乎随时都处于待命状态，一个电话也许就是一个团，这意味着，张琴有团带了，有钱赚了。电话果然是海天旅行社打过来的，约她三天后带一个团去海南。张琴一口应允了。

　　好不容易等着张琴挂了电话，谢海泉还想将革命事业进行到底。在张琴接电话的间隙，他已经迅速让自己赤裸着。张琴却想起了什么，猛地坐起身，趿上拖鞋，就进了卫生间洗漱，边刷牙边含混不清地说："我今天要去参加一个封闭式培训，明天下午才结束，要不是刚才的电话，我真忘了，真对不起，等我回来一定好好侍候你，你就忍一忍吧。"

　　谢海泉没吭声，他在床上无聊地打着滚。张琴洗漱完毕走出来，调侃着谢海泉，"要是实在忍不住，那就吃点野食吧。"谢海泉明显赌着气，"哼，你以为我找不到野食吗？你不会吃醋吗？"张琴在床边坐着，从被窝里拿出谢海泉的左手，让谢海泉把左手捏成拳头，问谢海泉："你手里攥着什么东西没有？"谢海泉不解地摇摇头。张琴又让谢海泉将拳头舒展开，"现在你的手上有什么？"谢海泉还是不解。

　　"你捏着拳头时，你手里什么也没有，你摊开手掌时，你的手心上面是天，手心下面是地。人若能控制贪婪与欲望，就能拥有天与地。"这是张琴从一个游客那儿学来的，活学活用，谢海泉默不作声。张琴也不作过多的解释，她揉了揉谢海泉的头发，在谢海泉的脸印下一个吻，"我出门去了，你就在我这儿睡会儿吧，走的时候记得把门带上。回来后，我一定将你喂得饱饱的，可别打野食，否则我绝对不再理你！"

张琴走了，屋子顿时寂寞了下来。谢海泉窝着火，一件一件地穿着衣服。穿套头衫时，第一遍穿反了，他脱衣服的时候心急火燎，套头衫风卷残云就卷过去了，再穿时，也没记得反过来，穿好后才发觉不对劲，只得脱下来重穿；第二遍还是穿反了，后面穿到了前面，前面转到了后面。谢海泉跟自己较上了劲，他索性把套头衫往床上狠狠地一摔，"你竟敢跟老子赌气？老子不理你了！"

谢海泉光着膀子跳下了床，环顾小屋。张琴不在，小屋一下子就有了某种神秘的吸引力，吸引着谢海泉去探奇。小屋不大，不过十来平方米，一张舒适的小床靠墙摆放着，一组做工精良的布艺沙发就摆在小床的对面，茶几上还摆着一套精美的茶具。沙发的旁边是一个迷你型的小书柜，书柜里的书零零散散的，谢海泉抽出几本百无聊赖地翻了翻，大多是从旅游景点带回来的宣传册子，谢海泉又一一摆放回原处。

书柜分三层，最下面的一层摆放着十几个大大小小的奇石，张琴喜欢收藏一些奇石，经常从外面捡一些小石头回来。最显眼的地方摆着一块墨黑色的石头，上面有一块极其明显的白斑，像极了一个小脚丫。谢海泉记得他第一次送张琴回来时，张琴就拿出这块石头请他帮助想一个名字。谢海泉端详片刻后就予以命名：绿野仙踪。

谢海泉翻开石头，发现"绿野仙踪"已被张琴用刻刀刻在石头的下方，刻线不深，刻出的阴文涂了色彩，字迹还算工整，看得出，这是张琴的杰作。谢海泉信手翻开那些石头，发现下面都被张琴刻上了字，如"白雪公主""渔舟唱晚""高山流水"等。看到这些被命名的石头，不安像只兔子在他的心里一蹦一蹦的，一个个疑问像个持刀的歹徒渐行渐近，露出狰狞与凶残：张琴是不是每交往一个男友就让他们命名一块石头呢？

谢海泉想与石头对对话，想寻找答案，但石头不语。谢海泉对着石头发了会儿呆，拿石头无可奈何。他叹了口气，从牛仔裤的袋里摸出一根烟，点上，点火的时候，打火机揿了几次才点着。他费了好大的劲，才将目光从石头身上拉了回来，虚无地瞟向了书柜旁的一个写字台。张琴的电脑黑着屏，他尝试着碰了碰鼠标，电脑竟然没关，更让谢海泉感到兴奋的是，张琴的QQ只是处于离线状态，并没有从电脑的控制面板上退出。

谢海泉的交感神经立即兴奋起来，好像走进一个幽暗而深邃的黑洞，一股窥私的紧张与兴奋使他很快忘却了被命名的石头所带给他的不快。他逐一翻开张琴的电脑文档，除了看到一些心情文字及带团时的几百张照片外，别的倒是一无所获。一无所获其实对于正和张琴恋爱着的谢海泉来说未尝不是一件好事，但不知怎的，谢海泉心里还是有些沮丧。

最后，谢海泉把目光盯向了QQ，这是一个极其私密的空间。谢海泉的QQ里也有一些言语暧昧过的女人，甚至他的几个前女友也还在QQ的好友名单里，偶尔无聊的时候，谢海泉还会很随心随性地点开那些QQ，和前女友们、暧昧过的女人们瞎聊一通，好些在QQ上暧昧的女人其实谢海泉并没有见过面，有的连对方的照片也没看到过，芳名也是一无所知，甚至谢海泉连对方是男是女也不知道。

　　谢海泉点亮张琴的 QQ 头像时，握鼠标的手竟然有些出汗。好在张琴封闭式培训，不能上网，也不会用手机上网，谢海泉才稍稍有了点"窃书不算偷书"的感觉。张琴的 QQ 好友一大串，有些女性头像谢海泉不感兴趣，他数了数男性的网友，足足 20 多个。谢海泉一一点开聊天记录，竟发现全是空的，他点开自己的头像，两人在 QQ 上没少聊，但聊天记录还是空的。谢海泉咬了咬牙，狠狠地把烟头往垃圾桶里一扔：好家伙，所有的聊天记录都删除了，没有问题才怪！

　　刚上线不久，就有一个叫"风沙赶月"的网友发来了几枝玫瑰花的表情。谢海泉一振，好家伙，终于有人浮出水面了。他也回了一个较为暧昧的表情，给对方打气。他不知道对方跟张琴的关系究竟深到何种程度，因此不敢过多言语，只能守株待兔。

　　美女，在忙啥呢？风沙赶月沉不住气了，开始发问，往往，这是 QQ 聊天的开场。谢海泉稳了稳情绪，没忙啥，正无聊呢。这句话带着极强的暧昧杀伤力，直奔向风沙赶月。风沙赶月做梦也不会想到，坐在电脑面前的不是张琴，而是张琴的男友谢海泉。

　　"无聊就想想哥啊，想的时候你就不会无聊。"

　　好家伙，风沙赶月亮出底牌，谢海泉一下子兴奋起来。想有啥用啊？又见不到你。这仍然是抛砖引玉。风沙赶月不甘示弱，哥最喜欢看你笑，把哥迷死了。风沙赶月射过来的子弹一颗比一颗强劲。

两个人你来我往，刀枪剑影。快到中午时，风沙赶月说了句，我心上从没放下过你。说过后，他的头像就暗了，谢海泉挑逗了几回，对方就是没反应。啥球人啊，这是。谢海泉想起一大早跟张琴未能展开的缠绵，跑了的风沙赶月怎么跟张琴这么像呢？

谢海泉意犹未尽，他就守在电脑前，专候着风沙赶月，以至于张琴的几个同事、好友问"她"的事，他理都没理。一个小时后，风沙赶月的头像又亮了起来，正处于疲惫状态的谢海泉仿佛被打了一针兴奋剂，情绪陡地高涨起来。他撒着娇责怪风沙赶月，还说把我放心上，狗屁，下线了，招呼都不打一声。

对方发了一个惭愧的表情，解释了一通说是去吃饭了。谢海泉"原谅"了他，两人又扯了一会儿淡。谢海泉觉得再这样聊下去并没有实质性的进展，他索性使出一个撒手锏。你不是说把我放在心上吗，有个心理测试题看你能不能做？

美女，这个世上可从来没有人比我对你真心噢，你测吧，你测了你就知道我对你是多么的真心了。风沙赶月果然中计，谢海泉鼻子发出"哼哼"两声，以示他的轻蔑。为了测试风沙赶月，他还是耐着性子打下了一大段文字：

我看过一个心理测试题，说男人如果真心对女人好，会把做爱的时间、地点、次数记得一清二楚，甚至当时的感受也记忆如新。你会不会是这样？如果你记不得你就是假的！

这个心理测试题是谢海泉玩的一个小花招，箭如硬矢，直奔主题。岂料，风沙赶月却打起了哈哈，说网上说不安全，非要给"张琴"打电话。谢海泉赶紧说电话有故障，千万别打。

他这么一说，风沙赶月倒是惊醒过来，反问了一句：你不会不是张琴吧？

谢海泉也是一惊，连忙说自己就是张琴，为了让对方相信他就是张琴，他还从张琴的相片文档里复制了几张照片发给了风沙赶月。并且先用自己的手机拨打了张琴的手机，确认了张琴的手机处于关机状态后，他就把张琴的手机号发给风沙赶月去核对。风沙赶月这才确信了电脑前的"她"就是张琴。

确认身份后，风沙赶月说了句让谢海泉哭笑不得的话：亲爱的，要是我们有了那么一次，我一定一辈子都不会忘记的。这句话，谢海泉反反复复地看了几遍，直觉告诉他，这个风沙赶月不过是对张琴有好感的一个男人而已，看来并没有与张琴有过亲密之举。这个结论一得出，谢海泉立即对风沙赶月兴趣索然起来。

风沙赶月又发来了留言，邀请张琴吃饭。谢海泉带着讥笑，反问风沙赶月：你为什么要请我吃饭？因为我好久没见到你了，好想见见你。为什么要见见我？因为我喜欢你呗。为什么你会喜欢我，因为你漂亮啊。为什么要说我漂亮，以后不漂亮了是不是不喜欢我了？

连珠炮似的发问打得风沙赶月措手不及，沉默，沉默了好一阵后，风沙赶月才说了句：你没病吧？我现在忙，过两天再聊吧。说完，也不待"张琴"回话，他就匆匆地下了线。

其实，谢海泉先生的这"十万个为什么"是套我的。曾经，我问过一位自称很优秀的小说家：你为什么写小说？我写小说是为了挖掘真实的人性。你为什么要挖掘真实的人性？因为我想让我的人生过得不同凡响。你为什么要让自己的人生要过得不同凡响？因为……因为我要证明我活过。你为什么要证明你活过？因为……因为……因为……那个小说家因为了半天，也没说出个所以然来。

谢海泉先生活学活用，虽然残酷，但很少有人经得住三四个为什么追问下来。他也就自信地估计，风沙赶月这辈子再也不想也不可能再见到张琴了。一切都是梦，一切的人生都是一场虚幻的梦！

半个月后，正在公司陪老板值夜班的谢海泉接到张琴打来的电话，张琴明显喝了许多酒，电话里都透出酒气，她让谢海泉速到酒店接她。谢海泉不敢怠慢，打了的，直奔酒店，见到张琴正坐在酒店前的一个花池边上，时不时抖着肩干呕着。

谢海泉扶起她，问她跟谁喝酒了。张琴打了个酒嗝说，以前我带过一个团的游客，非要缠着我请我吃饭。我酒量还可以吧，我能从酒店里跑出来，他还醉得拖着服务员当我聊天呢。

去哪儿？谢海泉问张琴。张琴一捏谢海泉的嘴巴，随便你，我答应过你的。张琴的话让谢海泉心里一阵悸动，春潮开始泛滥开来。他伸手拦了一辆的士，他扶着张琴坐进车里，张琴看来醉得不清，一坐定就靠着谢海泉的肩头睡着了。

的哥正问谢海泉去哪儿。张琴的手机响了，谢海泉从张琴手里拿起电话，是一条短信：亲爱的，记得我们的约定，过几天还要请你吃饭。一看发信人，被张琴存在手机里——"风沙赶月"。

谢海泉头晕了一下，面对的哥的发问，他也不知道该往哪儿去了。

空 白

刊于《短篇小说》2014年第10期，获第二届江苏大众文学奖，
《湖海文学》2015年夏季刊转载

1

你们知道吗？今天空白就趴在阳台上，目中无人，自顾自想着心思，那架势就是要跳楼自杀。我们的父亲刘建国在呷了一口酒后，用他一贯的卖弄姿态，绘声绘色地讲述着他的重大发现。但我们都没有理他，二姐小雅边吃饭边埋头翻看着手机微信，我不停地翻动着盘子里的那块咸鱼，考虑着是不是要加点醋更好吃一些。我们的老妈陈香莲用勺子舀了一口汤，边吹气边往嘴里送，然后蹙着眉头说，建国，咱家的盐不要钱啊？汤弄得这么咸。

刘建国不满意了，他本以为他的话题会引起我们的重视，他为此还意味深长地扫了我们一眼，眼神中充满着蛊惑性的示意。但他扔下的那块石头并没有如他所愿地掀起波澜，他很是失望，无奈地收回了意味深长的目光。我敏锐地感觉到，刘建国要拿我开刀了。每次他的话没人接茬，他总会拿我开刀。果然，他真的亮起了明晃晃的"刀"，他朝我眼睛一瞪："刘颂，

你就知道吃吃吃，能不能动点脑子，如果你像我这样喜欢动脑子，你就不会混到今天这样一事无成了。"

其实我并不是一事无成，至少我是这么认为的。除了按时按点上下班外，我迷上了网络文学，那一届又一届的作家富豪榜让我像打了鸡血般地疯狂，我整夜整夜地守着电脑。当然，我还没有成为一个成功的网络写手，除了浪费掉了的电费、上网费，我还没有收到任何一笔稿费，老爸刘建国据此认为我是发了疯，不务正业。他哪里知道我的梦想呢？我的梦想我做主，我一直就这样激励着自己。

我知道我退无可退了，如果我不接招，刘建国的无影刀就会一刀接一刀、一刀比一刀狠地砍下来。我将思维从咸鱼的身上瞬间拉回，我是决定不放醋了，放了醋，可能会加重鱼的咸味。自从刘建国接管了陈香莲掌管了大半辈子的厨房，盐已成为刘建国的拿手好戏，要不把我们咸得龇牙咧嘴，刘建国是不会善罢甘休的。谁要是因为放盐多少的问题造起反来，刘建国会毫不犹豫地镇压："嫌咸？来口酒，保准不咸。"此言一出，就没人吭声了。咱们家就刘建国好那一口，我和二姐小雅一样，闻着酒味头就晕，也正因如此，刘建国总是跟我过不去，他自以为是地认为：不会喝酒的儿子，不是好儿子。

在关于空白自杀的这个话题上，我确实没动脑子，因为这个话题根本不用动脑子。我有点儿不耐烦地回答，空白就是一条狗，狗也要自杀？老爸，你的想象力越来越丰富了。

你看，我就知道你不会动脑子。刘建国为祝贺终于有人搭腔，得意地抿了一口酒，然后慢条斯理又充满期待地启发着我们将他的话题深入下去。你怎么不问一问，咱们家的空白为啥要自杀？

刘建国的话题越来越无厘头，我懒得理他，我借故拿着空碗去装饭，其实我碗里还有半碗饭，我只不过通过这个借口式的行动来表达我对刘建国的冷淡。看得出来，刘建国是有点儿生气了，他生气的时候，脸就借着酒劲涨得通红，然后就将酒杯往桌上重重地一放。咱们的老妈陈香莲与刘建国是风风雨雨几十年走过来的，关键时刻，她还是给足了刘建国面子的，她果然就打起了圆场，"建国，你说一条狗要自杀，到底为啥呢？"

现在，老妈的提问反倒勾起了我的好奇心。是啊，一条狗，一条不愁吃与睡的狗，一条不是房奴、车奴、卡奴、孩奴的狗，一条被我们全家宠爱着的巴拉狗，为啥好端端的要自杀？

这事儿说起来话长。刘建国给自己又斟满了一杯酒。这是他开始长篇大论的序幕了。他如果要说起来，我们都知道的，那就会半个小时甚至一个小时都说不完。而且他在讲述的过程中，还会冷不防地问我们他讲过的事情，以考验我们是不是认真而耐心地在听。但二姐小雅没有给刘建国发表长篇演讲的机会，她终于抬起了头，把手机往饭桌上一放，直言道："老头子，别卖弄关子，你就照短的说，现在还有谁耐心能听前因后果式的演讲呢？"

刘建国摇了摇头，他有些扫兴，因为他的兴致被小雅限制住了。但我总是奇怪，刘建国总是对小雅发不了脾气。平心而论，我总觉得小雅的脾气刁蛮冷傲，尽管过去和现在她都漂亮得晕眼，但瑕不掩瑜，我总替我未来的二姐夫担忧着。大姐国

风曾说过，小雅不是人，就是狐狸精投的胎。我一直认可国风
大姐的说法。

刘建国没有被小雅的凉风吹倒，他还是耐着性子说，人有
七情六欲，狗通人性，狗也有嘛。这是刘建国讲故事的开场
白，他喜欢引经据典，他在这方面有着过人的能力，有时我真
为他没做一个作家而可惜。但还是二姐小雅又一次关上了刘建
国的话匣子。二姐说话干脆利落，"老头子，别含沙射影了，你
不就是想说咱们家的空白成年了，也得找对象了，但是一直没
着落，急得要自杀，然后再来影射我吗？"

此话一出，我们家顿时安静了，出现了短暂的无声的空
白。老妈又打起了圆场，"小雅，别多心，你爸不是说你，你哪
能跟狗比呢？"小雅呼地站了起来，然后叫唤了一声："空白空
白！"我们家的那条巴拉狗就摇头晃脑地走到小雅的跟前，小雅
弯下腰，抱起了空白，转身就要回房间。老妈在后面追问："小
雅，你饭还没吃完呢，这么早回房间干吗？"小雅一边抚着空白
一边回话："我要问问空白，单身的自由多好啊，为啥非要找条
狗做伴呢？"

刘建国的嘴张了张，但不知道说啥，他端起酒杯，随着一
仰脖的姿势，一杯酒满满地倒进口中，然后大喝一声："刘颂，
给我装饭！"

2

　　"注意到了吗？老头子像换了一个人。"在观察人方面，二姐小雅总是比我先知先觉，这一点，我不得不佩服。在我们家，能对刘建国用"老头子"取代"老爸"称呼的，就只有小雅了，包括咱妈，也从没称呼过刘建国为老头子。其实老妈对刘建国的称呼是有讲究的。如果她喊建国，那就意味着他们俩的关系风和日丽，万里晴空。如果她喊老刘，虽然不会一下子风狂雨骤，但也是山雨欲来风满楼的前奏了。

　　老妈的称呼被视作家庭关系的晴雨表，这一点，也是小雅最先发现的。我要感激小雅，她让我避免了许多次莫名其妙地卷入家庭大战的硝烟，因为我时常站错队。站错队的危害是很大的，站错队的标志就是我跟随的主帅往往落败。一旦落败，胜利的一方总是宜将剩勇追穷寇，就等着胜利的一方经年累月的数落了。

　　最典型的战例发生在刘建国还在乡里的邮电所做邮递员时，他往村里的春琴家跑得最勤。春琴的丈夫在部队当兵，提了干。在电话没有普及的年代，两口子只能通过书信往来，这就让刘建国有了往春琴家跑的借口。母亲从中嗅出了危机，谁都知道，当年的春琴是咱村里最漂亮的媳妇，我老妈陈香莲对此总是不服气，她时常追问刘建国：我和春琴谁漂亮？刘建国的答案永远只有一条，你们俩各有各的特色。老妈意犹未尽，再追问时，刘建国已经转移了话题，顾左右而言他了。

后来，老妈认定了刘建国与春琴有一腿。我认为老妈的第六感是无比准确的，而且那个时候我发现老爸从春琴家中回来时，总吹着欢快的口哨，我见刘建国心情不错，就想趁着他心情开朗的时机要点儿零花钱，但刘建国总是不遂我心愿，我一开口要钱，他的脸立马黑下来，"滚一边去，该干嘛干嘛去！"

你别看我当时年少，学习上不爱动脑子，但我毕竟懂得了一点儿逻辑推理。看来老妈是对的，刘建国花心了，因为花心，他开始嫌弃我了。因此我无比坚定地支持老妈，老妈与刘建国吵架时，我会在一边列数刘建国的罪状，比如我看到刘建国和春琴有说有笑了，我听到村里谁谁谁也在议论他们的关系了。我的煽风点火，立马会让战争无限升级。

不过这场旷日持久的战争谁都没有占到上风，转机出现在小雅的反戈一击上。直到现在，我对小雅当初的反水与背叛仍然耿耿于怀。本来的情况是这样的，我的大姐国风保持着中立，我、小雅、老妈结成了统一战线。虽然我跟小雅平时老唱着反调，她拥护的我就坚决反对，她反对的我就坚决拥护，但在关乎全家安危的大事上，小雅并不糊涂，她毫不犹豫地支持老妈，她甚至提出建议，如果刘建国心里没鬼，春琴老公寄回来的信件，刘建国就别亲自送了，小雅自告奋勇要代劳。

我们仨一致声讨刘建国时，刘建国气得青筋突出，脸色通红。他的音调很高："你们一群头发长见识短的饭桶，你们说我有奸情，你们现场捉到奸没有？"刘建国的反问让我们面面相觑，我们确实没有证据，但我们的理不亏。我首先反击，我没有长头发，跟你一样板寸头，所以我不是头发长见识短的饭桶。刘建国对我狠瞪一眼，滚一边去！我的冲锋陷阵遭到了迎头炮击，我请求后援，但老妈与小雅却对我的盲目冲锋不甚满意，尤其是小雅背后朝我放冷枪，咱们家就你刘颂是个饭桶。两边都没沾到便宜，我顿时兴致索然，真的就滚到一边去了。

春琴后来到我们家来了。那天，刘建国去上班了，母亲见春琴来，拉长着脸借故去了田里，春琴就拉着小雅叽叽咕咕地说了一通话，具体说的啥，小雅始终不肯告诉我们。不过那天的小雅却被春琴策反了。那天晚上，当母亲再跟刘建国延续战争时，小雅背叛了，她帮着刘建国，"你们怀疑老头子花心，你们有没有证据？春琴婶为了避嫌，她不再待在村里了，她去随军了！你们的谣言是在破坏军婚，破坏军婚是犯法的，小心把你们抓进去！"

小雅的话让我和老妈目瞪口呆，我们都没想到这个曾经亲密的战友，竟然在战场上投靠了刘建国，助纣为虐。刘建国果断抓住战机，发起全面反击，他从散布传播谣言罪、侵犯名誉权等方面入手，条分缕析，越说越严重，越说越上纲上线，我和老妈仿佛一下子就成了千古罪人。刘建国给我们定了几大罪状后，还没完，最后又扣上了一顶破坏家庭安定团结的大帽子。刘建国郑重其事地对老妈说："你再这样胡搅蛮缠下去，咱们就离婚！"

就在那个晚上，老妈溃败了。几天后，春琴果然随了军。刘建国每每在喝了二两小酒后，就数落开来，"你们啊，将好端端的一个人逼走了。"起初,老妈还会说,春琴随了军,他们夫妻团聚了,这是好事呢。刘建国毫不留情地反击:好事?春琴的户口在农村,进了部队有工作安排吗?她丈夫将来转业,不还是要回来?来来去去这不是折腾么?再说,春琴的婆婆身体不好,春琴在家照料,她这一走,谁来照料?刘建国的犀利彻底让老妈无语了。

刘建国数落多了,老妈陈香莲就亲昵地说一声,建国,我知道错了,别再说了。老妈这含娇带嗔地一说,刘建国就不再数落陈香莲了,转而将炮口对准了我。一会儿说我成绩一塌糊涂,一会儿说我玩得不晓得回家,一会儿说我正事不干光知道瞎掺和,我可没有老妈的优势,对刘建国的数落只能照单全收。而且,刘建国的声讨是伴随着经济制裁而来的,此后好长一段时间,我几乎从刘建国那儿拿不到一分钱的零花钱,害得我口袋空空艰难度日,想吃的大白兔奶糖好久吃不上一口,心仪已久的小人书买不上一本。为此,我恨透了小雅。

我恨小雅,就整天想着报复小雅。不久,我就发现了小雅与林成早恋的秘密。其实,以我当时的情商是发现不了小雅早恋的秘密的,那是大姐国风的点拨。我认为我报复的机会来了,就把小雅早恋的事情添油加醋地告诉了老妈陈香莲。陈香莲何等聪明,这回,她巧妙地利用了刘建国的影响力,通过各种手段拆散了小雅的早恋,结果,林成没能与小雅修成正果,最后却与我的大姐国风结了婚。

事隔多年,刘建国醒悟过来了。他觉得亏欠了小雅,他将邮电所顶替的名额给了小雅,这个顶替的名额本来是要给国风的，顶了替，不光捧上了铁饭碗，还能将农村户口转为城镇户口。于是，18岁的小雅就鲤鱼跃龙门，成了城里人。可是小雅得了鱼，却失去了熊掌。她的婚事一直不畅，这一拖，就成了30岁出头的大龄剩女了。

3

小雅的婚事成了刘建国夫妇心头的隐痛，小雅说不着急，缘分等着等着就来了，她也确实不着急。但刘建国夫妇却急得如热锅上的蚂蚁，他们四处张罗着给小雅介绍对象，老妈的身上永远揣着小雅的几张照片，恨不得看到一个小伙子就上前推销着她的二女儿。倒是有几个小伙子与小雅见过面，但见面后，小雅总是热情不起来，她喜欢玩着她的手机，看微博、查微信，她灵巧的手指在手机上蝴蝶样地翻飞，对小伙子们的话，有一句没一句地应付着。这样的场面最后总是不欢而散。

私底下，老妈在我面前叹过气，说当初不该破坏了小雅的那场初恋。我起初没反应得过来，也应和着老妈，但很快我发现我掉进了老妈设下的陷阱，她这是将小雅拖成剩女的责任往我身上推呢。这个责任我无论如何是担当不起的，我赶紧打住老妈往深层次分析的劲头，找了个借口，牵着白白去遛狗了。

这里，我得交代一下，白白就是咱们家那条唤做空白的巴拉狗。是的，它有两个名字，你可以这样理解，那条巴拉狗名叫空白，字白白。也可以倒过来，那条巴拉狗名叫白白，字空白。

白白是一只模样不甚出众的巴拉狗，其实它一点也不白，浑身的毛除了鼻子上端的一点点白外，其余全部是黑色的。耳朵还有点儿残缺，一只耳朵大，一只耳朵小。父亲刘建国把它从朋友家中抱回来时，我给它命名为黑黑，刘建国想叫它旺旺，老妈管它叫白白。就因为那一点白，就管它叫白白，我和刘建国都觉得不可思议。老妈的理由是，这一点白就是它的标志，算是叫到了点子上。小雅也支持老妈，有了小雅的支持，我和刘建国对视一眼，终于达成了共识，白白就白白嘛。谁都看得出来，我们不是在让着老妈，而是在让着小雅。

不过，小雅并没有完全采取老妈的命名，她别出心裁地叫那条巴拉狗为空白。它叫白白，老妈纠正着小雅。为什么就不能叫空白呢？留一点空白，多好！老妈还要坚持，小雅使出了撒手锏。白白就跟"拜拜"一样，你是不是想让我的婚事"拜拜"？这句话明显说重了，老妈也没想到她定的名字竟然如此不吉利，受到惊吓的老妈，再不敢叫那条巴拉狗"白白"了。

但我发现小雅并不老是叫那条巴拉狗空白，有时候她也管叫它白白。我很快就发现了规律，但凡小雅相亲失败，她一回来，保准扯着嗓子喊：白白，白白，过来！那条叫白白或者叫空白的巴拉狗就摇头晃脑地过去了。小雅不忙着相亲的时候，她就逗着那条巴拉狗，空白，给爷笑一个。那条巴拉狗就真摇着尾巴，汪汪两声。

我发现的这条规律，刘建国与陈香莲也发现了。每次有人介绍小雅与男人们见面，他们不需要问，小雅一叫白白，事儿准没成。如果回来叫空白，也许还会有点儿回旋的余地。刘建国的变化也就是这个时候被小雅发现的。我们都知道，刘建国好整两盅，小雅不在家的时候，他还偷偷地给白白或者叫空白的巴拉狗灌过酒。刘建国每当整两盅时，就会给我们一家人讲点儿革命大道理，当然他的革命大道理我们都几乎听而不进，刘建国应该知道我们谁也不会将他的话当成话，但他就好这口，似乎那些革命的大道理就是他的下酒菜，光有酒不行，得有下酒菜。

但随着小雅叫白白的频率越来越高，刘建国同志缄默了，他喝酒的时候不再讲那些革命大道理，闷头喝一盅酒，就自个儿拿碗盛饭。有一天，我实在憋不住了，我问刘建国，你那些大道理都讲完了？刘建国没理会我，他意味深长地看了小雅一眼，又看了我一眼，然后拉着脸说：食不言，孔夫子说的！

除了话少了，刘建国还有一个明显的变化，他变得爱做家务活了。以前这些活儿都是老妈做的，可是刘建国接手后，他就大权特揽，不让任何人插手。地板脏了，必须他来擦，堆在水池的碗筷，必须他来洗，每天一大早去菜场买菜，必须他亲自去买。起初，老妈对这种变化还非常不适应，有点儿受宠若惊，这么多年，刘建国对家务几乎没插过手，现在把她给解放了，她起先倒乐得轻闲，放马让刘建国去做。但是老妈很快发现了刘建国的阴谋，他抢着把家务做了，她就开始闲得慌了。

老刘，我要好好跟你谈谈。老妈这样的开场白一说，我和小雅就知道老妈开始挑衅了。小雅不答话，起身就进了她的房间，我也准备走。但好奇心又让我留了下来。家务还是让我来做吧，你忙你的大事去。老妈发话了。刘建国头也没抬，都一个退休好多年的人了，我还有啥大事可干呢，我做家务，挺好的。我也觉得老妈抢做家务有点儿不得其解，我就帮着刘建国反劝陈香莲，妈，你也辛苦这些年了，也该老爸报答你了。

你懂个屁！陈香莲发火了。都是因为你们，你们生个孩子来，我们俩都有事情干了。家务活跟生孩子怎么扯得上关系呢？我完全被老妈说得云罩雾绕了。我正准备问个明白，刘建国抬头朝我努努嘴，刘颂，回你的房间去，我跟你老妈的事情你别插嘴。

刘建国发话了，我不敢不从。我进了房间，但我没有关严房门，我把房门虚掩着，这样他们的谈话我也能断断续续听得一些来。前面的争执我就不说了，都是些老生常谈、鸡毛蒜皮的话题。后面老妈提到了我，我不由得竖起了耳朵。老妈说："要不让刘颂跟小霞先结婚吧。"

"那不成，"刘建国反对，"小雅还没出嫁，做弟弟的就抢着结婚，这不乱了秩序吗！"刘建国坚决反对。

刘建国反对我先结婚，我倒是十分乐意的。众所周知，我刘颂还算得上一表人才，虽然不算高富帅，但谈几轮恋爱倒是没问题的。小霞就是我前年刚谈上的女朋友，这也是唯一一个得到刘建国与老妈一致认可的女朋友，双方家长见了面，亲事也算定了下来。小霞跟我一样，都不急着结婚，想把恋爱拉得长些再长些，再说了，除了领证外，该干的都干了，结婚算个逑。

可能刘建国与老妈的对话，小雅也听到了。我听见了她房间的动静，我知道小雅也跟我一样，竖着耳朵在听。我真想跑过去跟小雅说，小雅，你别着急，你不结婚，我刘颂绝不抢在你前面结婚。但是想了想，可能这番话会引起小雅的多想。我就忍住了，没过去说。

没过几天，小雅又在一个热心亲友的帮助下，与一个男人见了面。我们都注意到，小雅那天回来直呼空白，没有叫白白，我们都在为小雅开心。吃饭时，刘建国破天荒地多斟了一杯酒。老妈盯着小雅看了半晌，小心翼翼地问："小雅，感觉还不错吧？哪天领过来让我们看看。"小雅低头沉思了一会儿，若有所思地说："明天我把空白寄养到他那儿。"为什么把那条巴拉狗寄养到一个刚认识的男人家？对我们这个共同的疑问，小雅只说了一句，"我对他还不了解，让空白去试探一下吧。"

结果，我们家的那条巴拉狗就真的承载着代小雅考察男友的重任上路了。事后，我也想明白了，小雅这是用狗来试男友的真心，如果男友能让我们家的那条巴拉狗都喜欢上他，小雅还有什么理由不喜欢他呢？我觉得小雅越来越有哲学家的味道了。

可惜的是，空白上午送过去，晚上就呜呜地跑回家了。小雅见巴拉狗回来了，她叫一声白白，过来。我们都明白了，小雅这事黄了。尽管那个男人第二天专程来我家解释，小雅不愿意再见他，只让我给那个戴眼镜的看上去十分斯文的男人带了个口信，"连狗都看不好，还能看得好人吗？"不过，我觉得小雅的话说得有点儿自毁，难道她还真要那个男人看吗？我只好临时改变了那个口信的内容：我二姐觉得跟你不合适。简洁明了，那个男人笑了笑，也不多说，就摇了摇头走了。

此后，小雅又见了几个男友，她都以寄养我们家那条巴拉狗的方式来做试探。但大致情况都是上午送出去，下午就跑回来。母亲对小雅这个将姻缘系于狗身上的做法十分不满，她说狗总是认得家的，再好的男人也看不住的。小雅执拗地说，如果你们不同意我这么做，我就不再去相亲了，母亲立即闭嘴。

4

家有大龄剩女，刘建国与陈香莲在人前总觉得难以挺得直腰杆子。他们越来越喜欢窝在家里，以争做家务活儿斗嘴为乐。我觉得我是家中正在成长的男人，我该为家里挑点儿重担了。那天，我走进了小雅的闺房。小雅正对着镜子细细地描眉，空白就在她的脚下绕来转去撒着欢。我以调侃开启了话龙头，"小雅，你不用打扮，都能迷倒一大片。"

小雅一边细细地描眉一边长叹一口气，"刘颂，我知道你话里的意思，你不用说了，时光对谁都一样，不管你有没有伴侣，所有的人都是在岁月的悬崖上往下坠落，到最后都是粉身碎骨的下场。在坠落中，多个人抱着就多一份重量，摔得更快。"

我闻出来小雅身上悲观的气息。我拿刘建国与陈香莲的例子来激励小雅。小雅冷不防放下画笔，从镜子前转过身来，直直地盯着我，冷冷地说："你还记得老家的春琴姊吧，当初要不是我劝春琴婶随军，咱们家就得散了！"

我吃惊地张大了嘴巴，天啦，春琴与刘建国的关系竟然是真的！小雅又是长叹一声，"所以啊，男人都是靠不住的！"我无法反驳小雅，因为小雅已经将刘建国从高高的神坛上一脚踢了下来，我的精神支柱轰塌了。我逃也似的离开了小雅的房间。

小雅还是经不住老妈陈香莲的软泡硬磨，又相了一次亲，对方是个医生，姓张，瘦瘦高高的。让我们惊喜的是，我们家的巴拉狗寄养过去了一个星期，都没有跑回来。小雅挺开心，看来这张医生该是小雅的真命天子了。在刘建国与陈香莲的催促下，小雅将张医生领进了门。张医生怀里就抱着我们家的那条巴拉狗，母亲叫一声："空白！"它就欢天喜地跑过来，跟母亲嬉闹起来。

母亲逗狗的时候，我突然发现这只狗的两只耳朵一般大。我悄悄地对母亲说，这不是咱家的那条巴拉狗吧，咱家的是一只耳朵大，一只耳朵小的，不对称的。母亲朝我狠狠一瞪眼。小声但声音充满不容置疑的庄重感：刘颂，你别瞎说，这就是咱们家的空白。

看得出来，小雅那天也很开心。张医生临走时，他坚持要把狗抱走，说他就喜欢这条小狗，已经舍不得离开了。小雅看着他抱狗走的样子，眸子竟然放了光。我理解母亲的话，但我也排除不了我心中的怀疑。也不知道小雅是没看出来这个差别，还是没留意这个差别。但我谨记着母亲的话，没有点破。

几天后，我出了一趟短差，回来的路上，我看到不远处有一只浑身脏兮兮的流浪狗，浑身漆黑的毛，只有鼻子上方有一点点白圈圈。我赶紧停车，冲狗叫一声："空白。"那条流浪狗就立住了，朝我张望着，我再叫一声："白白。"那流浪狗立刻欢快地朝我奔了过来，走近了，我清晰地看到它的一只耳朵大，一只耳朵小。

巴拉狗在我脚下欢快地跳动着，它期待着我把它抱起来，抱进怀里，我也正准备这么做。这时一个跛脚的老人走过来开了腔，"小伙子，这狗和你挺有缘的，我也是前些天从城里小区里领回来的，当时它正被一个戴眼镜的瘦高个男人持着木棒追打，一边追还一边吼，你再敢跑，我就打断你的腿……这条狗挺机灵的，就钻到了我拾荒的蛇皮袋里，让我给带回来了。我也没有能力养它，就放任它出来瞎转，你要是喜欢，就把它带回去，但一定要善待它，狗命也是一条命啊！"

跛脚老人的话让我冷不防一个激灵，倏地惊醒过来，我连忙跳上车，把狗挡在车门外，一边踩动油门一边对跛脚老人说："我不喜欢养狗，你就留着它吧。"说着，我就一溜烟地跑了。

瓢虫在歌唱

刊于《短篇小说》2014 年第 8 期，《湖海文学》2015 年春季刊转载

一到晚上，我就会变成一只瓢虫。

嘘！这是一个秘密，千万别说出去。什么？你不信我变成瓢虫？连你都推测我变成瓢虫的事只不过是我用"瓢虫"的网名在上网？你先把你的耳朵洗干净了，我再郑重地告诉你，我不是用"瓢虫"的网名在上网。我确实是变成了一只瓢虫。我有着橘红色鞘翅、左右两只鞘翅上还各点缀着三个黑斑点，两只鞘翅的结合部有一个联结的黑斑点，如果我合上鞘翅，我总共有七个黑斑点，如果我张开鞘翅，那就是八个。对了，我就是昆虫学家们命名的七星小瓢虫。

我知道你没怎么见过瓢虫。告诉你吧，我变成的瓢虫大约有只小苍蝇那么大。呸呸呸！我最讨厌苍蝇了，我只不过是用苍蝇的体积来告诉你我这个瓢虫的体积，我不是苍蝇，我是瓢虫。我说了这么多，你还是不信？你要我现在变给你看？不行，现在真的不行，我说过我只有晚上才能变成瓢虫，现在光

天化日的，我变不了。再说，我变成了瓢虫你要是陷害我，一巴掌拍死我，拍死一只瓢虫你不会承担任何法律责任的，连警察都不会出动，我信不过你，你要是拍死我，我申冤的地方都没有。

好吧，你信与不信已经不关我的事了，因为我能告诉你的都告诉你了，我今天晚上还有事情，没空陪你喝酒闲聊了，我得告辞了。

曾经，我把我会变成瓢虫的事只告诉了我唯一的哥儿们张晓，可惜张晓不信。今天晚上，我又变成了一只瓢虫，我开始了对于瓢虫来说算得上一次长途飞行的飞行。我的着陆点是凌琳家。凌琳是谁？这个我可以公开地说，她就是我现在的女朋友。我只能说她是我现在的女朋友，因为凌琳实在太漂亮了，要打她主意的男人真不少，包括我那个唯一的铁哥们张晓。将来，她也许会成为别人的女朋友。当然，那不是我愿意看到的结局。

现在这社会真是可怕得很，我带凌琳只跟张晓吃了一次饭，他们两个就互加了微信。不过，他们互加微信的时候，我并不知道，是张晓有一次喝酒喝多了，拿了个手机就摇啊摇啊摇的，结果还真摇出了几个风骚的女网友，张晓就得意扬扬地与我分享那几个女网友的照片。我拿过张晓的手机，随便在微信里一翻，就看到了凌琳的头像，上面还有两个人聊天的记录。我非常震惊，就在我准备认真细看的时候，张晓一把夺走了手机。看来他们之间有鬼，没鬼张晓夺手机干吗？

关于凌琳与张晓通过微信聊天的这件事，我曾经旁敲侧击地问过凌琳。我不敢直截了当地问，因为凌琳还不是我的老婆，她只是我的女朋友。女朋友与老婆是有所区别的，老婆你可以理直气壮很直接地讯问，但女朋友就不同了，你不能直接讯问，也许问得多了，她就受不了了，她就真的飞了。我不想失去凌琳，因此我只能旁敲侧击。

我啰唆了这半天，其实就是我在阐述我为什么要变成瓢虫的动因，因为我要侦察凌琳，既然她与我唯一的铁哥们张晓都微信上了，那她与她的男上司、男同学、前男友等这些人互通微信吗？他们聊些啥？尽管凌琳对我还不错，但她从不把我这些好奇的事主动告诉我，当然了，这是她的隐私，我无权干涉，但我始终有一种危机感，这年头，有几个男人或女人不会脚踏几只船呢？

到了晚上，我把房间里的灯关了，我习惯了黑暗，但我却向往着光明。我不是在写诗歌，我说的是我的生活常态，我的那间蜗居在十五楼，那是一个小公寓式的精装修房，暂时买不起大房子，就只得用这蜗居来栖身。但这也是我骄傲的资本，在城市有一套自己的房子，不容易！

凌琳到我这个房间来看过，她嫌这个三十多平方米的房间太小。也确实，三十多个平方，去了厨房和卫生间各自霸占的空间，我摆放了一张席梦思床，摆放了一个电脑桌，然后再弄了一个简易的衣柜，一个小小的茶几和沙发，我自己都感觉转不过身来了，因此凌琳说这个房间小的时候我是赞成的，我当即向凌琳表态，我一定会置换一个大大的房子来迎娶凌琳。不过，我真诚而热烈并且充满期盼地说出这句话时，凌琳除了皱了皱眉，并没有做出任何外交回应。

凌琳进门后对我的房间表示了不满，我看得出来她皱着眉的样子，我知道，女人在那种状态下，好事是做不成了。但是峰回路转，凌琳走到那个大落地窗前时，却对那个伸进来的内飘窗产生了兴趣。那是一个呈梯形向室内延展的凸起的部分，米黄色的大理石铺底，大块的采光玻璃和宽敞的窗台，使我有了更为广阔的视野，这也是我这个蜗居内唯一存在的浪漫元素。凌琳一屁股坐在飘窗上面，然后脸上就露出了笑意，"来啊，刘颂，"凌琳说，"就坐这儿抱着我。"

凌琳进门的时候，我就像一个在毫无准备的情况下迎接首长检阅的士兵，看到凌琳脸上的笑容绽成了一朵花，我如蒙大赦，三步并作两步走过去，把凌琳抱坐在我的腿上。凌琳主动勾住我的脖子吻了我，后面的事就顺其自然了。我感觉到我们两个都燃烧起来时，我要把凌琳抱到床上，我说过我习惯了黑暗，靠在窗台上，迎着刺眼的下午阳光，我可不习惯。然而凌琳却不依，她不愿意到床上去，她就喜欢了这飘窗，我想把窗帘拉下来，凌琳依然不依。

我只好由着凌琳，只好把那个落满下午阳光的窗台当成了我们的战场。我分神了，我没办法不分神，这幕露天电影我还不习惯，在进行过程中，我不得不抬眼四处张望，防止哪儿冒出来一个偷窥的眼神。因为我的分神，我和凌琳进行得十分草草，凌琳不满意了，一不满意，她就指着我的鼻子数落，"你呀，没情调。"

我不承认我没情调，不过我这句话我没有说出口，我只是在心里不服气。我有我的情调，每当夜幕降临，华灯初上，我就会泡一壶茶，倚着那个大飘窗，关着灯，俯视着这个城市这座楼下的这条路。路比较窄，经常发生堵车，堵车的人各有各的姿态。我看到有人坐在车里吃东西，把包装盒、包装纸随手往路上一扔；我看到一些急着赶路的出租车司机将头伸出车窗，大吼大叫；我看到有人下车，不耐烦地在车前转来转去；我看到有人在打电话聊八卦，不时还发出前仰后合式极其夸张的大笑。我还看到一些车子把黑色的车窗关得严严实实的，我猜想车里如果是一男一女，就会发生点事儿吧。

堵车看得多了，我已经对那些一眼就能看穿的堵车人没兴趣了，他们尽管形态各异，但都表演着同一个剧本，因极其熟悉而极其乏味了。我感兴趣的是那些关得严严实实的窗子：他们在里面究竟干什么？我万分好奇，有一次，我实在好奇，就伸开双手，说一声："变只瓢虫，飞下去看看。"然而那一天奇迹就真的发生了，我真的变成了一只瓢虫，真的就飞下去了。

当然，我变成瓢虫后，飞下去，并没有看到啥。车窗是关得很严实的，我飞不进去，从前挡风玻璃往里看，前挡风玻璃竟然也被个隐形窗帘给拉上了。我急得不行，就贴在玻璃上使劲往里瞧，可我还是看不到里面。这时里面倒响起了一个女人的声音："车窗上有只瓢虫。"接着就传来男人的声音："瓢虫有啥可怕的，我摁一声喇叭，兴许就能震死它。"

用心太险恶了！我一吓，赶紧飞了，屁股后面果然传来震天动地的喇叭声，随即也传来了咒骂声："摁啥喇叭啊，烦死人了，摁死了也过不去。"有人伸张正义，我得意地叫了一声，这时候，我才发现，我虽然是一只瓢虫，但还是可以发声的，而且所发的声音很动听，有点像美声唱法。

那天晚上，我趁着自己是瓢虫，飞进了凌琳的寝室。如果平时打车，不堵车的话，一刻钟就能到了，但我那天飞了很久，瓢虫嘛，尽管是飞行者，但还是转不过车轮的速度。有时，我飞累了，我还得在路上歇一歇，歇了后，再接着飞。

好在进入凌琳的寝室并不难，她房间里的窗户都开着，我飞了进去，凌琳已经睡着了。我想寻她的手机，看到那只白色外壳的三星手机就在她的枕头边。那只手机对我来说极具诱惑力，凌琳跟我在一起时，她总是捧着那只手机，两只手像翻飞的花蝴蝶灵巧地在手机屏幕上摁来摁去，有时她还经常搔首弄姿玩自拍，我提出我帮她拍的时候，她总嫌不好，她习惯了自拍，我拿她没辙。我总想凑过去看看凌琳的手机，但每当我把脑袋凑过去时，凌琳显得很不高兴，这通过她的高分贝的音量展示了出来："哎，刘颂，你能不能自觉点。"

她的声音通常能传播得很远，引得周围的人都拿眼睛瞧我，我像个做了错事的孩子，搓着两只手表演着不知所措。看客们的眼光更加充满了鄙视色彩，我知道，他们一定以为我是趁凌琳不备偷摸了她的屁股揩油，但天地良心，我真的没有揩油。可我无法解释，我只能眼睁睁地看着他们把我当成了色狼而无可奈何。

现在，凌琳的手机就毫无防备地呈现在我的面前，我抑制住狂喜，飞到手机上，但我摁了几次，手机都没显示。后来我在墙上发现了一个一闪一闪的东西，那是万能充电器，凌琳取出了手机的电池，用万能充电器在充电。

　　第二天，我花五十块钱买了一只估计是山寨的三星手机的充电器，送给了凌琳。凌琳有些惊喜地问我："你怎么知道我的充电器不见了？"我神秘地说："直觉。"凌琳一嘟嘴，"切，忽悠吧。"我也没跟她理论，因为我不能把我会变成瓢虫的事告诉她。

　　就在告诉张晓秘密的那个晚上，我又变成了瓢虫，往凌琳家飞去。半途中，我心血来潮，改变了方向。张晓就在这附近，干脆就到他家转转，看这小子在忙活啥。我拐弯到张晓家，与其说我是心血来潮，倒不如说我有点儿炫耀，的确，临时将着陆点改成张晓家，我是有一点炫耀心理的，谁叫张晓不相信我会变成瓢虫呢。

　　也许你会问，我干吗要把我会变成瓢虫的事告诉张晓。这是警告，警告懂吧。我就是要告诉张晓，你小子可别瞒着我去勾引凌琳，我会变成瓢虫，会监视你的一举一动。但张晓不信，我的警告没有起到效果，我只好临时拐弯到张晓家，去当面展示一下，让他相信。

　　张晓家住三楼，我很容易就飞了进去。我找到了张晓的房间，因为张晓是我的哥们，他的家我来过N次，熟门熟路。张晓此刻正半躺在床上，用一个平板电脑看电影。我凑过去，张晓看的是《投名状》，那是一部很早的老电影，我看过，知道故事情节，大致讲的是三个草根青年，为了混饱肚子这个共同的目标凑到了一起，他们抱团作战，征战四海，但在功成名就之后，三个哥儿们之间却产生了矛盾，相互残杀。很多网友们曾给这部电影总结出"哥儿们是不可信的""哥儿们就是用来出卖的"一类感慨之语，一时间，导致了众多哥儿们联盟的土崩瓦解。

张晓看这部电影是啥意思？我正暗自揣度，不想张晓突然开了腔："刘颂。"我一惊，我的身份暴露了？很快我发现我只不过是虚惊一场，原来张晓是用微信上的对讲机功能在说话。他接着说，"是我的哥儿们，但刘颂这小子不懂情调，你跟着他，一朵鲜花插到了牛粪上。"

我咬牙切齿。这狗日的张晓，背后竟然这么损我。同时也焦虑不安起来，从刘颂发送的语音中，我猜测出了跟他聊的一定是凌琳。我冒着被张晓发现的危险，凑近他的手机一看，果然是凌琳。我恨得张开了两只鞘翅，并且疯狂地抖动着，恨不得扑过去疯咬张晓一口。但我忍住了，因为我还要听听凌琳是怎么回复的。不久，凌琳就回复了语音："刘颂是坨牛粪，你就不是牛粪了？"

"我也是坨牛粪。"张晓承认了，我心里暗自平衡了一下，两坨牛粪，彼此彼此。但张晓后面的话却让我几近喷血。"我张晓这坨牛粪能滋润你这朵鲜花，让你开得更娇艳，而刘颂那坨牛粪除了给你招腥惹臭外，啥也不行。"

"那我倒要看看，"凌琳回答，"时间会证明一切的哦。"

我气疯了，我要扑上去跟张晓拼个你死我活了。我希望我的口中能长出毒牙，眼镜蛇那样的毒牙，扑上去疯咬张晓一口，一口致命。然而就在我作势要扑向张晓时，一个冷冷的声音从我身后传来："你还是省点力气吧，如果你不想被他一巴掌拍死的话，就给我待着。"

谁跟我说话？我转头一瞧，在我的身后出现了同样的一只瓢虫，它的身子比我还小了一截，鞘翅是那种夺目耀眼的红色。"你是谁？"我问那只提醒我的瓢虫。

红瓢虫冷静地说："我是谁不重要，我知道你跟张晓是哥们，我们见过面。张晓请我吃饭时，你也在。"我的脑子在飞速地转动，张晓这狗日的带着吃饭的女孩多了去了，我一个个地回想，觉得谁都有可能，谁都没有可能。红瓢虫看出我的沉吟，她说："不用猜了，我是莉莉。"

莉莉，我想起来了，就是那个爱穿红色一步窄裙露出雪白大腿的女人，她曾经是张晓的女友，好像是不久前，张晓提出了分手。张晓整天恋爱着又整天分手着，我都无法给他做出统计。

张晓曾经跟我说过，莉莉穿着那条鲜红的一步窄裙，露出雪白的富有弹力的大腿，很够诱惑人的，但是张晓又说，剥开了那一步窄裙，也就那么回事，天下的女人都一样。张晓说，唯一不一样的就是女人的各自不同的包装，在没撕开包装前，总会对男人产生致命的诱惑，就像一个小孩子，总是对装在神秘盒子里的礼物感兴趣，一旦撕开了包装盒，才发现里面也不过就是他司空见惯了的布娃娃而已。女人啊，就跟冰激凌一样，撕开五颜六色的包装纸，咬一口，都是千篇一律的味道，很凉，有点儿酸酸甜甜的味道。包装纸一扔，冰激凌在嘴里一化，所有的一切就都过去了。张晓曾经这样感慨。

"你在张晓眼中不过是一个冰激凌。"我坦率地告诉莉莉，我是有险恶用心的，我要借此来报复张晓。我已经猜出，莉莉变成瓢虫的动因与我的动因如出一辙。莉莉却反驳道："不，我是一个爱情至上主义者，我想我和张晓就是司马相如与卓文君。"我听了后冷笑，"司马相如与卓文君那是哪朝哪代的事情了？那烙在爱情圣坛上的记述，你还信吗？"

"我信。"莉莉毫不迟疑，"张晓现在是迷失时期的司马相如，我沽酒当歌，我会唤回他的心的。"

莉莉对爱情的执着与痴情让我感动。"哪怕只剩下最后一个纯情的女人，我想肯定是我。"莉莉又说。

我正在想着措辞来规劝莉莉，但我还没想好，一个巨大的肉网已经网住了我和莉莉。看得出，那是张晓的手掌。我们两只瓢虫显得极其慌张。在张晓的手掌里慌不择路，四处奔逃。"哈哈，"张晓开心地笑了起来，"你们这两只瓢虫一直吵，烦死我了，老子要你们好看。"

张晓用他那巨大的肉掌控制了我和莉莉，另一只手伸到床头柜上掏出一支香烟。不好，这小子要对我们施暴了。我知道张晓这家伙的手段毒辣。我们曾经一起捉过一只知了，他用香烟将知了一只又一只脚爪烫掉，然后又烫掉了知了的翅膀，知了拼命地惨叫，知了叫得越欢，越能刺激张晓这个刽子手施暴的欲望。滚烫的烟头就成了张晓的行刑工具，残忍地将知了一点点肢解、融化。

怎样才能逃出的张晓的魔掌和被炮烙的惨运？我动起了脑筋。莉莉因为慌乱，拼命地在呼救："张晓，是我，我是莉莉，放了我。"我冷笑道："莉莉，这回该我提醒你了，我们现在都是瓢虫，我们的呼救，张晓根本听不懂，他能听出的只不过是瓢虫的鸣叫而已。另外，我知道张晓的手段，你叫得越欢，我们会死得越惨。"莉莉惊恐地看着我，大张着嘴巴，不敢喘声了。

张晓点燃了烟，但是他并没有急着施暴，而是把香烟放在了烟灰缸上。对于死亡的恐惧让我战栗不已。我拼命地扇着翅膀，想逃离张晓的魔掌，但张晓的手攥得紧紧的，我根本无法起飞。我只能等死了，我绝望地闭上了眼睛。

这时，我感到头上有强光一闪，张晓用手机给我和莉莉拍了照片。然后张晓将照片通过微信发给了凌琳。发完了照片，张晓通过微信对讲机跟凌琳说话："瞧，我抓着刘颂了。"

天啦，我后悔得肠子都青了，我不该告诉张晓我会变成瓢虫的事情。现在好了，注定在劫难逃了。等死的我听到了凌琳的回复："神经，这是两只瓢虫。"

"哈哈，"张晓狂笑了几声，笑声让我睁开了眼睛，看到了他嘴里的两颗蛀牙，"刘颂告诉我他会变成瓢虫，你帮我分析一下，这两只哪只是刘颂。"

"神经，不理你了。"张晓的话显然让凌琳生气，我暗自祈祷，我希望凌琳能向张晓求情，放了我和可怜的莉莉。如果我能得以逃生的话，哪怕我跟她分手把她送给张晓都成。

但凌琳非但没有求情，反而助纣为虐，回了一句："两只讨厌的瓢虫，看你无聊成啥样，拍死它们算了。"

一瞬间，我心如死灰，凌琳如此无情，一脚把我踹进了火坑。

接到"同意执行死刑复核书"后的张晓拿起了香烟，狠吸了一口，我看到了通红的烟头离我近了，更近了，我只剩下最后一个遗愿，希望张晓能一下结束我的生命，不能再像我们以前捉知了那样把我和莉莉凌迟了。

"啊？你敢咬我！"张晓气急败坏地喊道。我睁眼一看，莉莉已经狠狠地在张晓那肥大的肉掌上咬了一口，张晓显然被咬疼了，他抓我们的手掌一松，另一只手把烟头往烟灰缸里一扔，飞舞着那只扔掉香烟的手掌就来扑杀莉莉。掌风飞舞，莉莉急吼："别愣着，快逃！"

我来不及多想，趁着张晓对付莉莉的瞬间，拼命振翅，穿过张晓杀气腾腾的掌风，我逃出来了，而莉莉却惨死在张晓的手掌下。我回头看了一眼，看着殷红的血在张晓的手掌中洇开来，和莉莉那红红的鞘翅混在了一处。张晓拿起手掌一看，只有一只，他气急败坏地腾起身来要抓潜逃的我，我头也不回，拼命地飞出了窗户，把张牙舞爪的张晓扔到了身后。

第二天，我还在昏昏沉睡，手机铃声把我震醒了，我迷迷糊糊地拿起枕边的手机，贴近了耳朵。手机里传来张晓的声音："刘颂，莉莉割腕自杀了。她留了遗书，说是因为我而自杀的，莉莉的家人都来找我了，我真不知道该怎么办了。"

"莉莉真死了？"我呼地一下坐起。

"什么真死了，你难道预知她死了？"张晓一头雾水。

我冷哼一声："张晓，你是个男人就得负起责任，他们说得没错，你就是杀死莉莉的凶手。"

"刘颂，我们是不是哥们儿啊，这个时候你添啥乱！"张晓咆哮起来。我没理他，我把手机直接关掉了，然后我起床、洗漱、下楼，几乎是一气呵成。

在一个花圈店，我买了一个小花圈，我要送给莉莉，因为莉莉对我有救命之恩。

斑马线

刊于《短篇小说》2014 年第 9 期

"我摊上事了，我摊上大事了！"

对不起，我说这句话绝没有任何一点调侃的意思，尽管我平时喜欢把"为什么呢""恶心他妈给恶心开门恶心到家了""没事走两步"诸如此类的央视小品语言放在嘴边，用以自嘲或者他嘲，但我今天说这句话的时候，我绝没有一点幽默的意味，因为说这句话时，我正哭丧着脸，估计声音也有点儿颤抖，跟平常判若两人。

我撞车了，是在倒车的时候被后面的车追尾了。什么叫"被追尾"呢？就是后面的车静止不动，我他妈的也不知道发哪门子神经，挂了倒挡，把我的车屁股硬生生地送给了后面车的前脸，一吻定情。事故就这么发生了。

事故倒是不大，我那辆破车没啥影响，后面的车是一辆保时捷，保险杠蹭坏了。驾驶员是个微腆着肚子的小胖子，他以令人难以置信的灵活跳下车来，看了看保险杠，脸色变了，大着嗓门吼开了，这一吼不打紧，立马引来了一些唯恐天下不乱的看客，把事故现场围了个里三层外三层。我开始时倒能保持淡定的风度，语气淡淡地说："不就蹭坏了一块嘛，我又不是故意的，值得这般大惊小怪？给你修就是了。"

"修？你说得轻巧，你知道这车值多少钱吗？三百万！你那辆破车都不够赔这个保险杠。"那个小胖子气势汹汹，排山倒海，把我的气场全给摧毁了。我无言以对，头脑里还原着此前的倒车，那是一条斑马线，行人三三两两，我往前行驶时，一个交通协管员示意我停车，停车时已压到斑马线的中间，协管员示意我往后面倒车，我顺从地倒了，结果就撞车了，被追尾了。现在想来，那个协管员简直像个怀有不轨目的阴谋家，他明知我车屁股后面有辆豪车，为啥还让我倒车呢？

赵霞忍不住推开车门下来了。撞车前，她正坐在副驾驶座位上，我们都听到了轰的一声，身子都震动了一下。震动的那一瞬间，赵霞正把我抚在她雪白丰盈大腿上的手推开，一边推一边嗔笑："别摸了，把我的心都摸痒了。"

"摸痒了就搞个车震呗。"我的这句话刚一出口，就出事了。心存邪念，必有恶果！连老天爷都看不下去了，给了我一个警示，一个惩罚。

刚开始，我没有把撞车当成一回事，我示意赵霞在车上等着，我大大咧咧地下车处理。下车前，我看到赵霞穿着的横条纹连衣裙，像只春情萌动的小兔子，往上蹦了又蹦，我顺手拿过一本杂志，往她的大腿上一盖，镇住卷起的裙子。春光乍泄，我可不想暴殄天物。

　　事情没有我想象的那么简单。赵霞估计是看到周边围的人多了，觉得事情不小了，她才抻抻裙子，下车前还不忘抹了点口红，补了补妆，这才袅袅婷婷地下得车来。赵霞是车盲，不认识保时捷，她走过去，拍拍车子，"不就蹭破点皮嘛，至于这么大惊小怪？"

　　美女出场的气势果然不同，那个小胖子眼睛也直勾勾地盯着赵霞，眼珠子都快弹出来了。嘴巴半张着，好久没有回过神来。

　　"赵霞。"小胖子回过神来，他竟然认得赵霞！这就有点儿无巧不成书了吧。不过你别以为我故意往无巧不成书上编，事实上在宁城这个巴掌大的地方，走到大街上低头走路撞上个人，那人正好是七大姑八大姨之类的亲戚也不足为怪，何况是赵霞，这个曾经的交际花呢？

　　这里得交代一下，为什么要把我的女友赵霞小姐说成是曾经的交际花。我并没有自我诋毁之意。原因有三：从长相上来分析，赵霞小姐花红正艳，风华正茂，具备成为交际花的客观条件；从性格上来分析，赵霞小姐性格开朗，跟人自来熟，具备成为交际花的主观优势；第三个嘛，那就是她的工作性质，寿险经理，说白了也就是跑保险的，四处交游。当然这个交际花的名号是我给她起的，赵霞小姐绝对反感。我之所以动辄把她说成交际花，那是因为我不想她再做交际花，跑保险，因此，我坚决制止她再跑业务，赵霞总觉得我的心眼太小，我们为了她的革命事业是否要进行下去而争吵激烈时，她往往说上一句："如果不是跑保险，我还不认识你呢！"

　　这倒是实情，我无言以对。不过，赵霞小姐还是尊重了我的意见，她辞职了，跟我一起做起了卖电脑的小生意。赵霞过去有过一些男友，可谓阅人无数。那些被甩掉的男友们以吃不到葡萄说葡萄酸的心态说，一朵鲜花插到了牛粪上。不过我不以为意，牛粪好啊，正好给鲜花输送优质的营养呢。

　　既然小胖子跟赵霞是熟人，本来刀光剑影、唇枪舌剑的场面陡然温情荡漾起来，我说的温情倒不是我说声对不起，小胖子说声没关系，然后我们握握手，相逢一笑泯恩仇。那不现实，现实的情况是这样的，我们两个男人因为赵霞这个"媒介"不再争吵了。一切按照法律的既定程序来办。报警，认定交通事故。结果我负的是全责，这就意味着我要承担修理对方车辆的责任。小胖子对我笑笑，然后带着暧昧和讨好意味地看了看赵霞说："看在霞儿的面子上，我放你一马，你讨便宜了。把车拖到4S店去修吧，你办理的保险公司承担一切费用，我也不用你赔偿了。"

　　可是，一提到保险，我的神经就又立马绷紧了。我拍拍脑袋，真该死，商业车损险我竟然没有交。我说这话的时候，小胖子的保时捷已经拖到了4S店，4S店的修理师傅振振有词，本着维护车主利益的原则，"这保险杠不能修，只能换，换的价格在两万八。"好家伙，这不是拿着刀子直接捅人吗？我早就听闻过4S店宰人时眼睛都不眨，这不，摊上了。我特意买了几包好烟，想跟4S店的修理师傅商量商量，看能不能不换，而只是进行修理。我赔着笑脸装着孙子给4S店的师傅们依次进烟时，他们却人人喊不会抽。我注意到，我在溜须拍马时，小胖子正坐在 4S 店车主休息厅的大沙发上冲我冷笑。

跟那些不近人情的修车师傅们协商不成，我只好转而对小胖子进行公关，看他财大气粗的样子，我希望他能出面跟那些宰人的刽子手们说一声，只修不换。但小胖子任我说完八辈子都没说过的好话，置之不理，他只淡淡地说："别跟我商量，你跟那几位师傅们商量，他们说修就修，说换就换，只要他们确定下来，我没有意见。"说着，他又将烟圈吐了两圈，盯着我说，"你小子行啊，把霞儿都能搞到手，艳福不浅啊。"

这是小胖子第二次把赵霞称为"霞儿"。他第一次说的时候，我就记在心里了，这次再如此顺口地说出来，我已经深切地闻到了那弦外之音中的暧昧气息了。小胖子称呼赵霞为霞儿，这让我很不舒服。让我心里既疼又痒痒，就像抠脚气一样，痒痒中透出疼，疼中透出痒痒。

与小胖子协商不成，我良好的口才没发挥作用，有点筋疲力尽的我只得暂且鸣金收兵。回到家，我心情沮丧，两万八就要我掏了。店里刚进了一批货，还欠着一笔贷款，到哪儿筹这两万八，我犯起难来。

赵霞倒很是冷静，"你呀，平时就是太自以为是，我让你把保险保全了，你偏说保险就是骗人的，这不摊上事了吧。"赵霞的话触到我心底的触须，那个时候，我正全力以赴地反对赵霞跑保险，为了表示我的决心，我索性连汽车的商业保险都不保了。结果，搬起石头砸了自己的脚，自找苦吃。

小胖子的电话打个不停，催命鬼似的催着我到 4S 店交钱。4S 店也给我打了几个电话，同样是在催款。斑马线上的那次看似很小的车祸，一下子让我多出了几个债主，我急得手足无措，再想着如何去借钱来应付时，奇怪的事却发生了，催款的电话一个都没有了。此前，我刚找哥们张强借了一万块，想先凑合着应付一下，但是接不到催款的电话我反而不踏实了。

那天晚上，赵霞说一个闺蜜过生日，她去庆生，喝了不少酒，有点儿醉意熏熏。正处于浓醉之中的她听我说小胖子不打电话了，她不以为然地说："人家有的是钱，不在意你这点钱的，不要你赔不更好嘛，别多想了。"

赵霞的抚慰反而勾起我新的不安，我给小胖子打电话。电话响了很久小胖子才接了，他口气含混，一听就知道喝了不少酒，酒气都快从话筒里喷薄而出。我耐着性子说，我先筹到了一万，明儿个就送到4S店，余下的钱我再想办法来筹。小胖子却不耐烦地说："我跟赵霞说好了，这钱不要你赔了。"说罢，也不待我反应过来，就挂断了电话。

本来，我听到不要我赔钱应该是欣喜若狂的，毕竟是两万八啊，也不是一笔小数字了，尤其是对我这样的草根创业者来说，就是一笔大数字了，但一想想不对，赵霞跟他说好了，啥时说好的？我怎么不知情？小胖子究竟是她的什么人，她有多大的情面将两万八说免就免了？我头脑里的问号越来越多。我开始有点把持不住了，我是个藏不住事情的人，何况这么多问号呢？我问赵霞，你跟小胖子到底是啥关系？还没容她回答，我就把所有的问号全部倾倒了出来。赵霞因为酒喝多了，躺在床上快要睡着了，我摇醒她，催着她回答。赵霞定定地望着我，突然扑哧一下笑了，"说了你也不会信，我给他打了个电话，说我们经济紧张，请他放我们一马，结果他就答应了。我没告诉你，就是想给你一个惊喜。"

我怔怔地出神，赵霞的回答非但没使我头脑中的问号消失，反而让我头脑里的问号越积越多，我更加担心起来，赵霞丝毫不理会我的忧心忡忡，她还以为我是在为两万八犯愁，她撒着娇，"亲爱的，我口渴了，快去给我倒杯水。"我茫然地去厨房里倒了水，端到床前时，赵霞却睡着了。我把水放在床头柜上，鬼使神差地从赵霞的包里掏出了手机。掏手机的时候，我心很虚，但为了验证我的一个设想，我只得挺住心虚了。我把手机翻了翻，里面有两个小时前的一个通话记录，与她通话的人被她保存为"熊胖子"。我估摸着这就是那个开保时捷的小胖子的号码了，那小子也真长得一副熊样，没想到还真姓熊。

我用赵霞的手机给熊胖子发了一条短信：我酒喝多了。这是我的试探，我就想验证我在此之前刚刚诞生的假设成不成立，我的假设就是：今天晚上的酒，不是赵霞与她所谓的闺蜜喝的，而是与那个熊胖子喝的。

短信发出后不久，熊胖子回短信了：我也喝多了。这条短信怎么解读呢。当然科学的解读方式应该分为两种语境：其一是碰巧熊胖子今天也喝醉了，但两人不是同一场酒局；其二，就是两人同一场酒局，都喝醉了。我当然选择了后者，忽略了前者，可是怎么进一步验证呢？我犯了难，书到用时方恨少啊，我搜肠刮肚想着如何勾引熊胖子说话，他到底是不是与赵霞喝酒而醉的？我的短信写了删，删了写，折腾了大半天还是没编好。

这时，赵霞醒了，估计是渴醒了。她先是闭着眼睛，伸手到床头柜上乱摸，我知道她是在摸我给她倒的那杯茶，我赶紧停下手中的活儿，给她把茶杯递过去。赵霞咕咚咕咚一杯茶如牛饮般见了底，一杯水下肚，把她原本眯缝着的眼睛也打开了，一睁眼，她就看到我正捧着她的手机，她一把抢过来，"干啥呢？我最讨厌别人翻我的东西了。"

她的表情不对，我也不甘示弱，又一把夺过手机，"赵霞，你老实交代，你晚上是不是和那个熊胖子喝酒了？"

"不是！是和我的小姐妹一起喝的！"赵霞斩钉截铁。

"哼，你别自作聪明，我都掌握了，那个狗日的熊胖子都承认了。"我扬了扬手机，赵霞盯着我看了足足两分钟，直到把我看得低下头，她才悠悠地收回目光。她的眼泪倏地溢出了眼眶，"你，你还是怀疑我。我跟你在一起，本以为找到一个值得我信赖的男人，结果你不是！"

磁悬浮

刊于《大观·东京文学》2017年第5期（双月刊）

一

当一个人的预判出现问题时，必然会带来严重的后果。

那天，我和阿雯不是第五次就是第六次又到闸北去看了那套只有四十七个平方的二手房。其实阿雯第一次去看时，就对这个虽然很小但位置和小区环境都不错的房子感了兴趣，她甚至还到卖学生文具用品的商店买了一套水彩笔，回到我们暂时租住的民房挑灯夜战。她在一张打印纸上勾画起房子的布局：墙纸一定要用橙色的，她喜欢温暖的颜色，餐桌就用折叠型的，这样可节省空间，窗帘就用米黄色丝绒布料的吧，飘窗上是摆放一盆百合还是一瓶好养的富贵竹？她陷入了两难的选择之中，还用手机百度了几回。

我说把百合和富贵竹都买下来反正也花不了几个钱。阿雯有点不高兴，她说这跟谈恋爱一样，只能选择一个。这话有点上纲上线了。我不能往下搭腔，我灵活地换了一种方式跟她搭讪，我几次揽着她的小蛮腰想把她抱到小床上去干点快乐的

事，阿雯却一点那个的想法都没有。她很正色地说："刘颂，别
耽误我干正事！"

我不以为然地说："正事就是房事，房事就是正事。咱们先干
了这个房事明天再去干那个房事儿吧。"我这句话没起到熄火的
作用，反而换来了阿雯用很严肃的表情很冷静的语气说的一句
话："刘颂，我再跟你说一次，没有房子，我不可能跟你结婚！"

结果，那天晚上我和阿雯的房事没干爽，第二天，那个房
事也出了不小的问题：那套房子房主报价一百二十五万，我绞
尽脑汁地跟房主磨，甚至声东击西，还发扬鸡蛋里挑骨头的精
神找房子的瑕疵，就是想把那五万的零头抹掉，房主当然不同
意。于是为了这五万，我和阿雯前前后后去了好几次。

这次去的时候，阿雯跟我交底，实在磨下来就别磨了。我
说你傻啊，五万块呢！大半年的收入啊！重新装修一遍的钱都
有了。阿雯想想也是，就没再和我说什么。出了电梯，我和阿
雯站在上锁的房门前给房主打电话。以往几次，电话一通，房
主就立马赶了过来。这次，他不会再赶过来了，因为这套房子
刚刚被他一百四十万卖掉了。他说，刘先生，上海的房价一天
一个样侬还不晓得？我得谢谢侬看房多拖了半个月，结果房子
涨了十五万。我无语，阿雯的脸涨得通红，短暂的沉默后，她
突然攥紧她的小粉拳，死劲地在防盗门上擂了几下，急促而凌
乱的"咚咚"声在狭小封闭的楼道间回荡，像一记记重拳击打
到我的心上。擂完了门，她又生气地把摆在门前印有"出入平
安"的红塑料地毯一脚给踢歪了。接着，她紧咬着嘴唇，伸出
右手食指在离我鼻子大约三寸远的地方上下晃动了几下，然

后，什么话也不说，转身去开电梯下楼。

阿雯是真的生气了，我急忙追了上去，像个做错事的孩子，跟在她后面大气也不敢吭。

电梯很快从十五楼下到了一楼，出了电梯门，阿雯走了几步后又回转身，照着泛着青光的不锈钢电梯门又踢了两脚。正好一个买菜回来的老阿姨进来了，她狐疑而警惕地喝问："侬是阿里得宁（哪里人）？侬踢电梯做啥？""我就踢了，我就踢了，我就踢了，你能把我怎样！"阿雯跟老阿姨叫板起来。老阿姨愤怒了，她冲着外面喊小区的保安。我看情形不对，赶紧拉阿雯往外奔，有点儿像落荒而逃。出大楼时，正好与闻声而来的保安擦身而过。幸亏保安没有追出来，也许他认为仅仅是踢了几脚电梯门不值得他出来追吧，或者是他在小区见惯了任性刁蛮的美女，总之他没有追出来。

出了小区大门，我这才长舒一口气。正是秋季，淮海路上的梧桐开始落叶了，一阵秋风吹过，不时有一两片叶子在我们身前或身后轻巧无声地落下。有一枚叶子，飘在半空中，似乎奔我而来，我也期望这枚半红半黄的枯叶能落到我身上，我做好了迎接它的准备，但它却是个淘气的孩子，在我头顶上盘旋了一阵后，就折转了身，毫不犹豫地落到树的根部去了。

就像一个不认生的孩童，纵是你抱进怀里使尽千般努力让他开心，陪他撒欢，但只要他的母亲把胳膊一张开，再轻轻呼一声孩子的乳名，那孩子准得张开双臂迎着母亲的怀抱扑将过去。

一点都不犹豫，一点都不。

二

  阿雯把脖子上的烟灰色的丝绸纱巾紧了紧。阿雯出门戴着纱巾并不是防寒，估计也只有我和她知道这个秘密。虽然已是深秋，上海并不算寒冷，大街上依然见得到穿着短袖衫的小伙子，还有穿着超短裙光着大长腿的美女。阿雯是要用纱巾遮住那个我在她脖子上留下的深深的吻痕。阿雯的脖子白皙颀长，很有诱惑力，我们亲热时我总想吻她的脖子，但阿雯从不让我吻，说留下痕迹到公司上班会被人笑话。直到我们决定买房子在上海定居的那一天，阿雯看来很激动，亲热的时候她主动暗示我吻她，许是饥渴的原因，我狠狠地、贪婪地吮吸着，终于在她的脖子上留下了一个深深的红色的痕迹。看着那个痕迹，我像看着一枚军功章，很是自豪。为了掩饰这个吻痕，阿雯先是用脂粉涂了涂，还是有痕迹，于是她就选了条纱巾戴着。

  这枚"军功章"，阿雯一直戴着。好长时间都没有彻底褪去。

  我亦步亦趋地跟在阿雯后面，我不敢走在阿雯的前面，因为我不知道她想往哪个方向走。以往，她跟我生气闹掰时，一会儿说要回她湖南的老家再也不来上海了，一会儿说要到我苏北的老家找我父母去说理。有时她还会声称要去找她的同乡或同事，又或者去一个无人知道的地方，总之她生气时即使与她的仇敌共处也不想再见到我。我也不敢跟她并排走，尽管我很希望那样，我很享受她挽着我胳膊小鸟依人的样子，但现在不行了，因为我为那五万块钱的事情，失去了一套阿雯喜欢的房子，阿雯的梦碎了，我只有跟着她后面，捡拾着她那破碎的梦。

出了淮海路，左拐进入一个叫开明街的小巷子。与上海的千百条小街小巷一样，这条宽不过二十多米南北走向的小街巷，两边开满了理发店、小吃店、足疗店，还有支着个大炉子做烧饼的，叠着蒸笼蒸包子的，一些是估计几十年前就存在的店铺，另一些则是一楼临街房子新扒出来的店面，还有几个修鞋、擦鞋的摊位。他们不需要固定的店铺，就见缝插针地挤在各个店铺之间，这就像给两边的店铺标上了逗号或句号，使店铺有了截句一般抑扬顿挫和起承转合的感觉。

阿雯是在一个句号式的擦鞋摊位前停下脚步的，她不是去擦她那双翠绿色的高跟鞋，她是冲着土菜馆三个字停下来的。她说："刘颂，我饿了。"这是从小区出来的半个多小时，阿雯首次开腔，我受宠若惊，"那就在这儿弄点吃的。"我们一前一后进了土菜馆。

土菜馆不大，店堂面积大约也就三十多平方米——抱歉，自从想在上海买房子安家以来，我就对房子的面积感起了兴趣，无论走到哪个场所，就条件反射地预估着面积。包括走进黄陂路人民广场的一个免费公共厕所，蹲在被隔开的坑上，我也在盘算，这个不过半平方只能让人站着或蹲着的地方，如果按所处位置的房价，那也得两三万吧？然后想想就咋舌，在一个价值两三万的公共厕所里蹲坑，回到苏北老家说给他们听，他们信吗?

　　我们走进土菜馆。正是下午两点多的光景,过了饭点,土菜馆里并不忙碌。一男一女两个年轻的服务员正拿着拖把在拖地,吧台上一个女服务员在抠手机,似乎看了逗笑的视频,时不时自顾自地笑出声音来。土菜馆用的是长条桌,分成三列,两列是依墙摆放的,一列是摆放在中间的,每张桌子两边对称地摆放着四张椅子。阿雯进门后,很随意地选了靠门依墙的那张桌子,另一边靠门依墙的桌子上,坐着一个中年男人和一个小伙子,这是我们进店前唯一的一桌客人。桌子上,竖立了好几个啤酒瓶,看来他们在此吃饭不止一时半会儿了。

　　阿雯坐下来后,就从桌子上的面纸盒里抽出几张面纸,她依次翘起两条腿,先左腿后右腿,略欠着身子用面纸擦起了鞋子。桌子上没有摆放菜单,我只得起身走到吧台前点菜。吧台后面的墙上贴着一块巨大的灯箱布,上面印满了菜名和价格。那些菜名,有川菜有湘菜有鲁菜也有淮扬菜系的,东西南北大烩,也不知道这家土菜馆究竟代表着哪个地方特色的土菜。不过,这并不奇怪。土菜馆是一个很笼统的概念,已经与菜系没多大关系了,许多标为土菜馆的,其实只是想告诉你,我们的价格很便宜,适合工薪阶层消费。

　　我很费力地盯着墙上的菜谱,那个一直在玩手机的服务员头也不抬地说:"回你座位上,服务员会拿菜谱给你看。"然后,她喊一声,"小周,拿菜单给客人点菜。"

　　"原来有菜单啊,怎么不放到桌子上?"

　　正在玩手机起劲的服务员仍然目不离屏地答道:"当然有

了，就两份菜单，供客人轮流点的。"

她喊的小周就是那个正拖地的小伙子，个子高挑瘦削，从他仍带有稚气的脸庞来判断，刚刚二十出头的样子。他一直跟在与他年龄相仿的那个拖地的女服务员后面，她拖到东，他跟着拖到东，她拖到西，他也跟着拖到西。两人一直嘀嘀咕咕地小声说着话，两人说话的声音可以调节，有时高有时低，达不到扰民的程度，但笑声却是高分贝的，很突然地，两人就会旁若无人地放声大笑，这笑声与那个一直抠手机也不时发出笑声的收银女彼此呼应，此起彼伏。

"我要是老板，肯定要把这三个人开掉。"我小声地发着狠。阿雯冷冷地扫了我一眼，"你卑微的优越感又上了身了吧。"我立刻闭了嘴。

直到那个收银女喊了三声小周，小周才回过神来，他拿着菜单直奔我们的桌子而来，头仍然转向那个拖地的女服务员，边走边说："磁悬浮列车，从龙华站坐到浦东机场，三十公里路只有八分钟，八分钟啊，快不快? 太爽了。"

"真的是悬浮在轨道上的吗?"女服务员边拖地边问。

"当然是真的，列车就悬浮在空中，有好几十公分呢。"

"那太不安全了，万一掉下来不就惨了。"

"不会掉下来的，列车用的是同性相斥的原理，怎么会掉呢。"

"那为什么要悬着走，在轨道上走不行吗?"

这个问题有点无厘头了，小周不好回答了："这个……这个，哎呀，杨娟，哪天我带你去坐坐，你亲身感受一下，你就明白其中的妙处了。"

我记住了，那个拖地的很好看的女孩叫杨娟。

三

小周和杨娟没完没了的对话终于让阿雯生气了，这让我有一点暗喜，我知道阿雯一直在生着气，我也一直在猜想着她会往哪儿倾倒她的情绪垃圾。很不幸，此时的小周成了专收情绪垃圾的垃圾筒。

"你能不能专心点儿呀，我们正在点菜呢，打情骂俏也得挑个清静的地方吧。"阿雯用她特有的毒舌发泄着她对小周走神的不满。小周没计较阿雯的刻薄，看来他是一个承受能力很强的"垃圾筒"。他笑嘻嘻地指着菜单推荐，"酸菜鱼不错，我们店里活杀的乌鱼，还有冒菜烧肉，也是我们店里的招牌菜。"

我发现一个特点，不知道你们注意到没有，但凡所谓的招牌菜，价格都很贵。我当然不敢擅自做主，自从与阿雯相恋后，我就主动让她掌起经济大权，点不点这些菜，得由她决定。

"点，为啥不点？"阿雯眼也不眨地说，"泡了半个月，一套房子就损失了十五万，省钱，能省出这么多钱吗？"阿雯已经算好账了，那套房子的涨价，她看成是重大的经济损失了。

"那就点吧。"我把小周推荐的菜全点上了。

点完菜，小周问了一句："要啤酒吗？"我摇头说不要。阿雯反着来："要，为什么不要？"于是小周又在点菜单上记下了两瓶啤酒。小周把菜单往后厨送的时候，店堂里一下子安静了下来。这时，我才注意到坐在另一边的两个人在说话，其实他们一直在说话，只不过说话的声音被小周和杨娟的声音盖住了，现在小周和杨娟暂时分开不说话了，他们两人的对话我才能逐渐清晰地听出来。

年轻人说，杨叔，你再来一杯，我给你满上。

不喝了，已经喝三瓶了。

他们的口音像苏北扬州兴化一带的，离我老家不远，我听得出乡音。

再开一瓶吧，我陪你再喝一瓶。小伙子说着，就"砰"的一声，用牙齿咬开了又一瓶啤酒，他给那个被他称为杨叔的人满上，自己也倒满了一杯。

回去后，我就找张大嘴算账。小伙子说这话时，有点咬牙切齿的样子。

算了，别跟张大嘴一般见识。荷香是我姑娘，不可能到上海做小姐。张大嘴是白嚼蛆，他是见不得人好。

杨叔，你也见到荷香了，放心了吧？有我在上海，我照顾着，没人敢欺负她。

杨叔喝了一口酒，他掏出一支烟，正准备抽，拖地的杨娟抬头看了他一眼说："公共场所，不许抽烟。"杨叔就很听话地把香烟塞回了烟盒，对小伙子笑笑，"城里的规矩就是大。"

小周送完菜单回到了店堂，继续拿起拖把跟在杨娟后面拖地。杨娟说："你拖的这块地我拖过了，你不要再拖。中间那块地没拖，你先把椅子拉开。"小伙子就开始去拉椅子，椅子是铁皮脚，与瓷质的地面砖擦碰时，发出刺耳且让人心悸的声音。

杨娟皱起眉，"你就不能搬一下吗？这声音难听死了。"

小周得意地一笑，"听到这声音才够刺激，我就喜欢这样的声音。"

"这声音难听死了，你顾不顾别人的感受？"杨娟恼了起来。

杨娟刚刚还跟小周有说有笑的，怎么说恼就恼？我就奇怪，女人怎么大多这样反复无常呢？我把目光投向阿雯，阿雯也被这刺耳难听的声音惊动了，她朝小周投去了愤怒的目光，好在在她发作之前，小周改变了方式，他改拖为搬，尽管这样，还是因为不够细心的缘故，刺耳的声音仍会断断续续地响着。

小周把椅子排成了一行，这些椅子就靠着桌子摆放在我们坐着的这排，我和阿雯都陷在"椅子阵"里，杨娟拖到这块地时，她跟小周说："你这样摆椅子，把人家的出路都挡住了。"小周说："这只是暂时的，你拖好了地，我摆回原处就不影响了。"我抬头看看阿雯，阿雯对身边的"椅子阵"没在意，她在翻看着她的微信朋友圈，不时给朋友们点个赞或者留个言。我也无聊地掏出手机，准备给阿雯拍张照片发朋友圈。阿雯闷声说："不许拍，再拍我拉黑你！"

我真的没敢拍。

四

后厨通知菜好了，小周去端菜。没有了小周，店堂又安静了下来，仿佛全世界都安静了下来。在这短暂的安静中，邻桌声音很轻的说话声再度传了过来。

杨叔问小伙子，大憨，想在上海买房吗？

小伙子叫大憨，我也记住了。记人的名字和联系方式，是我在上海工作后养成的习惯。我父亲对我这项工作很支持，他说，在家千般好，出门一事难。多记些人，说不定哪天会帮上你呢。可是熟悉的人就那么几个，我剩余的记忆库开始对陌生人进行了开放。

大憨直截了当地回答杨叔：不想。

担心买不起？

不是。我就想在上海多赚点儿钱，回大万庄盖个楼。

傻小子，上海多好啊，哪像大万庄，现在都成少年宫和老年活动中心了。

杨叔，你年纪也不算大，不也守着大万庄嘛。

我跟你是两代人，我像你这么大的时候，我也到上海挑过土方的。

就是啊，杨叔，我听说你当年是骑着自行车赶了几百公里路来上海的，那你怎么也没留下来？

大憨，你又犯傻了不是？上海再好，我也只是个过客，大万庄有家呢。

所以我不想在上海买房啊，因为买到房买不到家。

这大憨，看来一点都不憨，他绕着圈子回答了他不在上海买房的理由。

杨叔若有所思地点点头。他连夹了几颗油炸花生米扔进嘴里后说，你跟荷香小时候就很要好，又是同学，我倒是有心想把荷香说给你，但这丫头心劲儿太高，我也把握不住。

杨叔，年轻人有点想法是正常的，一切全看缘分吧。来，干一杯。说着，他将酒杯举起，与杨叔的酒杯轻轻一碰，一仰脖，一杯啤酒就见了底。

小菜厅当然没有专业的传菜员，随着小周的几个穿梭来回，我们桌上的菜终于上齐了。菜本来是一道一道上的，但阿雯有个习惯，她非要等菜全部上齐了才下筷子。跟她同居了两年多时间，我接受了她的这个习惯，而且我也潜移默化地养成了这个习惯。

杨娟也把那块地拖好了。小周就把排成一排的椅子往原位上搬。封锁着我和阿雯的"椅子阵"终于撤了。刚开始，小周还是想省力地拖椅子，看到他欲拖的动作，杨娟大声说："别拖，搬！"

小周吐了下舌头，真的搬了起来。搬的时候他的嘴也没闲着，他边搬边问杨娟："特朗普跟希拉里你希望哪个当总统？"

对了，我得交代一下，我跟阿雯在那个小餐厅吃饭时，正是 2016 年的深秋，特朗普与希拉里的选战激战正酣。

"当然是特朗普了。"

"小周奇怪，你是女人，怎么不喜欢女人当政？"

"看她特别能装，反正不喜欢她。"

"特朗普听说是花花公子，老婆都不知道有多少个，你还支持他？"

"他很真实。"

"如果我能投票，我还是投希拉里。"

"那你一定愿意做希拉里的干儿子。"杨娟的调侃让小周大笑起来，趁着开心，他建议杨娟，"一会儿下班请你看电影去，《湄公河行动》听说很不错。"

"不去了，晚上还要来上班，我得回房间歇会儿。"

"你还和几个老乡住一块儿？"

"嗯。"

"还是去看电影吧。"

"真不去，我看过了。"

"你看过了？和谁看的？"

"你问这么细干吗？有必要告诉你吗？"

杨娟没来由地生气，小周有点儿慌神。他切换了话题，"那明天带你去坐磁悬浮列车。"

"不去。"

"你不想体验体验？"

"坐到机场能干吗？往哪儿飞？"

"再往回坐啊。"

"两头跑有意思啊?"

小周被呛着了,他一屁股坐在一张椅子上,不知道说什么是好。

五

阿雯吃饭时,她还不时刷屏翻看手机上的朋友圈。我真担心她会不会将手机当成菜给吃了。我一边吃饭一边瞄着阿雯,心想,这女人的心思还真难猜,这杨娟和小周本来聊得好好的,怎么突然又生气了呢?这已经是我所知道的第二次了。

阿雯知道我在窥视她,她从手机上移开目光,迎着我躲闪的眼神问:"你盯着我干吗?"

"我没盯啊!"

"还说没盯,你再说一遍。"

"盯是……盯了,这不,你吃饭的姿势很优雅,真是秀色可餐也。"

阿雯把一块正在咀嚼着的东坡红烧肉咽了下去,又喝了口茶水,清了清嗓子说:"刘颂,我妈一直打电话叮嘱我,要我嫁给一个买得起房子的人。我说我们快有房子了,我妈特别高兴,还说房子到手后,她要过来看看。现在,房子泡汤了,我怎么跟我妈交代?"

"这处没买成,再找下处看看。"我安慰着阿雯。早前,我父母已把老家县城的一套房子卖掉了,卖了五十多万,我想应该可以付一套小房子的首付了。有钱在手中，还怕买不到房子？

阿雯好像就对那套房子特别钟情，她说："刘颂，你想想，要是我跟你分了手，你再找一个女朋友，能有同样的感觉吗？"

晕，阿雯又上纲上线了，买房子与谈恋爱怎么挂得上钩呢？不过，阿雯就这脾气，在她生气时，我得顺着她的思路来，一旦稍有悖逆，那这场战争就会无休无止。我不想失去阿雯，我只好安慰她："既然你看中了这套房子，那我再去找那个房主或者新房主谈谈，再加上些钱给他，把这套房子买回来。"

"这样可以吗？"阿雯的眼睛亮了一下。我一副成竹在胸的样子说："当然可以！"

"那不是要多花好多钱吗？"阿雯又有点舍不得钱。

我说："钱用完了还可以再赚嘛，人在赚钱的时候都很辛苦，这种辛苦是为啥？不就是为了花钱时的快乐吗？如果一个人赚钱时辛苦，花钱时又痛苦，那人生还有什么意思呢？"

阿雯的眼睛彻底亮了。她敬了我一杯酒，"刘颂，多少有房子的人追我没追上，因为我只吃你这一套。"

"哪一套啊？"这话当然不是我问阿雯，而是我在问我自己。到底是哪一套呢？我百思不得其解。

我和阿雯快吃好时，邻桌上的两个人也吃好了。那个叫杨叔的人要结账，大憨也争抢着结账。收银女就冷眼看着他们在拉拉扯扯，这种场面她兴许看多了，一点也不着急。这里拖完了地洗净了手正坐在门边玩着手机的杨娟，突然走到了吧台前，说："你们别争了，这账我来结。"

收银女一怔，小周更是一怔。小周从椅子上弹了起来，"你帮他们结什么账！”

杨娟淡淡地说：“这是我爸，这是我大憨哥。”

小周呆住了，不知道说什么是好，眼睁睁地看着杨娟掏出钱来，收银女机械地收着钱，一百七十一块，她一分也没少收。

结完了账，杨娟也就是那个荷香，跟她爸爸也就是杨叔说：“你跟我回宿舍，我把东西收拾好跟你一块回家。”接着又对大憨说，“你早点回来盖楼，我等着你回来呢。”

杨娟进了更衣室去换下工作服。杨叔这才跟那个一脸疑虑的收银员解释，“我闺女，刚才她在工作，我知道城里的规矩大，我没影响她。”

小周很热情地说：“杨叔，来都来了，就在上海多住几天，我陪你好好逛逛上海。”

杨叔说：“不逛了，上海我来过许多次了。小伙子，你很不错，要不是她母亲舍不得她一个人在上海，我就带她回去了。”

“什么？你要带杨娟回去？”小周惊诧地问。

“是的。不过，听她的。”

正说着话，杨娟出来了。她朝收银女打了声招呼：“麻烦你跟老板说一下，我辞职不干了。”收银女机械地应了一声，待到杨娟快要走到门口时，好才想起了什么事，跟杨娟说：“你还有大半个月的工资没拿呢，就这么辞职走了？”

“你跟老板说一声，工资就结给小周吧，他说要在上海买房，算我支持他一把。”说着，她朝小周一笑道，“要是有缘，我们还有机会再见面。你说的磁悬浮列车，我还是想去坐一回。”

他们三个人走了后，小周独自倚着门框看了很久。

我和阿雯也结账离开了土菜馆。往外走的时候，我问阿雯："要是换作你，你爸爸来上海带你回家，你回不回？"

"不回了！考大学出来不就是往大城市里奔嘛，还回去干吗？"

"你没听大憨说啊，在上海有钱买的是房不是家。"

"刘颂，你这话啥意思？你不想在上海买房了？你不会想带我回你的那个苏北小县城吧，那我告诉你，赶紧打住，我不去！"

"怎么会呢。"我笑着揽着阿雯的小蛮腰道，"我们在上海买的不仅是房，还是家，因为有爱的地方才是家啊。"

"贫嘴。"阿雯笑嗔道，她突然来了兴致，挽着我的手臂说，"刘颂，带我去坐磁悬浮列车吧，来上海几年，我一次都没坐过。"

我说："好，我也没坐过，一块儿去坐吧。"

双瞳

刊于《今古传奇·获奖作品专刊》（2017年度），
获《今古传奇》2017年度全国优秀小说奖

小雅一出门，那种不祥的预感越来越强烈。

她好像被人盯梢了。

这样的感觉其实早就有了。这从她出门前，已经做好了充分的准备上就可以看得出来。她从衣橱里翻出久已不穿的驼色修身长风衣，长风衣的下摆差不多到了她深灰色职业套裙的后摆假开叉处，最突出的是两只细长的袖子，一直漫过她纤柔的手腕。此前的一天，她还让先生王水给她买了一副镀晶的蛤蟆镜。这还不够，她又翻出了一条水蓝色的百搭丝巾围在脖子上。她这副装扮着实让王水吓了一跳，王水意味深长地问她要不要再戴上三年前去普吉岛旅游时买的那只带着边沿的小圆太阳帽，小雅一边把高跟鞋往脚上套一边说："帽子就不必了。喜欢戴帽子的人才真的是缺少安全感呢。"

想想，王水可能是话中有话。小雅就朝着王水歉意地一笑："王水，等我这次竞聘上副总，我就陪你去马尔代夫度一次假。"这是王水与小雅早就有了的约定，他们那次从普吉岛回来后，就已经计划着每年都要到世界各地走一走，可是小雅每次都爽约了。自从她晋升为索瑞卡（中国）公司的投审部总监后，她的工作就不分日夜地忙碌起来，每年都去走一走的事情就一搁再搁，一年，两年，三年，都不见任何动静。王水第一回是生气，第二回开始失望，第三回他已经绝望了。用他的话说就是"饿过了饭点，已经失去了吃饭的胃口"。

小雅还是挺懂事的，记得在第二次爽约时，她刚从公司拿回了一笔丰厚的奖金，她抽出几沓厚厚的钱往王水面前一放，道："要不，你就一个人去吧。"王水冷冷地看着那沓钱，说了一句也许他蓄谋已久的话："如果你不去，那我就带个人去吧。"

"你敢！"小雅拍起了桌子，就像她在办公室经常跟手下拍桌子发火一样，也像她做精算师眼里揉不得一个错误的数字一样，她绝不容许王水有背叛她出轨的迹象，不，连出轨的动机也不能有，一点也不能有。王水还是蛮识趣的，这套一百一十平方米的房子的首付，都是小雅掏的钱，每个月七八千的房贷也是由小雅供着。凭着王水在中学做教师的那点儿工资，在寸土寸金的大上海，想买房供房是不可能的，就连王水身上这套名牌西装，也是小雅自己拿钱给他买的。摊上这个在外企上班，又漂亮又会赚钱的老婆，王水的同事和朋友都说他走了狗屎运，他还有什么不满的呢。

小雅那天出门时还带着一面小圆镜子，就攥在她的右手手心里，这样她就可以借着风衣长袖的优势，灵活自如地转动着手中的小镜子，这跟汽车反光镜的原理一样，可以看到后面的情况，她一定要把那个盯梢的人看清。她已做好了计划，在确定了盯梢者的面孔后，她就悄悄用手机拍摄下来，然后果断报警。小雅给这个反盯梢行动命了一个名——将计就计。

按小雅的判断，盯梢应该在半个月前就发生了，也就是在美国总经理布利斯宣布从中层高管中提拔一个副总的消息发布后。那个消息一发布，很多人第一时间就向小雅道贺，包括在公司做保洁员的阿姨都看得出来，那个选拔的条件就像是为小雅量身定制的。小雅是公司的首席精算师，对创投风险和财务影响的量化，公司里无人可及。她还兼着公司投审部总监，这是索瑞卡这样的国际风投公司的核心部门，掌管着投资计划的生杀大权。这就有点儿类似于公司内的裁判庭，可以宣告这个投资计划可行，也可以一票否决。闯过了她这一关后，最后到了总经理布利斯那儿也就是签个字走过场而已。

别人的祝贺，小雅嘴上虽然谦虚着，但心里的兴奋还是掩饰不住的。布利斯在宣布选拔副总的消息后，还专门把小雅叫进了他的办公室，了解了她的工作近况，然后询问了她对公司今后发展的建议。小雅都用流利的英语一一作答，布利斯一边听一边记录，还一边说着"Yes""Very good"，那是表示着对小雅建议的认同。

不过，过了两天后，形势陡然发生了变化。投审部的文员吴蔓暗暗提醒小雅，胡狸往布利斯的办公室跑得比较勤。胡狸这个名字听上去有点怪，你说得没错，她的名字就跟"狐狸"是同音字。胡狸进公司之初在小雅手下见习时，她的名字还叫胡琳。直到有一次开会，布利斯用生硬的中国话讲，公司做风投，要有狐狸一样的精明。于是，胡琳就顺着布利斯的意思把名字改成了"胡狸"，据说还得到了布利斯在私下场合的表扬。

自从改了名字后，胡狸就开始青云直上，先是做了风投一部的主管，没到一年，就挤掉了一部的总监齐先生。齐先生是个谦谦君子，在公司人缘很好，同事们私底下说胡狸与齐先生谈了一场风花雪月的恋爱，但不知道为什么，两人最终没谈成。齐先生黯然辞职离开公司，胡狸就顺顺当当地顶替了他总监的位置。

是不是改了名字就能换了好风水，公司有一帮人从胡狸的升迁史中得到了启发，蠢蠢欲动掀起了一股改名风。就连吴蔓都就改名的事征求过小雅的意见。小雅没好气地说："你改了名字也升不了职的。"吴蔓有点茫然，小雅就咬牙切齿地说，"你没有狐狸的那股骚劲。"吴蔓就笑了，这一点，她不得不承认小雅说得对。

这段时间，小雅走路有点儿漫不经心的样子，这跟她平时风风火火把高跟鞋叩得地板颤颤作响的风格有点不一样。小区里的银杏树挂满了青黄相间的果实，黄中透着红的团扇形的银杏树叶在秋风的轻拂下开始飘落。透过小雅手心里的小圆镜，她看到身后不远处有一个保洁员阿姨在扫着银杏树叶，有两个保安正列着队在小区里巡视，他们走路的姿势有点像军人，小雅仔细看了，他们的两只手都是空空的，没有偷拍的器具。她的身后，除了扫帚发出的轻微声响外，小区显得很安静，看上去没任何异样。小雅还是没有放松警惕，一直走进地下车库，拉开车门上了车，才把小圆镜往副驾驶座上一放，长舒一口气，启动了车子驶上沪太路，赶往陆家嘴的公司。

小雅被人盯梢的担忧不是多余的。就在一周前，从一个博客上流出了一组蹿红的帖子，帖子的标题是"外企MM的午餐"。尽管是侧面，但所有认识小雅的人还是一眼看出，那个在上岛咖啡用商务简餐的漂亮女人就是小雅。这还不是重点，重点是小雅的对面就坐着先前从公司辞职的齐先生。齐先生辞职后，进了另一家风投公司工作，成了索瑞卡公司的竞争对手。事实上，那天恰恰就是小雅约了齐先生在上岛咖啡见面，齐先生在索瑞卡公司曾跟踪了一个物流网的风投计划，按照辞职条款的约定，齐先生是不能再追踪这个项目的，小雅在过审这个项目时，看到这个计划很好，就约了齐先生见个面，了解一下情况，准备建议公司把这个商业风投计划进行下去。可是，这次见面，犯了职场的大忌，索瑞卡公司是有明文条款禁止公司员工与竞争对手见面的，即使不得不见面，也得按程序报请总经理也就是布利斯的批准。小雅并没有忘记公司的这个规定，但是布利斯出差北京了，小雅就想等他回来再汇报这件事，这就麻烦了。有人把这个博文转发到布利斯的手机上，布利斯勃然大怒，狠批了小雅一通。

吴蔓分析，在提拔副总的这个节骨眼上，突然出现这样的网文和照片，一定是胡狸在背后搞鬼。小雅心里认同吴蔓的分析，表面上却若无其事地说，同事之间没有证据最好不要背后瞎议论。

小雅开始防范着胡狸，但还是防不胜防。小雅有一个大学同学到上海来出差，这个大学同学是个帅气阳光的男生。不可否认，小雅与他在大学里曾谈过那么一阵子恋爱，小雅心里清楚，他们的恋爱还是很纯很干净的，有过亲吻但绝对没有上床那样的事。小雅不仅对工作精算，对自己的人生也相当精算着，如果不是一辈子可以厮守的那个人，小雅是不会轻易把自己交出去的。这是小雅的底线，她一直恪守着这样的底线。

那个男同学打电话给小雅，他有一个乡村民宿开发计划，想到小雅在国际风投公司工作，就让小雅带点儿资料给他看看，看能否申报他们的风投资金。这本是正常的工作往来，小雅那天很职业化地去了，去的是那个男同学下榻的锦江宾馆。可是问题来了，那个一直盯梢着小雅的博客又发了一组图文"外企MM五星酒店私会大学男同学"，光从标题上看，这个帖子的信息量大了去了，从小雅下车，走进宾馆，甚至走进电梯，与男同学见面标着房间号的房门，再到小雅出电梯、出酒店大门、上车离开，一共发了16帧高清照片，照片下面还一一标注了说明文字。

小雅恼怒了，在房间里待了一个多小时，那意味着什么？小雅比谁心里都清楚。小雅走进公司时，工作大厅里的那些人都围在一台电脑前有说有笑，看到小雅刷卡进门，那个开着电脑的员工赶切换了电脑页面，围着的人随后就表情各异地回到了自己的工作台位。小雅往自己独立的那个小办公室走的时候，透过手中的小圆镜，看到有几个男女同事刚坐下，随后又从椅子上弹出来，几个脑袋趴在工作间的隔断上，聚在一起小声地议论着，有人还朝着小雅的背影努着嘴。小雅冷笑着，她装着不知道他们在议论她，但她开了门开启了电脑后，手指竟然在鼠标上轻微地颤抖着。

吴蔓轻敲办公室门走了进来，她正准备回身把办公室的玻璃门关上，小雅淡淡地说："不要关了，你来的意思我明白，照片我都看到了。"吴蔓涨红着脸，看似气愤难平，还朝对面的办公室指一指。顺着吴蔓的手指处，正是胡狸的办公室，办公室的玻璃隔断合上了百页窗帘，只隐隐地透出些许光亮。

小雅那天看过审材料时，注意力很不集中，那些数字就像张牙舞爪的怪兽，直往她身上撕扑、缠咬。布利斯对这件事的态度倒是持着美国人特有的开明，不过他还是善意地提醒小雅，只要不是上班时间，他就不管。他甚至还开起了小雅的玩笑，说没想到具有东方传统观念的小雅在私生活上也如此开放，如果不介意的话，他也想请小雅去酒吧泡泡。说着，他的脸上还露出了很放肆的笑容，让小雅看了很不爽。小雅逃也似的离开了布利斯的办公室。

回家的路上，小雅满脑子纠结，要不要把这件事说给王水听，王水听了会有什么反应？想来想去，她还是决定把这件事跟王水坦承，她是瞒不住事的人，王水总能从她的表情中检索出她的心事，这是王水的高明之处，也正是王水能俘获她芳心的重要因素。再说，这件事已经在公司闹得沸沸扬扬，王水迟早总会知道的，等他知道了再解释这件事，那样就有点麻烦。

出乎小雅意料的是，王水对这件事的反应非常淡定。他正在书房里批改学生的作业，他从作业堆中抬起头，脸上看不出任何不快的表情。他"哦"了一声，接着说了句："大学同学啊，该见一见的，是该见一见的。"然后，就又继续埋头批改作业。

王水的态度反而把小雅搞糊涂了，为了引起王水先生的关注，她还加重了语气重复，"王水，他是我的大学恋人，我们就两个人在房间里待了一个多小时。"

这就有暧昧的暗示了，换作任何一个男人，可能会暴跳起来，自己漂亮的老婆与过去的恋人在一个五星级大酒店房间里待了一个多小时，像话吗？潜台词是什么，是个男人都能猜得出来！可是王水还是不急不恼，他头也不头地说："别人不了解你，我还不了解了你啊，出轨的事你刘小雅干不出来。"

王水先生这样的回答，除了让小雅心头涌上莫名的感动还能说什么呢？小雅走过去，用纤巧的手指胡乱地在王水的头发上乱揉，王水的心弦开始荡漾了，他无法再集中精力批改作业了。他呼地站起了身子，喘着粗气搂着小雅开始亲热起来。小雅说："窗帘还没关呢。"王水说："没关系，咱们家在32层，谁看得到啊。"

一阵激情过后，小雅裸着身子把衣服缠成一堆，然后在衣橱里翻内衣翻居家服。她把内衣穿好，先是穿了一套大红的居家服，觉得有点儿艳，然后又换了一套白色的棉质居家服。她把挤成一堆的职业套装包括内衣全扔进了滚筒洗衣机，就开始为晚餐忙碌起来。这是小雅少有的几次下厨房，平时都是王水做好了给她吃。是自己心虚吗？小雅觉得没心虚的事情，可突然地对王水这么好，看上去还是有些心虚的样子。小雅就笑骂自己：怎么突然这么贱。

王水又回到了桌前批改作业，突然没头没脑地问了一句：

"小雅，被选拔上副总是不是就要到美国培训半年？"

"是啊。"小雅憧憬地说。在大学时，她曾一门心思想到美国留学，但后来还是留在了国内，没去成。她把切得细细的姜末往油锅里一倒，油锅就吱吱地沸腾了起来。"我到了美国你在家里要乖，要不然，我就把你放油锅里烹炸。"

王水没回音。小雅回过头去，看王水正集中精力批改作业，直到喊他吃晚饭前，她再没有打扰他。

问题接着还是来了，那个神秘的博客又发出了一组图文，"外企 MM 换私房衣"。我相信，只要你是一个好奇的人或者带着某种居心的人，看到这样的标题，估计不会没有点开看一看具体内容的冲动。那个博文，点击量居然超过了几十万。这在自媒体时代，这个数字看上去还不是一个很大的数据，有人在网络直播吃饭的视频，还有几百万的点击量呢。可是，博客毕竟已是一个被迭代了的快过时的网络日志，在这种情况下，收获这么多的点击量，已经很不错了。

是可忍，孰不可忍。小雅跟王水商量着要不要报警。王水把博客上的几组图文翻看了一遍后说，虽然标题取得很吓人，但是并没有暴露出很大的尺度，就拿换私房衣这组照片来说，发出来的照片只是一些已经穿上了私房衣的背影和侧影，看不出有什么不妥之处。接着，王水又说，假如是朋友或同事的搞怪玩笑，报了警不就麻烦了嘛。

小雅皱着眉头想了想，王水说得有点儿道理，决定暂时不报警。她知道王水对计算机比她精通，就让王水看能不能查出博客到底是谁发的，王水在网上翻了一阵后说，博克是"老

克"注册的，并没有留下任何有价值的资料。那能不能删除
呢？王水试了几次，没猜中博客的密码，删不掉。小雅又让王
水给这个博客的平台后端发声明，要求删除这些博文。王水为
难地说，怎么证明这些图片是你呢？即使能证明，又怎么举证
伤害呢？这些倒是个难题，小雅没招了，最后只得说，你给
"老克"留个言吧，请他把照片删除。王水依照小雅的吩咐留了
言，他边留言边说，即使原博客删掉，但已经通过网络、微博
和微信朋友圈流转了。王水为了表达小雅做这件事的徒劳，还
打了一个简单的比方，这就像母鸡生下了蛋，你再把母鸡杀了
鸡蛋也塞不回母鸡的子宫。这个比喻有点儿不恰当，小雅正想
着自己的心思，对王水不恰当的比方没有应答。

　　王水是故意提到"子宫"这两个字的，他不止一次跟小雅
明提或暗示过生孩子这样的话题。小雅坚决不同意，房贷还欠
着呢，花钱的地方太多。腆着大肚子，不要说提拔无望，就是
工作也可能难保。虽说《劳动法》对怀孕期和哺乳期的女人有
着保护伞的作用，可是在竞争对手如林的公司，很可能因为生
孩子这件事而被边缘化，即使你生完孩子坐满了月子上班了，
你的位置已经被别人取代了。公司可能象征性地再安排个无关
紧要的位置给你，那个无关紧要的位置对应的也是无关紧要
的薪水，这样上班还有意思吗？小雅觉得没意思。就拿吴蔓来
说吧，这个貌似忠诚的部下，但小雅看得出来，她正觊觎着她
的位置，恨不能小雅尽快让出一条生路，让她有出人头地的机
会呢。

　　小雅决定与胡狸正面开战了。她推开胡狸的办公室门，胡

狸正反复地翘着手指，欣赏她那刚在美甲店精心修好的美甲。见是小雅进来，她依然没有停下她的自我欣赏。过去那个在小雅手下见习的不是忙着给小雅倒水就是送点零食给她吃的胡狸已经不复存在了。小雅想权力就是一个照妖镜，很多人经照妖镜一照，就会露出原形。胡狸在照妖镜里一定是一只一心想吞吃人心的狐狸，她就是一只狐狸精，就是一只狐狸精。小雅心里诅咒着。

"别闹了，该收手了。"小雅很正式地正告胡狸。胡狸没理会她。"我说别闹了，该收手了！"小雅声音提高了八度，估计外面大厅的人都能听到她的声音。胡狸这才把目光从手指上移开，眼神里带着虚假的笑意看着小雅，慢条斯理地说话了："刘小雅，不，刘总监，我知道你怀疑是我发了那些照片，不过，你猜错了，照片不是我发的。"

小雅条件反射地反击："我都调查清楚了，就是你发的！"

这是小雅的诈术，但胡狸没吃她这一套。胡狸把虚假的笑容也收敛了，很正色地说："你说是我发的，请你拿出证据。"提到证据，正击中小雅的软肋。她哪里有证据呢。但她还是硬着头皮给自己开脱，"我们同事一场，我才好心劝你别再做得过火把自己给烧了，要是你还嘴硬，那我就只好报警了。"

"好，我奉陪到底。"胡狸一点没示弱。

职场上的厮杀，容不得半点示弱。小雅和胡狸都懂得这个规则。现在既然已公开撕破脸了，小雅别无退路了，她只有报警这一条路可走了。

小雅是带着冲动报警的，她没有与王水商量。警方很重视这件事，小雅的报警电话打出不久，辖区派出所就来了两位民警到公司来做调查。他们先是对小雅做了报警笔录，然后就着小雅的电脑把博客打开来，再固化页面一一取证，一切都按着法定的流程在走。

"这样的行为算不算犯罪？"小雅专业知识很精通，对法律了解不深。"犯罪嘛，谈不上。"一个瘦高个的年轻警察回答道，"这种行为侵犯了公民的隐私权，按《治安管理处罚法》规定，偷窥、窃听、偷拍、散布他人隐私的，处五日以下拘留或者五百元以下的罚款。像你这种情况，侵犯隐私权的情节应该属于比较严重的，可以处五日以上十日以下的拘留，并处五百元以下的罚款。"

小雅注意到对门的胡狸也在办公室，两个办公室门对门，中间只隔着两米左右的通道，他们的话胡狸应该听进去了。小雅希望把幕后元凶抓到，最好是拘留。在这种时候，她不能心慈手软。

报案后，小雅心情轻松了许多。她把整件事情的来龙去脉向布利斯做了汇报，她认为有这个必要。布利斯在办公室内来回踱了会儿步，他还拉开落地窗帘，隔着玻璃幕墙，陆家嘴前面的黄浦江一览无余，西下的斜阳在黄浦江上铺上了一层碎金。布利斯看了会儿金光闪闪的江水，他似乎下定决心了说："刘，你认为有这个必要那就按你的思路去处理吧，无论牵涉到公司的谁，法律该怎么处罚就怎么处罚。"

有了警察的介入，有了布利斯的支持，小雅松了一口气，悬了多天的心也松弛下来。她把小圆镜收进了抽屉，看了一眼挂在衣架上的长风衣，也没必要穿了。偷拍吧，你就大胆地偷拍吧。小雅希望偷拍来得更猛烈一些，越是猛烈，处罚越是重。

小雅走出金融大厦，外面的阳光正好，阳光扑在金融大厦蓝色的玻璃幕墙上，很是耀眼。小雅拉开车门前，心血来潮，她要以金融大厦为背景，来张自拍。微信朋友圈已经有好多天不刷了，得弄张自拍刷一刷，要不然在朋友圈哪来的存在感呢。

小雅右手举着手机，尽量把右手臂伸得远远的，然后来了个灿烂的笑容，手机"咔嚓"一声，她秀美的照片就出现在手机中了。自拍好后，小雅把手机拿到眼前，她把照片放大，看看有没有要修饰的地方，她是个完美主义者，脸上多个暗斑或多条笑纹，她都要精致地修好才能发微信朋友圈。可是她把手机放大时，她突然看到金融大厦的幕墙上，倒映出一个熟悉的影子，再放大一看，看清了，王水正在大厦前一个不起眼的地方举着手机对着她的背影拍照！

小雅揉揉眼睛，确信自己没看错。她慌忙回头去搜寻，但是没看到王水。要不是玻璃幕墙碰巧反射，她绝对看不到身后有人在偷拍她。坐进车子，小雅的慌乱感没消失，反而愈加浓烈。她拨通了王水的手机号码，她问王水："你在哪儿呢?"

"我在家啊，马上做饭。要做你爱吃的排骨汤。"王水答。

小雅还有什么话要说，但话都到了嘴边，她又硬生生地把话锁住没说，最后只说了句："知道了，我马上到家。"

然后，小雅又拨打了瘦高个民警给她留的手机号。瘦高个民警姓孙，是入警不久的社区民警。他还给小雅留下了一张名片，涉及案情的，欢迎小雅随时与他通话。电话接通后，小雅说："孙警官，我找到偷拍我的人了。"

"谁？"孙警官警觉起来。他还让小雅等一等，要找支笔做记录。

"不必做记录了。"小雅说，"偷拍的是我老公王水，我想拜托你一件事，你打电话给王水问一问他，他为什么要偷拍我？你打电话时，就说是你查出来的，千万不要说我知道这件事。"

这个拜托有点儿无厘头了。孙警官犹豫了一下，想了想后，还是答应了小雅。过了几分钟后，孙警官给小雅打来了电话："你老公承认了。"

"为什么偷拍我？"小雅急切地问。

"你老公说这是夫妻之间开的玩笑，他说没有孩子，生活过得很单调，想在网上找点刺激。"

"就这些？"

孙警官想了想又说："你是不是要到美国去培训？"

小雅说："没定呢，可能也去不成。"

"噢，你老公也提到了这件事。我想可能他这么做是想阻止你去美国吧。"

"他是这么说的？"

"前面是他提的，后面是我推理的。不过他没承认。"

"那，能不能……不拘留？罚款我帮他交。"小雅试探着问。

孙警官在电话那端笑了，"这是你们夫妻间的事，你是被侵占隐私权的当事人，只要你不追究，罚款都不用交，我们就可以结案了。"

"刘小姐，我们可以结案吗？"孙警官又追问了一句。

"谢谢你，孙警官，可以结案了。"小雅说完这话，又补问了一句，"我老公知道是我举报他的吗?"

"是的，他不知道。我告诉他是我们侦查出来的。"

"好的，再次谢谢你们，给你们添麻烦了。"小雅在一连串的感谢中挂了电话。

回家的路上，小雅开通了汽车上的蓝牙功能，她打了个电话给王水，"亲爱的，我都闻到排骨的香气了。"

王水的声音在汽车内嗡嗡作响："你这个馋猫鼻子真尖。"

"我们明天休年假吧，去马尔代夫。"小雅端出了她的临时计划。

"你说什么? 我没听清。"王水示意她再说一遍。

"那回家再说吧。"

小雅关掉了电话，她旋开了音乐台。电台里正在播送一首老歌，张学友的《她来听我的演唱会》，不知怎的，听了几句歌，小雅的眼泪就滑出来了，脸上浮出了两道明显的泪痕。

附：部分评论

乡土历史与现实的温情记录

郑润良

纵观徐向林近期创作的中短篇作品，会发现他以自己的家乡苏北里下河地区为创作根据地，以温情的笔触抒写乡土的历史与现实。说到里下河，不能不提到近年来学界热议的"里下河文学流派"。自八十年代以来，汪曾祺、毕飞宇、鲁敏等里下河作家的创作引起学界对这一区域作家创作特色与共性的研究。笔者在《抒写俗世的温情——里下河文学之我见》《里下河文学中的日常生活叙事与女性形象》等文章中也指出，以汪曾祺为代表的里下河作家对人性的理解是比较宽厚的，更多地看到人性之善与日常生活中的闪光点，认为文学作品首先必须有益于世道人心，把叙述焦点放在抒写俗世的温情上，作品中往往洋溢着一种乐观、幽默的情调。在历史题材创作领域，新时期之前的文学作品以阶级斗争为纲，以僵硬的二元对立划分人物，是对人性与历史复杂性的阉割；新时期之后的新历史主义者，则以所谓的人性论为本，企图颠覆历史教科书的刻板情景。但是，简单的"翻烙饼"并不能解决问题，比如对乡绅阶层的无限美好或翻案也无助于澄清历史的真实面貌。对现实的书写同样存在这些问题。比如，对转型期乡村现实的书写，一味的"愁云惨淡"或一味的"阳光明媚"式书写都可能是对复杂的乡村现实的遮蔽。里下河作家宽厚的人性观与日常生活叙事倾向，可能使之较好地回避这些写作中的意识形态陷阱，书写出比较真实可信的历史与现实。以徐向林近期作品为例，我们可以比较清晰地得出这些结论。

同样，当徐向林把目光投射到当下的乡村时，他的目光也是温情的，宽厚的。他笔下的人物往往都是我们日常生活中抬头不见低头见的普通人，有私欲，有缺点，但也有执着、有善念。《板凳的翅膀》讲述的是村庄中的老一辈人，以二伯为代表。二伯善良、木讷，终身未娶，一辈子最大的艳福是曾经和一个寡妇"搭帮过日子"了一段时间。他最珍视的财富是母亲留给他的两个小板凳，"一张小板凳是二伯的座椅，另一张小板凳就是他的餐桌"。他对生活的要求非常简单，对人生没有奢求，知足常乐地过了一辈子。他死后，那两个板凳也不见了，"结果后事处理完后，再去那个老房子，二伯的板凳就不见了，好像长了翅膀似的。飞哪儿去了？我们都不知道。"这个结尾带点魔幻色彩，意味深长，让我们联想到《百年孤独》中随床单飞走的女孩雷梅苦丝。就像雷梅苦丝不适合生活在马孔多一样，像二伯这样执守传统、甘守清贫、知足常乐的人以后估计也很少能见到了。他的另一部作品《空心》写的是"蠢蠢欲动"的新一代乡村人。"我"和李小虎是儿时的玩伴，因为小芳成了"情敌"。长大后，我上了大学而后到城里上班，李小虎开车搞货运发了小财，小芳到城里打工傍了大款后来又独身一人。李小虎和小芳身上毛病不少，李小虎文化素质低，最后因为酒驾入狱；小芳在男女问题上暧昧不清。但作者没有把他们一个劲儿往负面写，小说的结尾也暗示，经历了人生的波折后，李小虎和小芳最终走到了一起。这样的书写，饱含了作者对人性的宽广的理解，也更能够接近现实。

扎根乡土，书写时代变迁，同时葆有对人性的宽厚理解，相信徐向林的小说创作之路会越走越宽广。

板凳的翅膀 | 板凳上的中国往事

肖虹

徐向林的短篇小说《板凳的翅膀》(《雨花》2014 年第 4 期)含有深刻的寓意，仿佛是一个生动的乡村寓言。作者用淡淡的笔调、舒缓的节奏、温情的细节，勾勒出乡村在时代洪流下的改变与执守、梦想与迷茫，张力十足，意蕴宏大。

小说中的二伯是个老光棍，他身上有个别中国农民的狡黠与愚昧、追求与恐慌。小说的叙述重点是"二伯"与他的两张小板凳,围绕这两张小板凳,奶奶与爷爷爆发了关于板凳继承权的战争,父亲与二伯展开了板凳销毁战与保卫战。那两张板凳是奶奶的嫁妆,她想把它们留给二伯,这打破了爷爷公平分家的构想,结果奶奶胜出,板凳成了二伯的财产。从此,板凳与二伯密不可分,不仅成为他的座椅、餐桌、病床,更成为他的精神依赖。小说的最后,二伯死了,他是坐在一张板凳上,怀里还抱着另一张板凳去世的。处理完二伯的后事,板凳却不见了。板凳去哪儿了?这个悬念呼应了作品开头"我"梦见二伯时的场景。这是作者布局机巧的反思:我们行走在激情满怀的追梦途中,可我们的精神去哪儿了呢?

小说中,徐向林以一个寻常之物透视了乡村中国巨变的潮流下,人心却滞后于物质的矛盾,以一个最底层的中国农民的命运代表了当代某些中国农村的精神失落与彷徨,将他们迷惑困顿的内心世界刻画得入木三分。作者以此解释了在追梦的路途中,人们步履匆匆,却将淳朴的灵魂丢失到了身后。

春天的第七扇门 | 回望大厂女工的精神突围

肖虹

徐向林的短篇小说《春天的第七扇门》(《天津文学》2017年第7期)以大厂女工"小雅"在遭遇下岗后的精神突围为主线,通过"小雅"在一起车祸中的逃离与醒悟,书写了复杂的世道人心，在直击当下社会的痛点之余，点亮了人性复苏的温暖之光。

　　"小雅"原是市属大集体企业丝绸厂的普通档车工，与纺工局局长的司机"王水"相识后，她的命运迎来转机：先是从三班倒的工人做上常日班的质检员，后又在纺工局长的亲自关照下，拿到了非常抢手的集资房指标。如果时光只停留在这一刻，"小雅"无疑是人生的大赢家。可是，随着企业的改制，已成为她丈夫的"王水"下了岗，徐娘半老的"小雅"风韵犹存，过去沾丈夫光的"小雅"在保险公司干得风生水起，"王水"反而成为无所事事的"留守男"。"小雅"一边看轻和数落不中用了的丈夫，一边与情人"老魏"缠绵尽欢。时光流转到这儿，换了新马甲的"小雅"，精神和物质世界在她看来仍然丰盈，她依然是人生的赢家。但命运再次发生了逆转："老魏"在送"小雅"回家时，意外撞死了"小雅"的干女儿"木子"，诡异的是，"王水"在这起交通肇事顶包案中，成了"老魏"的帮手……

　　这篇小说在讲述"小雅"的人生时，还有一根暗藏的副线，即"小雅"的闺蜜"胡琴"，她与"小雅"一样，当初嫁给了厂里的供销科长，实现了人生的逆袭，但她的丈夫在下岗后，依仗夸夸其谈的口才，一再欺骗"胡琴"，甚至连"木子"的赔偿金他也一卷而空。真心守望爱情的"胡琴"最终疯了，她不停重复着女儿"木子"的动作——在厂里的老宿舍区四处用口红画门，她画下的门，正是"小雅"一步步走出的精神牢笼，导致"小雅"的最终人性复苏，她对"胡琴"的误会也烟消云散。

徐向林的这篇小说，是对二十世纪九十年代末期企业改制潮的回望，这是一个鲜有小说家触及的新鲜领域，体现了作者的非凡之眼。在时代发展的宏阔背景下，作者以一个很小的切口作为观照，通过主人公"小雅"的上位、下岗、迷失、回归，阐述了人们在追梦过程中，身体须与灵魂并行的主题。

小说的叙事闲笔看似很多，但每一处闲笔都在不动声色中推动着情节的发展。小说的主调哀而不伤，始终保持着言语和主题的温度。这是以汪曾祺为代表的里下河文学流派作家们叙事的基本特征，恍如一块打水漂的瓦片，虽然没有巨石投水般的震撼，但水面上瓦片漂过的涟漪，已足以让人心灵疼痛、省悟。

三朵云｜当云朵掠过心空

肖虹

马尔克斯说："每篇好的小说都是这个世界的一个谜。"观照70后作家徐向林近年来创作的中短篇小说，虽是集中在都市及乡村的情感书写，但其作品中的特意留白，使大多作品存有不同视角的待解之谜。无论是短篇小说《板凳的翅膀》中那只寄托着精神寓意不翼而飞的板凳，还是短篇小说《空心》中那对平行情感线下的男女是否发生交叉，抑或是短篇小说《空白》中那只代剩女"相亲"的宠物狗是否走错了时空等,作者都没有交代最终的谜底,而这个如维纳斯般的"残缺之美",使得徐向林的中短篇小说贴上了"新情感悬疑"的标签,作品中主人公情感走向的无限种可能,拓宽了读者的视野,调动了读者的思考。

短篇小说《三朵云》讲述了三个女人间的情感纠葛。小说中的"我"受邀为一位成功企业家写传记,这位企业家早年曾在"我"就读的学校里卖冰棍,他的一条腿后来瘸了。故事也就围绕这条腿是怎么瘸的而展开,首先登场的是离异少妇简洁,她向"我"诉说这位成功的企业家是因为当年追求她,收了她托闺蜜也就是"我"二姐小雅传递的小纸条,误跌进放牛的陈家水汪而瘸的。而在"我"的印象中,他的腿也确实是这么瘸的。但是,作者来了个逆转:"我"的二姐小雅告诉"我",企业家的腿是因为她而瘸的,当初企业家并没有看上简洁,而是看上了"我"二姐小雅。故事到了这儿,已然一波两折,但作者还意犹未尽,又在故事起承转合的"合"字上来了个神转折——"我"的大姐国风不经意间透露出那位企业家当年追求的是她,而"我"的大姐夫林成则悄悄告诉"我",是他当年瞒着"我"大姐捉弄了那个企业家,直到现在"我"大姐还蒙在鼓里。作者缜密的叙事方式,层层递进,将一个貌似简单的故事从"云卷云舒处"推向了"云深不知处"。

仔细梳理《三朵云》的肌理和脉络,不难发现,这是一篇带有典型象征意义的情感寓言。作品中"云是大地哈出的气"的台词反复出现了几次,验证了作者较为深厚的国学素养。在中国传统文化中，乾为天寓意为阳，坤为地寓意为阴。天上的云朵来自于大地，阴阳相谐，构成了男女之间说不清道不明的情感布局。沿着作者设定的情感布局再掘进一层，就会发现表象的待解之谜其实已不重要，作者通过镜像式的叙事方式，最想表达的就是当象征着初心和情怀的云朵掠过每一个人的心空时，那份初心还持有否？那份情怀还载有否？这是灵魂至深之处的拷问，作者完成了精神拷问后并没有忘记温暖的传递，徐向林作为"里下河流派"新晋的实力小说作家，显然继承了汪曾祺作品的特质，比如作品中设下的一个伏笔，即简洁买下了曾让那个企业家腿瘸的水汪，盖起了村里最好的房子。寥寥几语，已然有一股暖流在心间默默流淌。

21世纪华语诗丛·第二辑

韩庆成 / 主编

掉下来的羽毛

杨祥军　著

反复做同一个梦：
那只失群的天鹅
在铅灰色天空奋力飞
叫声凄凉而执着

知识产权出版社

全国百佳图书出版单位

—北京—

图书在版编目（CIP）数据

掉下来的羽毛/杨祥军著. —北京：知识产权出版社，2020.5
（21 世纪华语诗丛/韩庆成主编. 第二辑）
ISBN 978 - 7 - 5130 - 6843 - 7

Ⅰ.①掉… Ⅱ.①杨… Ⅲ.①诗集—中国—当代 Ⅳ.①I227

中国版本图书馆 CIP 数据核字（2020）第 047678 号

责任编辑：兰　涛　　　　　　　　责任校对：谷　洋
封面设计：博华创意·张冀　　　　责任印制：刘译文

掉下来的羽毛

杨祥军　著

出版发行：	知识产权出版社 有限责任公司	网　　址：	http：//www.ipph.cn
社　　址：	北京市海淀区气象路 50 号院	邮　　编：	100081
责编电话：	010 - 82000860 转 8325	责编邮箱：	zhzhang22@163.com
发行电话：	010 - 82000860 转 8101/8102	发行传真：	010 - 82000893/82005070/82000270
印　　刷：	三河市国英印务有限公司	经　　销：	各大网上书店、新华书店及相关专业书店
开　　本：	880mm×1230mm　1/32	印　　张：	7.5
版　　次：	2020 年 5 月第 1 版	印　　次：	2020 年 5 月第 1 次印刷
字　　数：	76 千字	全套定价：	198.00 元

ISBN 978-7-5130-6843-7

自信、娴熟与成就

杨四平

21 世纪已经 20 个年头了。在中国文学史家惯常的"十年情结"思维图谱里，21 世纪文学已经跋涉了两个"十年"。这让我想起 20 世纪中国文学"三十年"里的头两个"十年"，那是其发生与发展的两个"十年"。相较而言，21 世纪头两个"十年"却是发展与成熟的两个"十年"，尽管没有出现像 20 世纪头 20 年时空里那么多灿若星辰的文学大家。我想，这也许不是文学文本质量的问题，更不牵涉文学之历史进化观问题，而是其传播与接受的差异问题。再过几百年，在这两个世纪各自的头 20 年，到底是哪一个世纪最终留下来的经典文本多，还是个未知数呢！

回望历史，关注动态，展望未来，百年中国新诗一路走下来，实属不易且可圈可点。20 世纪 80 年代中期之前，在启蒙、革命、抗战、内战、"土改""文革"、改革等外部因素影响下，中国新诗一直在为争取"人民主权"而战，中国新诗的社会学角色、责任担当及诗意书写成就辉煌；之后，在经历短暂之"哗变"以及为争取"诗歌主权"之矫枉过正后，中国新诗在"话语"理论中，找到了内与外、小与大、虚与实之间的"齐物"诗观，创作出了健全而优美的诗篇，同时，也促进了中国新诗在当下之繁荣——外部的热闹和内在的繁荣！显然，这种热闹和繁荣，不仅是现代新媒体诗歌平台日益增长的文化与旅游深入融合导致的诗歌活动之频繁，诗人、诗歌的"自传播"和"他传播"之交替，更是中国新诗在"百年"过后"再出发"的内在发展和逻辑之使然。

当下的诗人，不再纠缠于"问题和主义"，不再困惑于外来之现代性和传统之本土性，不再念念于经典和非经典，而是按照自己的"内心"进行创作，其背后彰显的是当下中国诗人满满的文学自信。

正是有了这份弥足珍贵的新诗自信，使得当下中国诗人在进行创作时能够"闲庭信步笑看花开花落，宠辱不惊冷观云卷云舒"。如此一来，当下诗人就不会徘徊于"为人生而艺术"或"为艺术而艺术"，也不会计较于"为民间而诗歌"或"为知识而诗歌"；进而，他们的创作就会写得十分"放松"，而不会局促不安，更不会松松垮垮。因此，当下，一方面诗人们不热衷于搞什么诗歌运动，也淡然于拉帮结派；另一方面诗评家也难以或者说不屑于像以往那样将其归纳为某种诗歌流派或某种文学思潮。即便有个别诗人仍留恋于那种一哄而上和吵吵闹闹的文学结社，搞文学小圈子，但是那些毫无个性坚持且明显过时的文学运动在新时代大潮中注定只是一些文学泡沫而已。

用文本说话，让文本接受历史检验，纵然"死后成名"或死后成不了名，也无所谓。这已成为当下中国诗人的共识。所以，当下中国诗人专注于诗歌文本之创作，一方面通过内外兼修提升自己的境界，另一方面砥砺自己的诗艺，以期自己的诗歌作品能够浑然天成。伟大作品与伟大作家之间是在黑暗中相互寻找的。有的作家很幸运，彼此找到过一次；而有的作家幸运非凡，彼此找到过两次，像歌德那样，既有前期的《少年维特之烦恼》，又有后期的《浮士德》！所谓机遇，就是可遇而不可求，但"寻找"却要付诸实践、坚持不懈。我始终坚信：量变是质变的基础。这一定律，对文学精品之产生依然有效（前提是"有主脑"的量之积累）。那种天才辈出的浪漫主义时代早已一去不复返了。值得嘉许的是，当下中国诗人始终保持着对新诗创作的定力，在人格修为上，在文本创作上，苦苦进行锤炼，进而使他们的写诗技艺娴熟起来，创作出了为数不少的诗歌佳作，充分显示了 21 世纪初中国新诗不俗的表现及其响当当的成就。

我是在读了本套"21 世纪华语诗丛"后，有感而发，写下以上这些话的。在这十本诗集里，既有班琳丽、夏子、邹晓慧这样已有成就的名诗人，也有李玥、刺桐草原、汪梅珍这样耕耘多年的实力派，还有卡卡、杨祥军这样正在上升期，状态颇佳的生力军，以及蔡英明、李泽慧这两位 90 后、00 后新锐。他们各具特色的作品，使这套诗集内容丰富、异彩纷呈。祝愿我的诗人朋友们永葆自信、精耕细作，在未来的日子里不断给中国新诗奉献出新的精品力作，为中国新诗第二个一百年添砖加瓦、增光添彩！

2020 年 1 月底于上海外国语大学

目 录
CONTENTS

第二辑　守望家园

第三辑　微诗荟萃

掉下来的羽毛

第一辑　乡愁流韵

掉下来的羽毛

反复做同一个梦：
那只失群的天鹅
在铅灰色天空奋力飞
叫声凄凉而执着

到深夜，万物昏睡
它的叫声弱下去
而洁白的羽毛，被风撕碎
飘飘洒洒落满大地

在梦里，我重复做一件事：
收拢羽毛，堆一只雪天鹅

飞雪，铺满我的童年

追逐一朵雪花，屋前，屋后；从田园，到山坡
雪花轻盈，如飞扬的蒲公英
眼看着就要落下来，伸出手，它又飞向远方
好不容易接住一朵，一下子，它在我的手上
融成一滴冰水
我在田野上跑来跑去
雪越下越大，我的脚印歪歪扭扭
回头看，那些飞舞的雪啊
正试图抹平我的足迹

雪 人

下雪天，孩子们堆雪人，捏了鼻子，抠了眼睛
给它戴草帽，围围脖，大喊大叫
我没有要去围观的激动
害怕，他们堆的雪人
是爷爷的样子，父亲的样子，我的样子
更害怕看到，明天，天气转暖
雪人一点点消融
慢慢消失的样子

木　船

木船，被一根麻绳系在岸边
摇摇晃晃
黑色的船头已有些腐朽
船舱里积水，倒着几株荒草

父亲常在岸边，用木拐杖拨那船头
春天的夜晚，月光如流水
他居然爬上船，用拐杖当桨划水
木船在原地打转，躁动不安

煤油灯

她努力从黑暗的墙壁上挣脱出来
小油壶，为微弱的火光续命
她那被灯光放大的影子
遮挡了穿窗而来的寒风

她控制了颤抖不止的手，一根竹签
伸进玻璃罩里，拨弄弯曲的灯芯
手指被灯火点燃
照亮孩子们一辈子的路程

啪！灯芯爆燃，打破夜的宁静
一朵花，绽放在湿润的心田

习 惯

我习惯在白天穿浅色的衣服

夜晚穿深色的衣服

习惯走在人群中间

不是最前或者最后

习惯每次照相，选择最远的角落

或背靠大树，或蹲在草丛

习惯低着头走路

低着头吃饭，不喜欢左顾右盼

谈笑风生

习惯一个人在海边

迎着海风，望着远方发呆

一个人躺在潮湿的草地上

避开城市璀璨的灯火

仰望天空，数天上久违的星星

习惯一个人哭，一个人笑

一个人承担所有的离愁悲伤

习惯在偏僻的山道上

默默行走

直到黄昏退隐，夜色

将我吞噬

鞭　刑

少年时，因为顽皮

被父亲摁在地上，鞭子抽打屁股

那种疼，疼了他几十年

异乡漂泊，夜里梦里

屋前的柳条，蜿蜒的山路

飘逸的炊烟，甚至

村前那条清澈的小河

都像是父亲手上举着的鞭子

他好期待，鞭子能够落下

抽在身上，打在心上

可是父亲早已不在了

他只能臆想，鞭子抽打时

那种刻骨铭心的痛

夏　天

台风一个一个地来
仿佛誓要将海边的老屋吹垮、灭失
接着是烈日烘烤
仿佛要将老屋
以及老屋周边的土地点燃

土地沉默着
老屋沉默着
那些台风，吹着吹着
自己散了架
那些烈日，没有点燃老屋
倒把自己烤得红彤彤的

四个影子

还真切记得那个黄昏

我们手牵手走在黄土路上

我，妈妈，父亲和老黄狗

夕阳在我们背后

影子在我们前面

父亲的最长，妈妈的最胖，我的最短

老黄狗的影子，像一只黑蝴蝶

我说不行，我要最长

妈妈含笑，向后退一步

父亲向后退两步，再退一步

黄狗反而向前蹿了一步

再次走在家乡的大路上

我们默不作声

父亲的影子直不起腰

妈妈的影子轻飘飘

我的影子比他们高了几个头

我故意放慢脚步

走在他们身后

可是大山的影子赶了上来

慢慢地，把我们的影子都盖上了

梦是反的

车子直接冲进河里
被人救上来后
又走错了方向

修路工人在马路上晒樱桃
红红的樱桃堆在马路中间
车上的其他人不知去向

直到梦醒，呆坐老屋
我仍怀疑
还堵在回乡的路上

互不相干的意象

然后，我就看到那个男人
抱着巨石滚下山坡

干枯的鱼塘里，裂开巨大的缝
一只鱼头冒出来，呼吸空气

一个男人在老屋墙壁上粉石灰
黄昏，墙壁上黑白分明

有人在村口的井边抽烟，面目模糊
抽完，他把烟头狠狠丢进井里

我试图将顺这些乱七八糟的意象
在异乡，这是我每天梦里必做的事情

一把刀子

一把刀子，锈迹斑斑
我蹲在路基旁，轻轻磨它

刺耳的声音，在空气中发酵
人们尖叫着逃离

警察闻讯赶来，狐疑地离去
我只是做着磨刀的样子

刀子在我心里

认一棵树作碑

港湾大道上的惨烈车祸
把卞老二家的天空撞塌了
他那半瞎眼的母亲千里迢迢赶来
只见到了一小盒惨白的骨灰
车祸现场，长长的刹车痕迹还在
干枯的血迹已被尘灰掩埋
路基上被碾压过的灌木丛
顽强直起腰身，绽放了绿芽
老娘在现场来回走动，也不哭泣
只反复抚摸路边的一棵榕树
她想让它做个见证
她的儿子是从此地走失的
如果有一天回来，请转告
让他早点回家

朴素的歌谣

远来的白鹤歇在老槐树

鸣叫声打破山村的宁静

南去的大雁在天空排成人字队形

吸引田野和山林的目光

秋天已经来了，枫叶抓紧亮出红色

老农坐在山坡，指着天空

告诉倾听的孩童：白鹤来自漠河之北

大雁飞往南海之南

白云要飘去新疆以西

太阳从东海升起

东西南北四个方位的中间

就是我们的中国

孩童们嚼着甘甜的草根

仰望远方，心中放飞一首歌

青春之歌

红透了的高粱在夜里说话
它的情话只说给柳树听

月牙儿站在柳树枝头
想看看柳条写什么诗

柳条把笔头藏在河水
怕惊扰河边说悄悄话的年轻人

城里来的小伙展望山村的明天
村里的姑娘脸上绽开幸福花

乡愁流韵

白云飘进眼眶
雨水落在心里
等啊，等不来候鸟的歌声

开一壶酒，遥寄北方
枫叶红了吧
收割后的田野，剩几个
孤独的稻草人

父亲，你不要站在田埂守望
我怕那失群的大雁
伤了你的心

十月，我回到祖国

看完国庆七十周年阅兵和庆典

三岁小儿开始练习正步

山坡上，枫林抓紧绣制红旗

目不识丁的老母亲

居然哼出了《我和我的祖国》的旋律

我在家乡的田野上漫步

经过甘蔗林，想到了甜

穿越高粱地，已有八分醉

我手中的相机啊

撑得直呼："受不了"

我爬上橘子树，摘下十个小太阳

酸酸甜甜的清晨

已关不住泪腺的闸门

草尖上的每一颗露珠啊

是我对家乡、对祖国的真情

我试图再次唤醒并问候世界

青石圆润、鼓凸

在黄土地上

清风，阳光，月亮

轮番轻抚

这孕妇凸起的肚子

野花，茅草，小鸟

轮番在她周边起舞

我一直相信

白蝴蝶会从青石里飞出

家乡的橘子熟了

从盘塘下高速之后

我就告诉自己

慢点，再慢点

乡道虽然平整蜿蜒

山风却是妖娆的

车灯抬起头

每每就撞见了熟悉的远山

快速向我跑来

张开双臂

像要扑进我怀里

我抑制住心跳

方向一转

轻轻躲开了它的拥抱

近处山坡

橘子树依然沉默寡言

枝叶间橙黄的影子

如调皮的眼睛

忽闪忽闪

两只狗站在橘园门口

盯我的眼睛发出蓝色的光

我停下车

它们快速围上来

用难懂的方言招呼我

而树上的橘子

此时都拥挤着探头探脑

想看一看归来的游子

狼狈的模样

车子在橘园小道慢行

空气中弥漫甜甜酸酸味道

灯光扫射橘园隐秘角落

发现了更多甜蜜的故事

我也终于掩藏不住自己的贪婪

跳下车，爬上橘子树

摘下一颗，慌张地剥开

塞进嘴里

恨不能把这么多年的乡愁

一口吞下去

却不料自己咬了舌头

剧痛之下滚落下床

原来是一场梦！

患老年痴呆病的父亲

兄弟姐妹都到齐了

老老少少一大家子

围在一起热热闹闹过节

父亲却开始发脾气

当我们东南西北热聊

当弟媳妇张罗了一桌好饭

当母亲喜滋滋从屋里翻出一瓶老酒

当大家嬉笑着扶着他坐上主位

他却把拐杖一丢

撩起衣服擦眼泪

他说：我要回家了

看你们这里热热闹闹

好吃好喝

我家里三个子女

还饿着肚子

等着我背米回去过年哩

打喷嚏

酒席开始

龙虾刺身刚刚上桌

他就开始打喷嚏

一个接一个

没完没了

捏鼻子，捂嘴

都没有用

喷嚏声时如炸雷

时如闷雷

朋友们纷纷取笑他

肯定是哪个女人在想他

他拼命摆手

说这辈子最爱他的女人

是妈妈

已经在三年困难时期

饿死了

寻黑记

科学家寻找到一种最黑的物质
将少量涂抹在闪闪发光的钻石上
钻石立即隐形不见

我对这种材料感兴趣
多年来，我一直在寻找一种黑
能够过滤虚无的光、虚假情感

去月亮背面寻找静，煤炭中寻找隐忍
洞穴里寻找孤寂
在世俗的阴影下寻找冷酷

用它给全世界做一次粉刷
让耀眼的谎言无处可逃
绚丽的伪装原形毕露

只有黑色的眼睛更黑
最黑的物质蕴藏最炙热的火

油 灯

偶尔停电

父亲摸索着去房里点油灯

他手上端着一点光

慢慢从黑暗中走出来

我们都盯着光

渐渐地

才看清光的背后

他满脸的笑容

日　历

母亲对待日历的方式
最简单有效
一天过去，她就撕下一页

父亲因为要记事
日历是不撕的。他会用一个夹子
把过去的一天夹住，往上翻起

说起往事，母亲记得清楚
娓娓道来，仿如昨日
父亲就糊涂，得翻出老黄历查看

多年前，无日历供父亲记事
说起光荣的过去，父亲神采飞扬
每次，母亲都会轻蔑地说：吹吧

号　角

挺立的身姿
向天竖起的牛角号
仿佛正吹出凄厉的声音
不，这是告别的号角
是战斗的号角
敌人已经围上来
天边的云彩点燃！
——每次，在纪念馆
凝视墙上的油画
号角声在我耳边响起

不想写诗

连续几夜，梦见北风呼啸的寒冬
我们围在火堆旁拣茶籽的情形
把茶籽从茶壳堆里挑选出来
像在黄土里挑石子
也像在纸堆里捡一个个文字
找不到一根丝线
将这些零散的文字串联
但我知道，手中拣出来的一粒粒茶籽
会榨成油
在黑暗里，为我们点亮光

脖 子

她的美貌，优雅身姿
吸引所有人的目光
尤其是她的脖子
光洁，细长，圆润
挂着翡翠、珍珠、金子
男人的手臂
哦，这就是一根拴马桩

春 天

请你轻手轻脚，小心翼翼
因为，脚下的土地
是一个孕妇

她已到分娩期
在阳光的抚慰下
一些柔弱的生命

争相探头探脑
婴幼儿嘹亮的啼哭声
响彻天宇

新安古城

在城门口徘徊，犹豫着是否要击鼓

城门里，吆喝声喧天，官吏
鞭打衣衫褴褛者
有酒肉臭，有冷风簌簌

抚摸古老的城墙砖
摸到一些痛，一些感慨
大盖帽的呵斥，将我拉回现实

古城，名新安否？

火车向西

山里的铁路

每天只走一趟火车

那时候我们坐在山坡

等着火车

像一个吭哧吭哧喘粗气的老人

从山那边过来

向西爬去

它走得很慢

夜色慢慢浓了

还能听到

大山里

粗重的喘气声

其实每一个走进黑夜的老人

也都走得很慢

他们都很留恋

身后的尘世

瞄　准

我端起气枪

瞄准对面墙上的气球

犹豫着，要不要扣动扳机

这一枪打去

气球可能越变越大

颜色会遮挡其他颜色

也可能"呼"地爆裂

留下一地鸡毛

或满地谎言

篝 火

我只在乎夜风轻拂

火苗左摇右摆

如同秋风缠绵金黄田野

制造起伏。每一次稻浪低下去

你的笑容露出来

我只在乎火苗舔舐干柴

发出噼啪声响

如同你爬上柿子树

轻轻晃动一树铃铛

阳光落下来，砸中我的行李箱

我只在乎火光越盛，夜色更深

你会靠上我的臂膀

微弱的气息，在我耳边

似乎在说：我在呢，我在呢

这样一个秋夜，我架起干柴堆

在你坟茔旁边

点起篝火，只想告诉你

即使冬天到来

你也不会冷

素 贞

她不姓白
但我们打小就叫她白娘子
小时候，她追着我们骂
我们嘻嘻哈哈四处逃

后来她嫁了个姓许的人
随夫迁往外地
彼此少了联系
听说发了财，过得很好

却被金山一个生意伙伴陷害
千万财富烟消云散
丈夫下落不明
一双儿女罹患重病

再见她已是中年
头发稀少，面容苍白
但眼神之中泛着坚毅
拒绝我们的资助

参加她追悼会的时候

才知道传言并不属实
她在江南创办学校
收留抚养的流浪儿童几百人

整个会场人头攒动，哭声震天
她的几百儿女哭得声嘶力竭
天气阴沉，一忽儿下起大雨
我们也跟着哭

一道闪电划破天空
像一条白色的蛇
我们望着白蛇消失在云端
默默念叨：素贞，走好！

掏耳朵

医生为我掏耳朵

首先掏出一堆腐臭的口号

那是我儿时，被狂热的人灌入的

掏出一些石子

棱角分明，尚带有血丝

是年轻时，冲入耳朵躲藏的仇恨

掏出一些蜜色的脓

是南下广东后

不同年龄女人所赐的

甜言蜜语

掏出几枚黑色的文字

应该是苍蝇们偶尔

念给我听的诗

最后掏出一张白纸

就是它，堆积了太多虚假的语言

让我听不到

真实的声音

山里的鸟儿

早已习惯寺庙里的钟声
那些烟熏火燎，也能忍受

和尚念经的时候
静静站在树顶倾听
眼睛望着山路上
来来往往的众生

有时候

什么也不想

身体会悬浮在空中

慢慢升高

如果没有屋顶

我会一直升上去

但一有了想法

便迅速跌落

摔在地上，疼并感悟

骨肉其实是虚无的

思想才有重量

参观病房

隔着窗玻璃

看到病床上插满各种管子

苍白虚弱的病人

听着他们痛苦的呻吟

我们心情沉重

领导安排我们参观医院

意在让我们珍惜好日子

而我们都在思考

生与死的含义

蚂蚁上访

一大群黄色小蚂蚁

列成长长一队

钻出花坛，爬下栏杆，横穿阳台

到我的脚边停下

纵队变横队，整齐有序

领头的蚂蚁愤怒地发言

原来我在修剪花坛的时候

粗暴破坏了它们的家园

毁坏了它们的食物

还弄伤了几只蚂蚁

它们提出几点需求

如不答应，将向更高一层上访

我双手作揖，连说："对不起"

并允诺赔偿

它们才集体向后转

我望着这群渺小而伟大的穷人

呆立了很久

寻找影子

我把自己的影子弄丢了
不知道丢在拥挤的地铁
还是走南闯北的路上
或者醉生梦死的夜里

我尽量躲着人们行走
假装若无其事的样子
但眼睛四处张望
寻找那离开我的影子

我并没有觉得轻松
反而有一些害怕
一个没有影子的人
与这个社会多么的格格不入

而影子肯定高兴
它一直想要自由与放浪
它有手有脚，有五种官能
没有必要与我这个迂腐的人绑在一起

我继续寻找着影子

而影子也在寻找我
离开真实的人
影子，就没有了灵魂

还有没有活的

入夜的香港，没有流光溢彩
这里已成为一座鬼城
街角阴影里站着蒙头蒙面的怪物
眼睛里发出邪恶的光
谁要是喊一句："我是中国人"
他们会一拥而上，疯狂撕咬
而那些窗口都已沉睡
那些路灯均已死去
我真想去大喊一声：
还有没有活的！

这就是我的家乡

秋风在窗口吹响口哨
把我从梦中惊醒
披衣下床，伫立窗口
望着北方
我家乡的方向

家乡应该是深秋了
那一条河，在两岸黄叶的簇拥下
更加清澈妖娆吧
青峰山麓的枫叶，成片的火红
像展开的一面红旗

稻禾已经收割
码起的草垛，远看像老农
仍守望旱田。一群麻雀
不断起飞、降落
像念一篇散文给田野听

橘子树，墨绿色的母亲
金色的乳房再也遮挡不住
山风像个孩子啊，不断往她怀里钻

老屋像沉默寡言的父亲

闷头抽烟，烟雾时而直，时而伏地横窜

夕阳下，一群白山羊飘下山坡

领头的居然是老黄牛

黄牛叫一声，羊群就和几声

青峰山扯着一块被子跟着它们

这被子慢慢盖住山村，窗灯一盏盏亮了

这就是我的家乡啊！

我在遥远的南方

欣赏着熟悉又陌生的场景

年年演变的秋日山村图

今夜格外清晰

橘子树

我藏在橘子树上的秘密
至今没人发现

橘子树，一年一年
春天开花。夏天结果
秋天，橘子黄了
冬天，孩子没了
一年又一年
付出，付出，再付出
再苦，也不哭泣
这伟大的母亲！

一年，一年，又一年
我藏在橘子树上的秘密
仍然没有人发现
橘子树已经老了
妈妈更老了
我搀扶妈妈走近橘子树
抚摸树干上隆起的伤疤
这是我多年前刻下的
"妈妈，我爱你！"

青云街

每次过青云街

都要小心翼翼

生怕我的脚步

踩上前辈的脚印

踩痛那些遗落的血迹、影子

和马蹄声

街上的青石板

不知哪个朝代铺下

光滑如镜的石面

不屑记录尘世的悲痛

只留下时间的裂缝

供夕阳检视

街旁新楼层出

已将低矮的木屋挤压

动弹不得

唯樟树下乘凉的老人

还时不时挥动蒲扇

让昏黄的夕光

微微荡漾

秋 分

每一片叶子都有两面
向阳的脉络
接受阳光抚慰
背阴的部分
感知尘世温暖

每一个人都有双重性
年轻时叛逆，暮年的眷恋
单薄身躯，隐藏
变换的四季
却不愿承认

当大雁在空中画一条线
秋天的分水岭
或许悲吟
或许是另一个起点
取决于南望的背影

大雁牵去了秋天的目光
眼里却飘进了洁白的云

今夜我愿是一颗星星

在海边我愿是一朵浪花
开在岸边礁石上
虽然短暂
但能吸引你的目光

在深山我愿是一枚黄叶
在枯的枝头
等你经过，悄然飘落
砸在你的额头

在草原我愿是马的缰绳
被你紧紧攥在手里
飞奔的马，凛冽的风
都不能把我们分开

今夜，我愿是一颗星星
在家乡的短松冈
对着天空微微闪亮
天空的繁星中，有一颗是你

厚　土

脚下黄土地

是我的厚土

它生长草木，房舍，炊烟

也生长露珠，鸟鸣，爱情

收获枯枝，落叶，鲜花，粮食

也收获苦痛，悲伤和生死

我卑微的灵魂

来自潮湿的土洼

脆弱的心脏

来自土地深处的矿藏

我的血液来自土地上的清流

炙热的感情

来自遍布黄土的草根

我的眼睛，来自旷野上的磷火

我的骨骼

来自裸露的岩石

我花白的头发

来自风。四季变换的风向，让我痛

我的声音啊，来自它的颤动和雷霆

我时常跪在黄土地
或让自己平躺在草地上
想象自己是一个婴儿
躺进父母亲的怀抱。多么宁静，惬意
我要把这厚土唤作父亲母亲啊
我要深情对着黄土地喊一声：我的祖国！

珍藏的牙齿

至今已有三颗

一颗在茫然的路上

无缘无故脱落

一颗在异乡，啃一块羊骨头

连同疼痛一起脱落

最近的一颗

是在月夜，醉酒后

摔倒在家乡的土地上

我啃了满嘴家乡的土

家乡的土地啃了我的牙齿

桥　板

船与码头之间的木板，闪闪悠悠的
我有些犹豫，不敢迈出脚步
船在摇晃，木板在摇晃，码头也在摇晃
走过去，是一段莫名的旅程
抽掉木板，故乡会越来越远
再回头，已找不回旧日时光

忘 了

养在水井里的月亮
认不得霜发斑白的归人
秋夜暗香的桂花树
记不清树下沧桑的面容
月亮还是我养的那个月亮
只是更白了
桂花树也是我种下的那棵树
可是长高长大了
我还清晰记得童年老屋里的时光
岁月却已把我当成陌路人

白发与我捉迷藏

鬓角上的一根拔了，它又出现在头顶
头顶的一根拔了，它又出现在后脑

秋风在与黄叶捉迷藏，白发与我捉迷藏
珍惜这黄昏的好时光啊，天即将黑了

习　俗

本地习俗，归来的游子
都要往废弃的古井扔一块石头
儿时觉得好玩，不明所以
此次归来，也捡了一块大石头
往井里投掷
只听"咚"的一声，余音绵绵
似喊痛，也如老人叹息
这一刻，我心里发紧

变魔术

他从怀里掏出碎纸片
吹口气，张开手
一只白鸽子飞走了

他从眼睛里抠出一道光
吹口气，张开手
天亮了

你一直想着他的身影，笑容
三十年，他却没有本事把你
变成他的爱人

晴　天

几番雨雪后，街边栗树的叶子
已经掉得干干净净
镇子上唯一照相馆的大门
正对着它
照相馆的老板，那个木讷的老头
看到阳光正在瘦骨嶙峋的树干上
涂抹金色
急忙搬出他的老式相机
相约好了一般
一群麻雀，飞到树上
散开，做栗树的叶子
这些说话的叶子，唱歌的叶子
身后闪着神圣的光
悲痛的黑夜已经过去
温暖的日子，正在走入生活的镜头

白日梦

他赤身裸体
在悬崖上舞蹈
他大喊：我要跳下去

他真的跳了
重重砸在我的胸口

篝　火

呀，篝火
把夜色点燃了
我们可以去围着跳舞
唱歌，喝酒，谈情说爱

我们围过去
几个拾荒的老人，在篝火上煮水
在火堆里烤红薯

呀，篝火
把黑暗烧了一个洞

踏雪而行

对，我想要的一场雪
说来就来了
下了一天一夜
掩盖了来时的路

向着远山出发
咔嚓咔嚓的声音
树林都静止了
我怀疑你跟在我身后

其实你蹲在那歪脖柳下
孤独的红色外衣
点燃我的镜头
我握镜头的手有些抖
我分不清你是开心
还是在悲伤

在深秋开始谋划春天

取一节山竹，钻上六音孔
山野的清音跃上树梢

黄叶飘零，那些果子还在枝头
我仰望，它们，高远的天空

切碎秸秆，晾晒粮食
锄头和镰刀，磨亮了再收仓

到田头和荒坡走一走
在每一个适合种植花草的地方做标记

藏在心里的种子蠢蠢欲动
迎着秋风，谋划着春天的故事

乌鸦的叫唤

城市里，居然有乌鸦的叫唤
它让我恍惚，以为
正躺在老屋的竹床上
屋后的老树枯枝，那只乌鸦
它一叫，天色就暗下来

我挣扎起身，拉开厚窗帘
阳光涌进病房
笼罩在心里的冷白色
瞬间被绿色红色黄色紫色替代

乌鸦，你从故乡来？
秋后的山林
果子还在枝头
北风吹过
我愿是初冬的第一朵雪花
扑进故乡的怀抱，融进贫瘠的泥土

拐角处

他盯着那盏灯
午夜里，小镇上唯一醒着的眼睛
他想，它也一定在盯着他
暗夜里，拖着拉杆箱慢慢走来的男人

青石板路在夜色下泛着寒意
像一把刀上的反光
小镇静寂得有些恐怖
他听到自己的心跳，在压抑着什么

拐角处，他放下行李
蹲在地上
灯光像一双巨大的手拥抱他

算命先生

我躲在远处给他照相
他算到了。他转向我，挤出一丝笑容
经过他时，我给他十元钱
他算到了。他说：你欠我的

他挥舞着一枝新鲜柳条
驱赶自己，趔趄走上山坡
他算到了梨花开放的时间
有一场雨，下得不紧不慢

多年前的少年，多年后
将一张瞎子的照片摆在荒草丛
春天已将家乡包围
一万只白蝴蝶，在山坡起舞

卖花姑娘

一亩桃花，买吧
一亩梨花，买吧

卖花姑娘，站在寒风里
向每一位路过的人
推销她背后的风景

她轻妆素衣
长发如瀑
挽着小篮儿，神情哀怨

桃花粉红，如霞光溢流
梨花洁白，似她的长裙

我一次次骑马走过
望着她，望着她背后的青岩山
青岩山里的桃花梨花

年年春天，她站在蝴蝶河旁
对着坐船远去的人
轻轻喊着，桃花，梨花

年年春天，我要骑马赶回故乡
越来越远的故乡啊
桃花越来越少，梨花越来越白

敲

他喜欢坐在那段废弃的枯木上
手里拿一块石头，无意识地敲击
声音时轻时重

他的目光散漫，放眼小区里的花木
人，宠物，来来去去的车辆
蝴蝶，蜜蜂，细小的飞虫，鸟

他每天都会准时出现，孤独坐着
敲着枯木。我远远看，静静听
听出了木鱼的节奏

有时候，阳光会从茂密的枝叶间伸出一只手
在他身边游移，或者趁他不注意
偷偷在他脸上抚摸一下

我不许你们提起故乡

以及一些与它有关的地名
以及乡愁，童年，洛夫，余光中
以及老屋，母亲，炊烟，眼泪

我不许你们说方言
以及讨论大山，野菜，小路，石灰窑
以及唱《父亲的草原母亲的河》

听到一切与故乡有关的字眼就全身过敏
唯一的药方，是给我一张回乡的车票

第二辑　守望家园

青杏子

她眨巴眼睛问他:
青杏子酸不酸呢?

她靠在他背上问:
青杏子甜不甜呢?

她躺在他怀里问:
青杏子呢? 青杏子呢?

他搂着杏子树一阵猛摇
青杏子下雨一样落下

有两个硕大的青杏子
滚到她的坟前

画　像

画师说把你的耳朵画高一点
这样子方便听上面的话
把你的眼睛画小一点
说：不该看的不要看
嘴巴要不要？最好不要
祸从口出。这是处世诤言

画好后，他让我看看我自己
多么猥琐的形象

为什么我的生命苍凉如水

枯萎，可能是一个动词
花开荼蘼，让枯萎多了悲壮的色彩
阵雨之后，天色会晴朗一些
高远的天空，留给路过的雁鸣

请给我一点点时间
积存已久的泪水需要倾泻
请给大地一点点理解
告别的苦，决裂的痛，它都包容

为什么我的生命苍凉如水？
迁徙的路上，我们都在问自己

油桐树

油桐树枝叶浓密
适合藏身
你知道我就在树上
却头也不抬，径直走开

油桐树躯干光洁柔嫩
适合在上面刻字
你知道我刻了你的名字
却目不斜视，盯着远方

油桐树果子硕大
苦涩、有毒，不适合品尝
我却偏偏啃了一口
望着你的背影哭了很久

这些都已成往事
背靠树干，它在颤抖
我也在颤抖。刻写你名字的地方
隆起如一道弥合的伤疤

那幢楼

这就是许立志写

"我来时很好，去时，也很好"的

那幢楼

这就是郭金牛写

《纸上还乡》的

那幢楼

这就是无数青春放飞

却像一枚钉子扎向地面的

那幢楼

这就是一个时代

几代人的梦想

最后也被梦想葬送的那幢楼

这就是我冲破保安层层盘查

一定要走近的

那幢楼

它像一棵老树

各个阳台晾晒的五彩衣服

是老树开的花

每一个鸟巢里

追梦的人继续做着美梦

它像一根錾子

扎在土地上
老天拿着一把大锤子
每个时辰锤打一下
听到锤声的人
能看到錾子在地上
凿出的火花

风吹竹林

竹林整齐排列

像一只口琴

春天风来吹

它弯弯腰

夏天风来吹

它摇摇头

秋天风来吹

它才发出声音

这吹响口琴的

不是风

是在竹林里的归乡人

守望家园

秋深，高粱会提一壶酒来
与枯坐的父亲对饮
一忽儿就醉了山坡上的枫叶
一忽儿又醉了西天的流云
高粱醉了也就醉了
依然挺直腰杆为山村站岗
父亲醉了就不得了
他会趴在地里大哭
像一个婴儿
扑进了母亲的怀抱

模　仿

师从一个人
就从模仿开始
学他走路，学他说话
甚至学他的饮食
坏脾气一模一样
臭毛病也如假包换
笑的样子像，哭的样子更像
曾经，我有叛逆心理
想逃避或改变
但岁月仍将我纠正到与他同步
到后来，他已佝偻得厉害
走路也需依靠拐杖扶持
而我腰身挺拔
即使这样，我搀扶他上街
左邻右舍依然说：
瞧，简直是模子印出来的

我想出售我多余的东西

我在街边摆摊

出售我多余的东西

一把木剑，两块卵石

几本旧的线装书

和一条红领巾

至于一双穿了孔的解放鞋

我先摆上摊子

又偷偷收回

藏在身后

我这些年写过的书和文章

可免费索取

只要不放在厕所就行

仍在胸腔燃烧的激情

属于非卖品

如果年轻人需要

我可无偿赠予

一条河

我在河里洗手，洗脚
母亲到河里洗菜，洗衣服
父亲要做的，是每天傍晚
去河里挑水，来来回回
恨不得把整条河搬回家里

现在我不再洗手，在河边
低头看水里那个双鬓霜白的男人
父亲也不再挑水，傻傻望着河里的波
母亲偶尔还在河里洗菜，常挑选嫩的菜叶
喂给河流吃

听 海

更愿意在夜色中潜行到海边木屋

更愿意在木屋里点一支蜡烛

更愿意和衣而眠

头冲着海的方向听大海的呼吸

听它的哭，它的笑

它把一匹布摔打在礁石上

浪花绽放

听月光下隐隐传来的它的心跳

你自由了

打开铁笼子的门
他挥手驱赶黄狗：跑吧，你自由了
黄狗箭一般射出，汪汪乱叫
广阔天地，从此任我行
半晌后，黄狗悄悄跑回笼子，趴下睡觉

这里面有我家一口铁锅

中学校园角落里
奇形怪状的巨大铁疙瘩
卧在草丛中多年
锈迹斑斑
藤蔓植物试图掩盖它
蚂蚁试图搬动它
以前每次经过
父亲都对我说
这里面有我家一口铁锅
我不明白他说的什么
也不追问
前年春节
我带儿子回老家
他对这巨大的铁疙瘩产生兴趣
研究它是不是外星人的武器
我对他说
这里面有我家一口铁锅
他愣了一下，接着追问
为什么？为什么！
我真的尴尬
说不清为什么
只说，这是你爷爷说的

白纸花

白色的纸花

开在路边杂树上

经过的人都一愣神

张开耳朵，倾听

寂寥的旷野里

只有蝉声，风声

也许一些压抑的饮泣

大地早已习惯

更多的悲苦

不适合号啕

就让杂树做一回孝子

摁住悲伤

对来来往往的路人

不停鞠躬致谢

入林记

茅草野花抬高了我的脚步

蝉鸣却又把我的身子压低

偶尔回头，茫茫一片

看不清来路

草木摇曳，似习以为常

岩石狰狞，像裸露的白骨

张开双臂

拥抱扑面扑来的山风

山林即将吞噬我

我将拥抱整个山林

变形记

醒来，我已变成蚂蚁

住在麦田里

多么大的麦田啊，无边无际

奋力爬上一株麦穗

认识了雌蚂蚁

她也从城市逃跑而来

在等待另一个奇迹

曦光柔和，麦田金黄

我们相拥，谈论梦想

守　护

两只小鸟目光一致，投向远方
那里风云骤起
压低草木，摧残花朵
老屋的炊烟四散逃窜

紧紧抓住唯一的树枝
内心平静
来吧，暴风雨
我们有爱人的守护
已经足够

他的诗

需要好天气
他抬头望天
太阳履约
鸟鸣躲进喉咙
草丛中的雷霆被山风压制

搬出珍藏的五谷
和上个世纪的酒曲
在野花的目光里晾晒

都已经发酵很久
只等闲置的铁锅
蒸腾起迷雾

还有什么好说的？
直接涨红了脸
扯开嗓子
吼！

麦子熟了

我时常学她的湖北口音
把"局"念成"猪"
她也常常笑话我的湖南口音
"湖""复"不分

凤凰花开，我们在厂区火焰树下发呆
她突然说：你妈叫你回家收妹子
我抱着凤凰树一阵猛摇
摇落一地的血

杨家湾，麦子熟了啊
金灿灿的一片山坡
时隐时现的两朵白花
是收麦子的父母亲吗？

小人物

我只是个小人物

小到不能再小

在山里，跺脚、发狂、大喊大叫

阔叶树都懒得动一动叶子

蚂蚁也不给我让路

它们浩浩荡荡的队伍

直接翻过我的脚背

我每天牵去放牧的牛

也对我爱理不理

为了一丛绿草，公然与我僵持

我的身边都是一群小人物

与我一样，日出而作，日落而息

脚步限于山村的土地

目光高不过山

闲暇碎嘴的都是家长里短，鸡鸭牛羊

吃着粗茶淡饭，喝的热酒清汤

关心天气和粮食

忧愁父母身体与子女的成长

偶尔也会采一捧野花

到山坡上老英雄的坟前祭拜

听老人讲述英雄当年抗日的事迹

我们都是小人物

没有太多的理想

但每次听到国际形势风云变幻

美国又要欺负我们的祖国时

大家都群情激昂摩拳擦掌

祖国啊，只要您召唤

我们这些小人物

也能上战场！

大人物

大人物回过一次老家

引起十里八乡轰动

一溜十多辆小轿车

在蜿蜒山道上慢慢行走

山坡上挤满看热闹的人

县里领导提前来村里

安排人修剪草木，打扫卫生

给可能要被视察的贫困户

送去米面鸡鸭猪肉还有家用电器

村里老人偶尔说起大人物小时候的丑事

被严令封口

大人物的远房穷亲戚

被专车接送到县里暂住

大人物到村里稍作停留就走了

很多人都没看清他长什么样

过了几个月

听说大人物出事被抓了

村里人终于不用过提心吊胆的日子

他们大碗喝酒大口吃肉

说起大人物津津乐道：

那个人五短身材肥猪肚招风耳

一看就是个贪官

一只羊

我不得不为它虚构一些场景

诸如一个山坡

一片草地

几声鸟叫

树下，牧羊的孩子

朗朗读书声

城郊的农家餐馆

它被一根绳子拴在树上

咩咩地叫着，含混的词语

过客们的眼睛里充满含义

而厨工每次望向它的目光

像一把刀

穆 兄

他喜欢挖金子，在荒地里挖

荒地里当然没有金子。他挖出一串音符

他喜欢女人，身姿婀娜的那种

一遍遍对着天空叫唤，女人从云层里走出来

横吹羌笛，衣袂飞扬。他喜欢有重量的词语

于是去石头里寻找

几十吨重的石头从河南拉到深圳

摆放在山坡上

将赤铜锻造成一枚枚带血的汉字喂给石头吃

他喜欢在黄昏，坐在白石龙公园的最高点

入神地望着落日

与他的石雕作品一起

成为别人眼中的塑像

蛙

城市商业中心以蛙为招牌的餐馆

门口的玻璃池子里

它们蛰伏不动，不叫唤

相对密闭的恒温空间

不能感知到春天已来临

不哭。同伴们一个个被捉去

斩首去皮破肚，油炸火煎

送入男女老少的嘴里，肚子里

它们只默默祈祷：生命总有轮回

今世的苦难是为来世修行

投胎走进人的皮囊

换取明天，能够在解冻的大地上

欢快地呼叫春天

烤　火

我们围住火炉

默默不作声

把一段老木塞进炉子

关上炉门

听它在内面噼里啪啦说话

痛苦地翻身

听火舌吃它的肉

摧它的骨

然后轰的一声燃烧起来

老木头，把它仅有的热量

一点点

传导到我们身上

旭　日

我看到了五层光

弓起脊梁

顶开了黑幕

靠近地平线的位置

已经燃烧起来

我看到那些树

挺直了腰杆

卑微的手

笔直指向天空

一把把锋利的剑

我听到了雷霆

在地底滚动

越来越近

锈迹斑斑的犁铧

弯下腰，才能看清它的寂寞
时光生锈，结成老年斑
锋芒，需要另一场叙事

春天足够湿润
牛蛙，一遍遍呼唤深耕的快意
可是，田地已成为意象

在高楼上的某个角落
它有怀春的躁动
却不敢发出半点声响

往　事

我这辈子做过的最蠢的事
是当年
从南海边带回一条彩色的鱼
把它放进故乡清澈的河流
期望它在我的故乡生儿育女
期望清澈的河流里
涌动一条彩色的虹

我这辈子做过的最有意义的事
是带着故乡河流里的卵石
坐船，转汽车，乘火车
把它带到了浩淼的大海边
找一个月光明朗的夜晚
把它丢进浪花中

在故乡，能听到河流里海鱼的哭诉
而在海边
我每晚都听到石头在唱歌

灯

那些孩子们跑进跑出
风也会偷偷溜进来
——父亲为他的行为辩解
他对一切红色的东西感兴趣
花炮纸或灯笼
被他收回，一日数次换地方藏

他的认知出了问题
对儿女都叫不上名字
但执着地收藏废红纸和旧灯笼
他说：娘住的山上很冷很黑
他要去给娘点灯

听一首歌会流泪

郭金牛先生写了一首诗

《在外省干活》

洪启先生谱曲，并亲自演唱

吉他声轻重缓急

拨动我的神经

我仿佛乘坐绿皮火车

一路摇晃来到 1983 年的深圳

我仿佛就是诗中的表哥

在罗湖感冒了，伤风扩大到红岭北

在工棚喝醉了，抱着四川的工友哭

我仿佛就是那广东省的雨

从高远的天空砸下来

砸在每一个外乡人的头上

我仿佛就是那些蚊子

让那些说着方言的血养育着

日渐淡漠乡愁

我仿佛就是那地王大厦的一块砖

码到了 383 米高

却已经找不到来时的路

我仿佛就是洪启先生手中的吉他

琴弦轻微拨动

已让我颤抖不已，泪流满面

故乡的炊烟

春夏的炊烟黑且直
冲破屋顶，扶摇直上
一条粗黑的麻花辫
摆一摆，田野里的花就开了

秋冬的炊烟轻且淡
直不起腰身，老围着屋顶打转
还伴着不停的咳嗽
冷风一吹，就散了

两股炊烟老是在我梦里纠缠
一忽儿像绳子，勒紧我的脖子，让我失魂
一忽儿像鞭子，抽打我的后背，疼
每夜梦醒，我都要望着北方，发呆

博　鳌

去一首抒情诗里寻找编年史
或者在十二月炽热的椰风中追寻
失落的蝴蝶
都不是我们此行的目的
以卑微的心融入世界的焦点
甘愿被葱茏的枝叶埋藏
也要搜肠刮肚，寻找一枚适合的赞美词

花儿在隐秘处悄悄绽放
我却被热带的阳光绊了个趔趄
摔进黄土也就算了
就怕摔倒在椰子树下
看着老椰树一样的父亲
提着沉重的椰子
闯入我的诗

息 肉

做肠胃镜检查
医生顺便割除了肠道上的息肉
为安全计，嘱咐他
这段时间，忌酒少烟

他为他的息肉写了一首诗
在聚会时朗诵
他说，息肉也是我的孩子啊
夭折的诗，总比腐败的思想强

醒 来

我感觉到了光，于是睁开眼睛
起床，拉开窗帘
黑夜已退去，光明就在眼前

我喊老于起床。他睁了一下眼
又睡过去了
我把小赵拉起来。他两眼空蒙望着窗外
似乎还在做梦

我大喊大叫
用力拍他们的头
用冷水浇他们
把他们都叫醒

这个世界睡眠的人太多
有些是昏睡。有些是装睡
率先醒过来的人
就是要唤醒他们，唤醒沉睡的世界！

隐晦的诗

我要小心那些花骨朵

未绽放之前，它们是黑色的

会被误认为子弹

我要远离桃花水

春天将逝。流水的颜色

可能是红色的，可能有毒

我要小心点灯

即使在寂静无人的夜

也不要随便擦亮火柴

告密者会说你故意将夜幕

烧开一个洞

领导的树

单位给每人发了一把剪刀
要求对院子里的树进行修剪
领导说：要大胆地剪，无情地剪
要红红脸，出出汗

院子里的树是大伙一起种的
每个人负责一棵树的管理
后勤处包老师的树长得最高
领导的那棵树长得最难看

大家拿着剪刀都冲包老师的树去
长得太高了，要打顶
枝叶太多了，要疏剪
侧根拱起地面了，要斩断

领导的树，只修剪了一些枯枝黄叶

我想带你去海边

黎明，我想带你去海边
遥远的天际线已开启
帆船正向我们驶来。它驮着光
我们静静坐在礁石上
把脚伸进海水里
望着越来越近的帆船
和越来越耀眼的光明

桃花凋零后你才来

轻雾替故乡擦拭眼泪

雀鸟慌忙掩饰故土的心跳

青涩的果子在枝头晃着

老屋倔强地吐出细长的炊烟

你弓腰钻进桃林

走在青草蓬勃的田地

时而对着村子点头

时而望着远山发呆

蜘蛛人

他降落的速度超过我的想象
眨眼间，已到了大楼的腰部
巨大的天蓝色幕墙玻璃上
他像一只鸟，一个逗号
更像一个黑洞

回到地面，他点燃一支烟
夹着烟的手微微抖动
麻绳，一端还在楼顶
绳子在空中晃荡。保命的蛛丝
系在他的腰上，系在更多人的心上

孤独的猫

你站在那里，望着远方
落日正加速坠落
寂寥，一点点渲染开来

我不忍惊动你
无边的愁绪
孤独的心跳

落日余晖，将你
投射成一幅剪影
却把我的影子，碾得老长

婺源行

正午阳光

映照开花的树

春风徐徐

神性的山川

尘埃都有甜蜜味道

如果时间可以复制

我想把这金色的阳春

复制一万张

铺满我贫瘠的故乡

我要让我直不起腰的父老乡亲

抬起头

感受到春天的美好

蜜蜂如汉字

大地铺开巨大宣纸

等着雨云来书写

可是墨色担心破坏春天的美景

迟迟不敢落笔

倒是蜜蜂忍不住

扑进一片金黄中

随性跳跃

写下清丽的诗行

毛杜鹃

我们去看毛杜鹃吧

步行四公里，登石阶 391 级

远离城市喧嚣

离天空更近一点

在梧桐山顶，一片悄悄开放的花丛下

微闭着眼睛

不说话

我的桃花源

这里位置偏僻，有山有水，有树有花
具有好风水的一切元素：
左青龙，右白虎，前朱雀，后玄武
因为远在城郊，少有车马喧
因为草木茂盛，更近鸟雀欢
几座低矮的房屋，背靠青山，面朝清湖
拾荒的人，早出晚归，结伴同行
断断续续的炊烟，让我想起故乡
我流连山间小路
与每一株拦路的花草打招呼
我拍下更多的照片
要把它的静美，告诉更多彷徨的人
明天，我做一个拾荒者
来此隐居，捡拾久违的宁静与快乐
明天，我将在此寄放灵魂

清明时节

细雨绵绵，冷风踩着细碎的脚步

远山朦胧，鸟鸣撕开黄昏的寂静

桃花悄然开在山坡

如渗血的伤口

天空啊，这只巨大的鸟

扑动翅膀。我看不见它的头和眼睛

它强劲的爪子

抓住我的臂膀，越来越紧

我要离开这荒芜的地方

到乌云之外的星球

探望，垂直的光影里沏茶的你

摇　晃

他觉得楼房摇晃了一下
大地摇晃了一下
天空摇晃了一下

他着急地问左右有没有感觉到摇晃？
他们冷漠地看着他：
你跟着晃，就不觉得晃

礼　物

天空在午夜哭了一场

山风一直拥挤在老屋门口

老猫在屋顶来回走，轻轻的脚步

怕吵醒了我。其实我怎能安眠

西山枫叶落，东坡高粱红

田间荒芜，茅草已高过人身

河流相思苦，瘦得不成样子

父母亲弯腰咳嗽，乡邻背转身悄悄擦泪

一个个场景和人物

都在眼前变换

我唯有一件件清理打包

珍藏在心里

天一亮，就要拖着沉重的拉杆箱

挥手告别

诗　人

36，是一个节点
皮扎尼克，1936 年出生
在这个世界上，活了 36 年

秋天，是一个节点
从卡曼，到屠格涅夫
"犹如悲伤的目光一样"

父亲，哼着含混不清的歌
将一根根金黄的玉米秸秆
抱进低矮的老屋

家乡的河

道水，清澈蜿蜒的小河
起源于五雷山的狮子岩
归于澧水，流入长江

我们常在河边
赤条条地谈论远方
挺起腰，看谁尿得更远

东海边，雨后
波浪摔碎在礁石上，咸味刺鼻
彩虹拱起的弧度，像伙伴们在比赛

樟树垭

官渡和蒙泉的分水岭
亭子已毁，石凳仍在
过往的人还会在此歇脚

我时常到垭上呆坐
秋天里，满坡的苍黄
落日卧在山顶，迟迟不愿离去

山 路

山路蜿蜒，是一条扭动的蛇
专吃老人和孩子

有些人是自己走去的
走着走着就不见了踪影

有些人是被人抬着送进山的
剩下的骨头在山坡垒成了坟

它有时会变成一条鞭子
专门抽打那些逃离家乡的人

我不愿与你们为敌

山麻雀衔来毒药
在院墙上吱吱叫着，等我上当
竹林在磨刀，沙沙，沙沙
等待下手的时机
我至亲至爱的亲人们
在我耳边说些莫名其妙的话
试探我的反应
风躲在门后，等待将结果
第一时间传播出去
他们等这一天已经很久了
当我从半空倒下，成为一张白纸
就会被他们运回故乡
埋在青山绿水间
我偏偏不听从安排
即使全世界与我为敌
让我落魄，无奈，悲伤，失败
我都能忍受。醉里挑灯看剑
梦中拈花一笑，也会为世界写下颂词
只因为，我深深地
爱着你们

杯莫停

我吃相难看

吃饭狼吞虎咽，喝酒如牛饮

为此，不止一次受到家人的斥责

诸如此时，他们摇晃洋酒杯里琥珀色液体

津津乐道，慢慢品尝

说些虚假不着边际的文明词语

我一口干了半杯，抹着嘴

感受到家人羞愧的目光和斥责的表情

这一杯"杯莫停"，超过五百元

真没文化！

而我哪里知道，这法国运来的美酒

经过中国人的包装

就成为我的毒药

观澜河

政府斥巨资
截流、清淤、护堤、绿化
观澜河终于水清见底
美丽如画
每次经过，我都会在河边静立
低头，看河里小鱼小虾
在白云堆里捉迷藏
久了，就看见一个寂寞男人
在低头认罪

野　猫

它盯上了我，一路紧跟
对着我搔首弄姿，像是老朋友
我说：进来吧
它欢快地叫一声，轻盈进屋
在沙发边，茶几上，每个房间逡巡一番
然后趴在我脚边
我想我该给它取个名字
就叫丽丽如何？
它说：喵
算是答应了

我的书房杂乱不堪
电脑上的空白页半天长不出一个文字
我暴怒，想把电脑锤了
丽丽轻轻喵了一声
然后蹿上我的腿，望着我
尾巴轻柔地在我身上拍打
我突然就想哭

第二天，我准备了早餐
叫唤丽丽。可是丽丽不见了

掉下来的羽毛

门窗紧闭，房间空旷
它藏在哪里？
我轻轻呼唤，仔细寻找
终不见它的踪影
假设各种可能的事件
继而怀疑自己
是否真的与一只野猫
成为知己

我已分不清那些词语

故乡，养育了很多词语

有名词、动词、形容词、介词、副词、感叹词

它们长在土地里

挂在树枝上，飘在暖风中

有的瘦弱干瘪，有的丰腴华丽

从小，我就学会了归类和使用

用松针，阔叶，杂草和野花

编织朴实的草帽

戴在母亲头上，挂在父亲背后

在雪落的季节

我会捡起一些枯萎的枝叶

在炉膛里燃烧。火光

温暖破旧的老屋，照亮家人的脸庞

我试图将这些词语带到异乡

它们在行囊里躁动

在奔驰的火车上，轻声叹息

它们陪伴我在异乡枯燥的夜晚

却慢慢失去光泽，让我失去将它们

排列组合的兴趣

他乡的海风，常常湿润我的双眼

他乡的芭蕉叶，时常将我贫瘠的词语
晾晒。只在月圆之夜
故乡的辞藻和异乡的词语都安静下来

回到故乡，我与久别的朋友打招呼
它们在地里趴着，在树上挂着
在老屋的台阶上懒懒躺着
它们有的骨瘦如柴，有的面若枯槁
以前最常使用的鸟鸣，也喑哑无声
我想唤醒鲜花、炊烟、芦苇和溪流的灵动
我想用一些链枷，柳条和水车的质朴
我还想借一些石碾、石磨和灰窑的厚重
可是，我已分不清那些词语
编织不成一片散文，排列不了一首短诗
往日的快乐，眼前的忧伤
看得见的沉重，望不见的乡愁
只在我的胸腔里左右奔突
我在沧桑的山路上跪下来
磕个头，压抑已久的泪水滴下来
滴落焦渴的土地
路旁樟树上，等候已久的乌鸦
一声叹息

第三辑　微诗荟萃

疼

高帽上写着"反党分子"
佝偻着腰，像一个纸人
在寒风中瑟瑟发抖

我上去踢了一脚，戴高帽的爷爷疼得哭了
几十年后的我，脚趾疼得扎心

宋少帝陵

赤湾山头，衣冠冢尔
临珠江，观沧海
遗恨近千年

古藤逢春，开红花
装点坟头，成新景点

宫粉紫荆

那些宫女们
被贬凡间很久了
蛰伏山林很久了

谁偷偷给她们描眉，扑粉
二月，惊艳了莲花山

潮　声

黑脸琵鹭，在深圳湾做远行的准备
收拾粮食和音符
收集潮声

南海的潮声，珠江的潮声
琵琶即将弹奏，春天进行曲

煤

这沉重的黑
埋藏在地底的，卑微的黑

要点燃它不容易
一旦点燃
它会散发无穷的火与光芒

官　猫

猫居然走起正步
那趾高气扬的样子！

它在检阅低头哈腰的一群人
当官的主人，在玻璃墙后哈哈大笑

水

她不相信水是干净的
所有污秽的手都在水里洗

洗过的手也不会干净
因为水不是干净的

母亲的担心

领导们三番四次来考察
建养猪场的位置
听说河要填，山要推平

母亲担心
将来老了，没地方埋

石　头

砌墙的石头
最好选那些有棱有角的
它们更有担当

圆滑如卵石
只适合把玩或做园林

酒　局

有些酒，不喝不行
有些酒，不醉不行

喝什么不重要
看跟什么人喝

等风来

邮政局里摆满快递盒子
写信的人少了

他却一如既往等着收信
每次，送快递的小伙风一般过去
他在风中，嗅到了信的味道

铁树开花

深秋，麻雀们在电线塔上聚集
一阵冷风，纷纷逃窜。落叶飘落

春天，北去的白鹤在塔上歇息
铁树上开满白花

某些人

结构异于常人
比如，脑袋是木头做的
心是石头做的

温度一高，他就发烧
需要眼泪时，他却心如磐石

蜻　蜓

水面如镜
映照的山林都是倒立的

飞鸟与白云，构筑动态景象
它时不时用屁股去点击一下
水面波纹如分行文字，朦胧有诗意

游　戏

反对的举手。请放下
弃权的举手。请放下
好，全票通过！

他不断举手，放下。乐此不疲
打发在精神病院漫长的日子

星　星

高原上看到的星星比较大
故乡看到的星星比远方多

城市夜空没有星星
它们都躲在工棚的架子床上
在工友们的梦中

土八哥

土八哥，都在银杏树上蹲着
一有空，就飞进菜地啄食母亲种的菜
母亲狠狠地说：我要找点药，毒死你们！

我假装用一些药粉，拌一把米
母亲猛地抢过去：傻呀，你真要毒死那些穷人啊

天朝寺

她见神拜神，见佛拜佛
她说：大小都是官，谁都不能得罪

难怪，在门庭繁杂等级分明的庙里
她如鱼得水，游刃有余
年纪轻轻，爬到中层领导高位

烟雨中

珠江大潮起。他冲到最前面
背诵领导人指示，赋诗唱歌，激情飞扬

斜雨冷风，江雾朦胧
渡船靠岸，过客匆匆。把他晾在一边
哦，他上错了船

谁有病

那只啄木鸟
跟旗杆杠上了
每天在旗帜下面啄、啄、啄!

不知道是啄木鸟有病
还是不锈钢旗杆里有虫

文 字

因为一个敏感词
被敏感部门叫去问话
出门时，在门框上碰得头破血流

文 身

他在后背上文了一个"虫"
有事没事就展示给别人看

工友们都躲着他
老板看了他的"虫"
提拔他当保安队长

流行歌手

行为、语言极度夸张和癫狂
不惜挑战社会与人的底线

他自己都迷茫了
却有很多人会相信他的鬼话

绿映红

他接到的任务是
一日之内，让采石场复绿

不可能完成的任务。他完成了：
绿油漆刷遍土坡上的石头
在最难处理的中间位置挂一面红旗

酒旗风

镇上最大的酒楼生意惨淡
老板一次次到政府要欠款

镇长义正词严:"反四风",你知道的
白条的事,要不用党群活动费来报?
晚上,酒旗又飘起来

醉酒书

开局只有一只狗，与我对峙
我命它上山开路，山路弯弯，我迷失方向
我命它涉水过河，河水汤汤，我赤条条沉在水底
它对我狂吠，尖利的牙齿上有鲜血滴落
我跟它说理，细诉寒凉、悲苦、房价和贸易战
结局也有一只狗，躺在我的怀里，共享夕阳温暖

青　瓷

村里最好的油漆匠
在年前死了，埋在青峰山

一夜春风来，黑灰的山岗
涂满了青绿色
妈妈说，这是油漆匠夜里偷偷刷的

黑　瓷

缺了一角的黑瓷罐
摆在堂屋中央
妈妈说，屋顶漏水

半夜，滴滴答答声响
它在堂屋里唱起歌

白　瓷

十万片白瓷片
谁把它们挂上了树

日头都觉得晃眼
躲在云后面瞄了许久
蜜蜂和蝴蝶欣喜若狂

彩绘瓷

调色板不够用
就采用泼的方法

青绿色泼在河岸，金黄色泼在田地
桃红李白，泼在山坡上
泼完再轻轻一抹

华清池

华清池里没有水

导游绘声绘色讲述当年
杨贵妃的风流韵事

游客们盯着华清池四围看
他们看到了水，也看到了贵妃娘娘

襄阳古城墙

登城墙，观沧海

我不登高，只在门洞里
问来来往往的人

有没有人见过郭大侠
有没有人认识小龙女

鄂尔多斯

白天，在草原上
我看到万马奔腾

夜晚，草原上很静
我竖起耳朵，听到号角连天响

成吉思汗，如今你很孤独

山海关

城长 4 千米，与长城相连
"天下第一关"矣

始于隋，败于明，复于今
战火烈烈，止强敌，御外辱

导游滔滔不绝。只口不提陈圆圆

圆明园

满园青葱，遮掩不了
满地残垣瓦砾

秋风吹落黄叶
天空中败云如逃兵

长春园的残石，如立起的白骨

房　事

一线城市房价高
我就房事问题向朋友征求意见

他用微信回复：“老虎老虎”

我不快，追问“老虎”是什么意思
他说：我说的是考虑考虑

照妖镜

女人在镜子中看到女人
老虎在镜子中看到老虎
蚂蚁，看到镜子中不止一只蚂蚁

老天在镜子中看不到自己
有时漆黑死寂，有时阳光灿烂

花师傅

以前在市场杀狗，后来在鱼摊杀鱼
每次把鱼去鳞破肚前，他都跟鱼说话
叫它们大黄，二黄，大黑，小黑
他说，鱼也可能是狗变的
不叫它们的名字，它们会报仇

种爸爸

奶奶将花生米
丢进地里，再用土盖上
一场雨过，花生就会发芽

小宝把爸爸的相片埋在土里
对奶奶说，我想种一个爸爸

凤凰投胎

将洗净的鸡
整只塞进猪肚，配上作料
大火蒸一个小时

我拒绝吃这道菜
涅槃的凤凰，不应该受到侮辱

肿　瘤

鳄鱼爬进医院求医
怀疑自己患上肿瘤

经过彩超和 CT
医生拍了拍它的头说
你多吃多占太多，消化不良

暴风雨

我以为，暴风雨来了
虫蛀的大树会倒下，蛇虫鼠蚁无处可逃

暴风雨过后，大树仍高高在上，鼠患依旧
庄稼倒伏，满地青果
收拾残局的，还是百姓

妈祖庙

进庙门前，搞怪的唐僧师徒
让我没忍住笑
进香时，手上被烧了个疤

不要嘲笑别人的信仰
天地有灵性。轻浮有报应

河　流

一段平静的河流
看不见水流动
分不清上游和下游

朝着高山走，即是上游
背着月光走，即是下游

咳　嗽

凉风窜进我的肺
用咳嗽宣誓她的存在

用尽方法想把她赶出来
她却越藏越深
害人的相思小妖精！

高楼大厦

黎明前，它们睡了
不再眨眼睛

难得宁静。我站定
与它们一起，低头
向沉默的大地认罪

尾巴露出来

他非常小心，每次上主席台前
都要摸一摸屁股
担心尾巴会露出来

后来，被人抬高吹捧，飘飘然
就给人揪住了尾巴

提灯的老人

他提一盏灯
在街道的拐角处
经过的车辆都会慢下来

漆黑的夜晚，他就是一盏灯
他走了。车子在路口也会慢下来

猎虎行动

灯火阑珊的街道上
交警拦下醉酒的老虎
金毛虎摇下车窗：我是美国人

年轻交警做完吹气测试
正告他：这里是中国！

侧　身

每次进教堂的门
他都侧身。出门时也是
教堂大门宽大，且进出的人很少

他解释说进出的灵魂很多
他们活着的时候有罪，死了才来忏悔

柳叶湖

一直没明白
是因为湖的形状似柳叶
还是湖边柳叶多

风也不明白
年年春天来，吹老一湖水

作　揖

他这一辈子，谨小慎微
见佛拜佛，进庙烧香
乞求四面八方都不要为难自己

路过新建霸气的政府大楼
他忍不住双手合十，弯腰作揖

风 景

低处的风景，可平视，可俯视
你在其中。景在心中
高处的风景，需仰视

乘飞机上云端，紧张俯瞰大地
尘世才是最美的风景

听　潮

久住南海边。听得懂
何时涨潮。何时退潮
涨潮时声势浩大，如雷霆
退潮时悄无声息

尘世如潮

海岛上一日

看旭日东升。看落日西下
一日似一瞬

旭日升出海面，天边潮红，如血
落日跌落海面，天边暗红，如血

海　岛

我跪在海岛上
如跪在乌龟背上

海浪簇拥着我们前行
从黑暗，走向光明

短　歌

海鸥发出短促的声音
我却发不出声音

帆船消失在远海
我会消失在何处

码 头

渔船靠上码头的一瞬
我哭了

从这里出发，又回到这里
从故乡出发，却再也
回不到过去

夜宿海边

仿佛夜宿在海上
床在起伏，房屋在起伏

大地在起伏。梦在起伏
唯一静止不动的，母亲
在远方关注我

南方有佳木

凤凰木，沉默时舒展枝叶
如孔雀开屏

愤怒时点燃自己
一支火炬，一面红旗
更似，绿色六月渗血的伤口

夜闻琵琶声

时而千军万马过
离愁、悲伤漂浮在夜空
时而轻缓如流云

古曲婉转。如泣如诉
人间的苦却不出声

四更时

我被遗弃在马路上
他们都看不见我

一辆车过，驮着刚放血的猪
一辆车过，驮着刚开膛破肚的牛

我跟着滴血的车子跑

麦克风

世界上最牛的秘书

不光能原原本本

传达领导的指示

还能将领导说话的音量

提高十倍

自己的名字

习惯了听别人叫我的名字
要做的就是应答：到！

夜深人间，我叫了一声自己的名字
觉得陌生和别扭
老半天，也没有决定要不要应答

帽　子

他很喜欢各式帽子
下属们变着花样送他帽子

老父亲常常为他的帽子担心
他想到了当年挨批时
就戴过高帽

多么纯净的天空

从大楼出来
他仰望天空

雨后初晴，天空碧蓝
蓝得发青
他真想大吼一声：青天大老爷！

杀 鱼

捞鱼时，我犹豫了一下
腰身粗大的鲤鱼
肚子里怀着万千子女

我还是把它捞出来杀了
老板和食客都在等着我

只有黑是温暖的

在阳光下我不能哭
那些灼热的光像刀子一样
在夜灯下我更加不敢哭

只有在黢黑里，我可以无所顾忌
黑像一双手紧紧拥抱我

神　仙

我偶尔抬头看看天空
为神仙们担心

那片小小的天空
建得了多少房子
有多少地方能种粮食

怀　抱

哭闹的婴儿，一扑进母亲怀抱
立即就有了笑颜

疲累的我们
扑进家乡的怀抱
却想哭

关于夜的解释

笔尖上那一滴墨
慢慢浸透，渲染，铺展开来

吞噬天空中的留白，与日渐暗淡的阳光
当它遮挡了彼此
孤寂开始生长

逃

对着草地上家养的小兔子吹口哨
它警觉竖起耳朵，做逃跑的姿态

我们每个人
随时随地，也都有逃跑的潜意识
只是华丽的衣服，掩藏了本真

讨厌的鸟鸣

清晨，它在榕树上练习独唱：
"苦啊！苦啊！"

前世受尽委屈的恶苦鸟
让每天被它吵醒的我们心情沉重
我们心中的苦又向谁诉说！

偶　遇

我在树下看书
它落在我的腿上

这只小小的鸟
想问我在看什么
我一动不敢动，怕吓着了它

雨来了，又走了

雨来了，又走了
来的时候狂风大作，电闪雷鸣
走的时候却悄无声息

雨来了，又走了。日子如常
好像它从没有来过，也不曾离开

致城里的月光

嘿，姐们，不要躲躲闪闪了
这里不适合你

跟我走吧
繁华之外，山川河流，花前柳后
你的美貌，才被人称颂

致流浪狗

老黄，过来坐会儿
跟我说说心里话

山村多好啊，你怎么也学我
宁愿在城里翻垃圾桶，也不愿
回孤寂的老家去

致监控摄像头

好了，我投降
城市里的怪兽！

你有那么多的眼睛
我逃到任何地方也逃不出你的视线

致故乡

我在你的远方
你在我的梦里

地图上只有几厘米长的距离
可我再也回不去

致工地上的青春

楼的高度，决定了你的视野
地基的深度，决定了你的厚度

把梦想摁进工服
脚印，嵌在黄土里
建造别人的城市，不许哭！

致人民广场

你能接受广场舞的喧嚣
却排斥摆摊的小贩

你有宽广的胸膛
却只有针尖大的胸怀

致流水

从假山飞流而下
声音与庐山飞瀑一样动听

在城市的河流流过
如长江黄河一样波浪翻滚

你的气味，暴露了你的身份

致街道旁的菠萝蜜树

夜灯下，一排排修长的身姿
巨大的乳房透露着暧昧

不在乡下守望
却来城市的街道旁念经
注定修不成正果

致写诗的农民工

你的身份是儿子、父亲、丈夫、农民工
你的工作是搬砖、砌墙、扎钢筋、浇筑混凝土

你却在工友的鼾声中抠出一枚枚文字
拼凑成长短不一的句子
像灯芯，点亮孤寂的夜空

蛋

宇宙曾经是一个蛋
大爆炸后，无数衍生的星球
就是无数个蛋

至少在目前
这是对宇宙起源最权威的解释